INSTINTO ASSASSINO

SÉRIE OS NATURAIS – LIVRO 2

JENNIFER LYNN BARNES

INSTINTO ASSASSINO

SÉRIE OS NATURAIS – LIVRO 2

Tradução
Regiane Winarski

Copyright © 2014 by Jennifer Lynn Barnes
Copyright da tradução © 2024 by Editora Globo S.A.

Os direitos morais da autora foram garantidos.

Todos os direitos reservados. Nenhuma parte desta edição pode ser utilizada ou reproduzida — em qualquer meio ou forma, seja mecânico ou eletrônico, fotocópia, gravação etc. — nem apropriada ou estocada em sistema de banco de dados sem a expressa autorização da editora.

Título original: *Killer Instinct*

Editora responsável **Paula Drummond**
Editora de produção **Agatha Machado**
Assistentes editoriais **Giselle Brito e Mariana Gonçalves**
Preparação de texto **Ana Sara Holandino**
Diagramação e adaptação de capa **Carolinne de Oliveira**
Projeto gráfico original **Laboratório Secreto**
Revisão **Isabel Rodrigues**
Ilustração de capa © **2023 by Katt Phatt**
Design de capa original **Karina Granda**

**Texto fixado conforme as regras do Acordo Ortográfico
da Língua Portuguesa (Decreto Legislativo nº 54, de 1995)**

CIP-BRASIL. CATALOGAÇÃO NA PUBLICAÇÃO
SINDICATO NACIONAL DOS EDITORES DE LIVROS, RJ

B241i
    Barnes, Jennifer Lynn
        Instinto assassino / Jennifer Lynn Barnes ; tradução Regiane Winarski. - 1. ed. - Rio de Janeiro : Alt, 2024.
                  (Os naturais ; 2)

      Tradução de: Killer instinct
      Sequência de: Academia dos casos arquivados
      ISBN 978-65-85348-71-3

    1. Romance americano. 2. Ficção policial. I. Winarski, Regiane. II. Título. III. Série.

24-91596   CDD: 813
                                  CDU: 82-312.4(73)

Meri Gleice Rodrigues de Souza - Bibliotecária - CRB-7/6439

1ª edição, 2024 — 3ª reimpressão, 2025

Direitos de edição em língua portuguesa para o Brasil
adquiridos por Editora Globo S.A.
R. Marquês de Pombal, 25
20.230-240 – Rio de Janeiro – RJ – Brasil
www.globolivros.com.br

Para a "agente especial" Elizabeth Harding.
Obrigada por tudo.

Capítulo 1

A maioria das crianças sequestradas e assassinadas está morta dentro de três horas depois do sequestro. Graças à minha colega de quarto, a enciclopédia ambulante de probabilidades e estatística, eu sabia os números exatos. Sabia que, quando você parava de discutir *horas* e passava a falar em *dias* e *semanas*, a chance de recuperá-las caía tanto que o FBI não tinha como justificar a mão de obra necessária para manter o caso ativo.

Eu sabia que, quando um caso era classificado como "arquivado" e chegava até nós, era provável que estivéssemos procurando um corpo... não uma garotinha.

Mas...

Mas Mackenzie McBride tinha seis anos.

Mas a cor favorita dela era roxo.

Mas ela queria ser uma "veterinária superfamosa".

Não dava para suspender a busca por uma criança assim. Não dava para deixar de ter *esperanças*, mesmo tentando.

— Você tá com cara de quem precisa se divertir. Ou possivelmente de um porre. — Michael Townsend se sentou com cuidado no sofá perto de mim e esticou a perna ruim para o lado.

— Eu estou bem — falei.

Michael bufou com deboche.

— Os cantos da sua boca estão virados pra baixo. O resto do seu rosto está lutando contra isso, como se a torneira de choro pudesse ser aberta caso seus lábios se afastassem, mesmo que no menor sorrisinho.

Esse era o lado ruim de entrar no programa dos Naturais. Nós estávamos ali porque víamos coisas que as outras pessoas não enxergavam. Michael lia expressões faciais com a facilidade com que outras pessoas liam palavras.

Ele se inclinou na minha direção.

— É só mandar, Colorado, e te ofereço solidariamente uma distração muito necessária.

Na última vez em que Michael se ofereceu para me distrair, passamos meia hora explodindo coisas e hackeando um pen drive protegido do FBI.

Bem, tecnicamente, foi *Sloane* quem hackeou o pen drive, mas deu na mesma.

— Nada de distrações — falei, firme.

— Tem certeza? — perguntou Michael. — Porque essa distração envolve Lia, gelatina e uma vingança suplicando para ser executada.

Eu não queria saber o que a nossa detectora de mentiras humana tinha feito para provocar um tipo de vingança cheio de gelatina. Considerando a personalidade de Lia e o passado dela com Michael, as possibilidades eram infinitas.

— Você sabe que começar uma guerra de pegadinhas com a Lia seria uma péssima ideia — falei.

— Sem dúvida nenhuma — respondeu Michael. — Só mesmo se eu não estivesse tão sobrecarregado de bom senso e uma necessidade de autopreservação.

Michael dirigia como louco e sentia um desdém generalizado por autoridades. Dois meses antes, tinha me seguido para fora de casa *sabendo* que eu era alvo da obsessão de uma assassina em série e levou um tiro por isso.

Duas vezes.

Autopreservação não era o forte de Michael.

— E se estivermos errados sobre esse caso? — perguntei. Meus pensamentos tinham rebobinado: de Michael para Mackenzie, do que tinha acontecido seis semanas antes para o que o agente Briggs e a equipe dele estavam fazendo agora.

— Nós não estamos errados — disse Michael calmamente.

Que o telefone toque, pensei. *Que seja Briggs ligando pra me dizer que desta vez,* desta *vez, minha intuição estava certa.*

A primeira coisa que fiz quando o agente Briggs me entregou o arquivo de Mackenzie McBride foi o perfil do suspeito: um detento em liberdade condicional que tinha desaparecido na mesma época em que a menina. Diferentemente da habilidade de Michael, a minha não era limitada a expressões faciais e posturas. Considerando um punhado de detalhes, eu conseguia penetrar na mente de outra pessoa e imaginar como seria ser ela, querer o que ela queria, fazer o que ela tinha feito.

Comportamento. Personalidade. Ambiente.

O suspeito no caso Mackenzie não tinha foco. O sequestro foi bem-planejado demais. Não batia.

Eu tinha revirado os arquivos procurando alguém que parecesse compatível. *Jovem. Sexo masculino. Inteligente. Preciso.* Em parte implorei e em parte coagi Lia a repassar os depoimentos das testemunhas, os interrogatórios, as entrevistas — todo e qualquer registro relacionado ao caso, na esperança de ela pegar alguém em uma mentira reveladora. E, enfim, ela conseguiu. O advogado dos McBride tinha soltado uma declaração para a imprensa em nome dos clientes. Pareceu bem padrão aos meus olhos, mas, para Lia, as mentiras eram tão gritantes quanto alguém cantando desafinado para outra pessoa com ouvido absoluto.

— *Ninguém consegue entender uma tragédia dessas.*

O advogado era jovem, do sexo masculino, inteligente, preciso… e quando disse essas palavras, ele estava mentindo. Havia uma pessoa que conseguia entender o que tinha acontecido, uma pessoa que *não achava* que aquilo fosse uma tragédia.

INSTINTO ASSASSINO 9

A pessoa que tinha levado Mackenzie.

De acordo com Michael, o advogado dos McBride tinha se empolgado só de dizer o nome da menina. Eu tive esperanças de que isso significasse que havia uma chance, por menor que fosse, de o homem tê-la deixado viva: um claro lembrete de que ele era maior, melhor, mais inteligente do que o FBI.

— Cassie. — Dean Redding entrou na sala, e senti um aperto no peito. Ele era calado e contido. Quase nunca erguia a voz.

— Dean?

— Ela foi encontrada — disse Dean. — Cassie, ela foi encontrada na propriedade dele, exatamente onde o esquema de Sloane disse que iriam encontrá-la. Ela está viva.

Eu dei um pulo, meus batimentos latejando nos ouvidos, sem saber se eu ia chorar, vomitar ou dar um grito. Dean sorriu. Não um meio sorriso. Não um sorriso normal. Ele abriu um sorriso largo, e a expressão o transformou. Os olhos castanho-chocolate cintilaram sob o cabelo loiro que vivia caindo em seu rosto. Uma covinha que eu nunca tinha visto apareceu em uma das bochechas.

Joguei os braços em volta de Dean. Um pouco depois, me desvencilhei dele e me atirei em Michael.

Ele me segurou e soltou um gritinho. Dean se sentou no braço do sofá, e ali estava eu, encaixada entre eles, sentindo o calor do corpo dos dois, e só conseguia pensar que Mackenzie ia para casa.

— É uma festa privada ou qualquer um pode participar?

Nós três nos viramos e vimos Lia na porta. Estava vestida de preto da cabeça aos pés, com um lenço branco de seda amarrado no pescoço. E arqueou uma sobrancelha para nós: descolada e calma e só um pouco debochada.

— Admite, Lia — disse Michael. — Você está tão feliz quanto nós.

Lia me encarou. Encarou Michael. Encarou Dean.

— Sinceramente — disse ela —, duvido que alguém esteja tão feliz quanto Cassie está neste momento.

Eu estava melhorando em ignorar as cutucadas de Lia, mas essa acertou em cheio, na mosca. Espremida entre Michael e Dean, corei. Eu *não* ia falar disso... e não ia deixar que Lia fosse por esse caminho.

Com uma expressão sombria, Dean se levantou e foi na direção de Lia. Por um momento, achei que ele pudesse dizer alguma coisa para ela sobre estragar o momento, mas ele não disse nada. Só a pegou e a colocou sobre o ombro.

— Ei! — protestou Lia.

Dean sorriu e a jogou no sofá entre Michael e eu e voltou a se sentar na ponta, como se nada tivesse acontecido. Lia fez uma cara feia, e Michael cutucou a bochecha dela.

— Admite — repetiu ele. — Você está tão feliz quanto nós.

Lia jogou o cabelo por cima do ombro e olhou para a frente, se recusando a nos encarar.

— Uma garotinha vai pra casa — disse ela. — Por nossa causa. Claro que eu estou tão feliz quanto vocês.

— Considerando as diferenças individuais nos níveis de serotonina, a probabilidade de quatro pessoas estarem sentindo níveis idênticos de felicidade simultaneamente é bem...

— Sloane — disse Michael, sem se dar ao trabalho de se virar. — Se você não terminar a frase, vai ter uma xícara de café fresquinho no seu futuro.

— No meu futuro imediato? — perguntou Sloane, desconfiada. Michael tinha um longo histórico de bloquear o consumo de cafeína dela.

Sem dizer nada, Michael, Lia e eu nos viramos para olhar para Dean. Ele entendeu a mensagem, se levantou e foi na direção de Sloane, dando a ela o mesmo tratamento que tinha dado a Lia. Quando Dean jogou Sloane delicadamente em cima de mim, tive um ataque de riso e quase caí no chão, mas Lia me agarrou pela gola.

Nós conseguimos, pensei enquanto Michael, Lia, Sloane e eu tentávamos nos acomodar e Dean nos olhava de onde estava, fora da confusão. *Mackenzie McBride não vai virar estatística. Não vai ser esquecida.*

Mackenzie McBride cresceria por causa de nós.

— E aí — disse Lia, com um brilho decididamente malicioso nos olhos —, quem acha que isso pede uma comemoração?

Capítulo 2

Era fim de setembro, a época do ano em que praticamente dava para sentir as últimas brisas do verão abrindo espaço para o outono. Uma leve friagem se espalhou pelo quintal quando o sol se pôs, mas nós cinco mal sentimos, embriagados de poder e ainda desacreditados do que tínhamos acabado de conseguir realizar. Lia escolheu a música. A batida regular abafou os sons da cidadezinha de Quantico, na Virgínia.

Eu nunca tinha pertencido a lugar nenhum antes de entrar no programa dos Naturais, mas, naquele instante, naquele momento, naquela noite, nada mais importava.

Nem o desaparecimento e suposto homicídio da minha mãe.

Nem os cadáveres que tinham começado a se empilhar quando aceitei trabalhar para o FBI.

Naquele instante, naquele momento, naquela noite, eu era invencível e poderosa e parte de alguma coisa.

Lia segurou minha mão e me puxou da varanda dos fundos para o gramado. O corpo dela se movia com uma graciosidade perfeita e fluida, como se ela tivesse nascido dançando.

— Pela primeira vez na vida — ordenou —, se solta.

Eu não era muito boa dançarina, mas meus quadris começaram a acompanhar a música.

— Sloane — gritou Lia. — Traz essa bunda pra cá.

Sloane, que já tinha recebido a prometida xícara de café, veio se juntar a nós. Logo ficou aparente que a versão dela de dançar envolvia muitos pulos e, de vez em quando, mãos abertas com dedinhos balançando. Com um sorriso, desisti de tentar imitar os movimentos fluidos e sensuais de Lia e adotei os de Sloane. *Pula. Balança os dedos. Pula.*

Lia nos olhou assustada e se virou para os garotos em busca de apoio.

— Não — disse Dean secamente. — De jeito nenhum. — Estava ficando escuro a ponto de eu não conseguir identificar a expressão exata do rosto dele do outro lado do gramado, mas conseguia imaginar aquele enrijecer teimoso de sua mandíbula. — Eu não danço.

Michael não era tão inibido assim. Se juntou a nós, mancando visivelmente ao andar, mas conseguiu direitinho dar pulos com uma perna só.

Lia olhou para o céu.

— Vocês são inacreditáveis — disse ela para nós.

Michael deu de ombros e chacoalhou as mãos.

— É um dos meus muitos charmes.

Lia passou os braços pelo pescoço de Michael e encostou o corpo no dele, ainda dançando. Ele arqueou uma sobrancelha para ela, mas não a afastou. Na verdade, ele pareceu achar graça.

Idas e vindas. Meu estômago revirou com força. Lia e Michael estavam *afastados* o tempo todo em que os conheci. *Não é da minha conta.* Precisei lembrar a mim mesma daquilo. *Lia e Michael podem fazer o que quiserem.*

Michael me pegou olhando para eles. Olhou para meu rosto de relance, como uma pessoa passando os olhos pelo texto de um livro. Sorriu e, lenta e deliberadamente, deu uma piscadinha.

Ao meu lado, Sloane olhou para Lia, e então para Michael e Dean. Em seguida, veio pulando em minha direção.

— Tem quarenta por cento de chance de isso acabar com alguém levando um soco na cara — sussurrou ela.

— Vem, Deanzinho — chamou Lia. — Vem com a gente. — As palavras eram em parte convite e em parte desafio. O corpo de Michael se movia com os movimentos de Lia, e de repente percebi que ela não estava se exibindo por minha causa... nem por Michael. Ela estava dançando de forma tão íntima com ele só para arrancar uma reação de Dean.

Pela expressão de revolta no rosto dele, estava dando certo.

— Você sabe que quer — provocou Lia, se virando enquanto dançava de costas para Michael. Dean e Lia tinham sido os primeiros recrutas do programa. Por anos, foram só os dois. Lia tinha me contado que Dean e ela eram como irmãos... e agora, Dean parecia exatamente um irmão mais velho superprotetor.

Michael gosta de irritar o Dean. Isso nem precisava ser dito. *Lia vive pra desestabilizar o Dean. E Dean...*

Um músculo na mandíbula dele tensionou quando Michael passou a mão pelo braço de Lia. Sloane tinha razão. Nós estávamos a um gesto errado de uma briga. Conhecendo Michael, ele provavelmente a consideraria uma atividade afetiva.

— Vem logo, Dean — falei, interferindo antes que Lia fizesse alguma provocação. — Você não precisa dançar. Só fica de cara amarrada no ritmo da música.

Isso surpreendeu Dean a ponto de arrancar uma risada dele. Eu sorri. Ao meu lado, Michael chegou para trás, afastando o corpo do de Lia.

— Quer dançar, Colorado? — Michael pegou minha mão e me girou. Lia semicerrou os olhos para nós, mas se recuperou rapidamente e passou um braço pela cintura de Sloane, tentando coagi-la a algo que se parecesse com uma dança de verdade.

— Você não está feliz comigo — disse Michael quando voltei a ficar de frente para ele.

— Não gosto de joguinhos.

— Eu não estava brincando com *você* — disse Michael, me girando uma segunda vez. — E, só pra ficar claro, eu também não estava brincando com Lia.

Olhei para ele.

— Você estava sacaneando o *Dean*.

Michael deu de ombros.

— Todo mundo precisa de um hobby.

Dean ficou na extremidade do gramado, mas deu para sentir o olhar dele em mim.

— Seus lábios estão se curvando pra cima. — Michael inclinou a cabeça para o lado. — Mas sua testa está franzida.

Afastei o olhar. Seis semanas antes, Michael tinha me dito para entender o que eu sentia por ele... e por Dean. Eu estava fazendo o melhor que conseguia para não pensar nisso, para não me permitir sentir nada por *nenhum* deles, porque assim que eu começasse a sentir alguma coisa, qualquer coisa, Michael saberia. Eu tinha passado a vida toda sem me relacionar com ninguém. Eu não precisava disso, não da forma como precisava *daquilo*: ser parte de algo, gostar de pessoas de um jeito que ainda não tinha percebido que podia. Não só de Michael e Dean, mas de Sloane e até de Lia. Eu fazia *parte* dali. Eu não me sentia parte de um lugar havia muito tempo.

Talvez nunca.

Eu não podia estragar aquilo.

— Tem certeza de que não podemos te convencer a dançar? — gritou Lia para Dean.

— Absoluta.

— Bom, nesse caso... — Lia entrou entre mim e Michael, e, quando me dei conta, eu estava dançando com Sloane e Lia estava de novo com Michael. Ela olhou para ele por olhos semicerrados e pressionou as palmas no peito dele.

— Me conta, Townsend — disse ela, praticamente ronronando. — Você está se sentindo com sorte?

Aquilo não era um bom presságio.

Capítulo 3

Eu estava morta. Em menor número, desarmada, a segundos do desastre... e não havia absolutamente nada que eu pudesse fazer em relação a isso.

— Aceito e dobro sua aposta. — Michael abriu um sorrisinho. Se eu fosse leitora de emoções, poderia ter sacado se era um sorrisinho de *eu tenho uma mão incrível e estou te dando sua desgraça na boquinha* ou um sorrisinho *digno de que você não vai saber se é blefe*. Infelizmente, eu era melhor em entender as personalidades e motivações das pessoas do que no significado exato de cada uma de suas expressões faciais.

Nota mental, pensei. *Nunca jogar pôquer com Naturais.*

— Estou dentro. — Lia girou o rabo de cavalo preto lustroso no indicador antes de colocar o número exigido de Oreos no meio da mesinha de centro. Considerando que a especialidade dela era identificar mentiras, deduzi que havia uma chance muito boa de Michael estar blefando.

O único problema era que agora eu não tinha ideia se *Lia* estava blefando.

Sloane olhou de trás de uma montanha de Oreos.

— Eu passo essa — disse ela. — Além disso, estou considerando a ideia de comer algumas das minhas fichas. Podemos combinar que um Oreo sem recheio vale dois terços do valor normal?

— Come logo os biscoitos — falei para ela, olhando com tristeza para sua pilha... e brincando só um pouco. — Você tem de sobra.

Antes de entrar para o programa dos Naturais, Sloane tinha nascido e crescido em Las Vegas. Ela contava cartas desde que tinha aprendido a contar. Ficava de fora por volta de um terço das rodadas, mas ganhava todas de que participava.

— Alguém não sabe levar as coisas na esportiva — disse Lia, balançando o dedo para mim. Eu mostrei a língua para ela.

Alguém só tinha dois Oreos agora.

— Estou dentro — falei com um suspiro, botando os dois no pote. Não fazia sentido adiar o inevitável. Se estivesse jogando com estranhos, eu estaria em vantagem. Poderia ter observado as roupas e a postura da pessoa para saber na mesma hora o quanto ela se arriscava e se blefaria em silêncio ou faria uma cena. Infelizmente, eu não estava jogando com estranhos, e a capacidade de ler as personalidades dos outros não era tão útil em um grupo de pessoas que você já conhecia.

— E você, Redding? Está dentro ou fora? — Michael falou, em tom de desafio.

Talvez Lia tenha interpretado errado, pensei, refletindo sobre a ideia. *Talvez ele não esteja blefando.* Eu duvidava que Michael desafiaria Dean se não tivesse certeza de que fosse ganhar.

— Estou dentro — disse Dean. — Aposto tudo. — Ele colocou cinco biscoitos no pote e arqueou uma sobrancelha para Michael, imitando a expressão facial do outro garoto.

Michael topou a aposta de Dean. Lia topou a de Michael. Minha vez.

— Acabaram meus biscoitos — falei.

— Eu estaria disposta a discutir uma taxa de juros modesta — disse Sloane antes de voltar a atenção para sua tarefa de tirar o recheio de um Oreo.

— Eu tenho uma ideia — disse Lia em tom inocente demais, que reconheci na mesma hora como problema. — Nós sempre podemos levar as coisas para o próximo nível. — Ela desamarrou o lenço branco em volta do pescoço e o jogou para mim. Os dedos brincaram com a barra da blusa, levantando-a, só para deixar claro qual era o "próximo nível".

— Pelo que eu entendo, as regras de strip pôquer especificam que só quem perde precisa se despir — interferiu Sloane.

— Ninguém perdeu ainda, portanto...

— Vamos chamar de demonstração de solidariedade — disse Lia, subindo um pouco mais a blusa. — Cassie está quase sem fichas. Eu só estou tentando igualar o campo de jogo.

— Lia. — Dean não estava achando graça.

— Para com isso, Dean — disse Lia, o lábio inferior se projetando em um beicinho exagerado. — Relaxa. Todo mundo aqui é amigo.

Com essas palavras, Lia tirou a blusa. Estava de biquíni por baixo. Claramente, tinha se vestido para a ocasião.

— Sua vez agora — disse ela.

Eu não estava de roupa de banho por baixo da *minha* blusa, então não havia possibilidade de tirá-la. Lentamente, tirei o cinto.

— Sloane? — Lia se virou para ela em seguida. Sloane a encarou, um rubor se espalhando pelas bochechas dela.

— Eu não vou tirar minha roupa enquanto não estabelecermos uma taxa de conversão — disse secamente, indicando sua montanha de fichas.

— Sloane — disse Michael.

— O quê?

— O que você acharia de uma segunda xícara de café?

Quarenta e cinco minutos depois, Sloane estava na cozinha e nenhum dos garotos estava de camisa. O abdome de Dean era um ou dois tons mais escuro que o de Michael. A pele de Michael parecia de porcelana, exceto pela cicatriz da bala, rosada e em alto-relevo, no ponto em que o ombro e o peito se encontram. Dean tinha uma cicatriz também, mais antiga e fina, como se alguém tivesse passado a ponta de uma faca lentamente pelo tronco dele em uma linha irregular que ia da base da clavícula até o umbigo.

— Eu pago — disse Lia.

Viramos nossas cartas uma a uma.

Três do mesmo naipe.

Flush.

Full house de damas e oitos. A última foi de Michael.

Eu sabia, pensei. *Ele não estava blefando.*

— Sua vez — disse Lia para mim.

Eu virei minhas cartas, e meu cérebro catalogou o resultado.

— Full house — falei, sorrindo. — De reis e dois. Acho que isso quer dizer que ganhei, né?

— Como você...? — gaguejou Michael.

— Quer dizer que todo aquele coitadismo era fingimento? — Lia pareceu impressionada, apesar de tudo.

— Não era fingimento — falei. — Eu realmente esperava perder. Só não tinha olhado minhas últimas cartas ainda.

Achei que se *eu* não soubesse o que havia na minha mão, não haveria como Michael e Lia perceberem.

Dean foi o primeiro a começar a rir.

— Salve, Cassie — disse Michael. — Rainha das brechas.

Lia bufou.

— Isso significa que eu fico com as blusas de vocês? — perguntei, pegando meu cinto e um Oreo junto.

— Acho que seria melhor que todos mantivessem posse da própria blusa. E a vestissem. *Agora.*

Eu fiquei paralisada. A voz que tinha dado a ordem era feminina e firme. Por uma fração de segundo, fui levada de volta às minhas primeiras semanas no programa, com a nossa supervisora, minha mentora. A agente especial Lacey Locke. Ela tinha me treinado. Eu a idolatrava. Confiava nela.

— Quem é você? — Eu me forcei a voltar para o presente. Não podia me permitir pensar na agente Locke; se me emburacasse nesse assunto, seria difícil sair de lá. Concentrei-me então na pessoa dando ordens. Era alta e magra, mas nada nela parecia fraco. O cabelo castanho-escuro estava preso em um coque banana baixo e apertado, e ela mantinha o queixo levemente erguido. Os olhos eram acinzentados, um tom mais claro do que o terno. As roupas eram caras; ela as usava como se não fossem.

Portava uma arma no coldre.

Arma. Desta vez, não consegui interromper as lembranças. *Locke. A arma.* Tudo estava voltando. *A faca.*

Dean colocou uma das mãos no meu ombro.

— Cassie. — Senti o calor dele pela blusa. Ouvi quando disse meu nome. — Tá tudo bem. Eu a conheço.

Um tiro. Dois. Michael cai. Locke... ela está segurando uma arma...

Foquei em respirar e me esforcei para impedir as lembranças. Não fui eu que levei um tiro. Não era *meu* trauma. Eu era o motivo para Michael estar lá.

Fui eu que, de um jeito estranho, o monstro amou.

— Quem é você? — perguntei de novo, voltando para o aqui e agora, a voz firme e direta. — E o que está fazendo na nossa casa?

A mulher de cinza me fuzilou com o olhar, me deixando com a sensação incômoda de que ela sabia exatamente o que se passava na minha cabeça, exatamente onde eu estava um momento antes.

— Meu nome é agente especial Veronica Sterling — disse ela, por fim. — E, a partir de agora, eu moro aqui.

Capítulo 4

— **Bom, ela não está mentindo.** — Lia rompeu o silêncio. — Ela é mesmo uma agente especial, o nome dela é mesmo Veronica Sterling e, por algum motivo, está operando sob a crença equivocada de que reside debaixo do nosso teto.

— Lia, suponho? — disse a agente Sterling. — A especialista em mentiras.

— Em contar, em identificar... é tudo a mesma coisa. — Lia fez um gracioso movimento de ombros, mas seus olhos estavam sérios.

— Ainda assim — continuou Sterling, ignorando o movimento de ombros e a intensidade do olhar de Lia —, você interagiu diariamente com uma agente do FBI que fazia bico de assassina em série. Ela era uma das suas supervisoras, uma presença constante nesta casa por *anos*, e ninguém cantou essa pedra. — O tom dela foi clínico, só declarando os fatos.

Locke tinha enganado todos nós.

— E você — retomou a agente, os olhos pousando nos meus — deve ser Cassandra Hobbes. Não tinha imaginado que era do tipo que joga strip pôquer. E não, você não ganha crédito por ser a única pessoa nesta sala além de mim que ainda está de blusa.

A agente Sterling voltou a atenção de mim para a pilha de roupas na mesa de centro. Então cruzou os braços e esperou. Dean pegou a blusa dele e jogou a de Lia para ela. Michael não pareceu muito incomodado com os braços cruzados nem pareceu compelido a se vestir. A agente Sterling o encarou com desdém, o olhar pousando na cicatriz de bala no peito.

— Imagino que você seja Michael — disse ela. — O leitor de emoções com tendência a se meter em confusão que vive fazendo besteira por garotas.

— Não é uma avaliação justa — respondeu Michael. — Também faço besteiras que não são por garotas.

A agente não demonstrou a menor inclinação para sorrir. Voltando-se para o restante de nós, ela terminou sua apresentação.

— Este programa está com vaga aberta pra supervisora. Eu vim preenchê-la.

— Verdade — disse Lia, arrastando a palavra —, mas não é bem assim. — Como Sterling não mordeu a isca, continuou: — Tem seis semanas que a Locke surtou. Nós estávamos começando a questionar se o FBI mandaria alguém para substituir ela. — Lia passou os olhos pela agente. — Onde encontraram você, no departamento de elenco? Uma agente mulher jovem trocada por outra?

Dava sempre para contar com Lia para ir direto ao ponto.

— Vamos só dizer que tenho uma qualificação única para a posição — respondeu a agente Sterling. Seu tom prático me lembrava de alguma coisa. De alguém. Pela primeira vez a ficha caiu, o sobrenome dela, e percebi onde o tinha ouvido antes.

— Agente Sterling — falei. — Igual ao diretor Sterling?

Eu só tinha visto o diretor do FBI uma vez. Ele havia se envolvido quando o assassino em série que Locke e Briggs estavam caçando sequestrou a filha de um senador. Na época, nenhum de nós sabia que o UNSUB, o elemento desconhecido, era Locke.

— O diretor Sterling é meu pai. — A voz dela soou neutra... até demais, e me perguntei quais eram as questões que ela tinha com o pai. — Ele me mandou aqui pra fazer o controle de danos.

INSTINTO ASSASSINO 23

O diretor Sterling tinha escolhido a própria filha como substituta de Locke. Ela chegara quando o agente Briggs estava fora da cidade, trabalhando em um caso. Eu duvidava que a escolha do momento fosse acidental.

— Briggs me disse que você saiu do FBI — disse Dean baixinho, dirigindo as palavras à agente Sterling. — Eu soube que tinha sido transferida para o Departamento de Segurança Nacional.

— Eu fui.

Tentei identificar a expressão no rosto da agente Sterling, o tom de sua voz. Ela e Dean se conheciam, isso estava claro, tanto pela declaração anterior dele quanto pela forma como a feição da agente se suavizava quase imperceptivelmente quando o olhava.

Instinto materno? Isso não encaixava com o jeito como ela estava vestida, com a postura ereta, com o jeito como falava *sobre nós*, e não *conosco*. Minha primeira impressão da agente Sterling foi que ela era hipercontrolada, profissional e mantinha as outras pessoas longe. Ou ela não gostava de adolescentes ou não gostava de nós especificamente.

Mas o jeito como ela olhou para Dean, mesmo tendo sido só por um segundo…

Você nem sempre foi assim, pensei, entrando na cabeça dela. *Prendendo o cabelo num coque banana apertado, mantendo cada declaração sua fria e distante. Algo aconteceu pra te colocar nesse modo hiperprofissional.*

— Tem alguma coisa que você gostaria de compartilhar com a turma, Cassandra?

Qualquer fração de suavidade que tinha se infiltrado na expressão de Sterling desapareceu agora. Ela tinha me notado a perfilando e chamou minha atenção. Isso me fez perceber duas coisas. Primeiro, com base na forma como ela tinha escolhido fazer, senti um toque de sarcasmo escondido sob a fachada séria. Em algum momento, ela teria dito essas palavras com um sorriso em vez de uma careta.

E segundo…

— Você é perfiladora — falei em voz alta. Ela tinha me visto identificando o perfil dela, e não pude deixar de pensar: *é preciso ser uma para identificar outra.*

— O que te faz pensar isso?

— Te mandaram aqui pra substituir a agente Locke. — Dizer essas palavras, vê-la como substituta, doeu mais do que deveria.

— E? — A voz de Sterling estava alta e clara, mas o olhar era firme. Tratava-se de um desafio, tão nítido quanto o que Michael e Dean deixaram nas entrelinhas mais cedo.

— Perfiladores colocam pessoas em categorias — falei, encarando os olhos da agente e me recusando a desviar o olhar primeiro. — Nós avaliamos uma série de detalhes aleatórios e os usamos para construir a imagem como um todo, para entender com que *tipo* de pessoa estamos lidando. Está no jeito como você fala: Michael é "o leitor de emoções com tendência a se meter em confusão", você não me "imaginava" como o tipo de pessoa que joga strip pôquer.

Fiz uma pausa, e, como ela não respondeu, continuei.

— Você leu nossos arquivos e nos perfilou antes de botar o pé nesta casa, o que significa que sabe exatamente o quanto *acaba* com a gente não ter visto Locke pelo que ela era ou como lidaríamos com você tocando no assunto… ou só queria cutucar a ferida pra se divertir. — Fiz outra pausa e a olhei de cima a baixo, observando cada pequeno detalhe: o esmalte nas unhas, a postura, os sapatos. — Você parece mais masoquista do que sádica, então estou supondo que só queria ver como reagiríamos.

Um silêncio incômodo se instaurou, e a agente Sterling usou-o como arma.

— Não preciso do seu sermão me dizendo o que significa ser perfiladora — disse ela enfim, a voz suave, as palavras calculadas. — Eu tenho diploma em criminologia. Fui a pessoa mais jovem a se formar na Academia do FBI. Fiz mais tempo de

INSTINTO ASSASSINO **25**

campo durante meu tempo no FBI do que você vai ter na vida toda, e passei os últimos cinco anos no Departamento de Segurança Nacional trabalhando em casos de terrorismo doméstico. Enquanto eu estiver residindo nesta casa, você vai se dirigir a mim como agente Sterling ou senhora, e não vai se referir a si mesma como perfiladora, porque, no fim das contas, você é só uma adolescente.

Lá estava de novo na voz dela, um sinal de outra coisa sob a fachada impassível. Mas, como uma pessoa olhando para um objeto preso debaixo de alguns metros de gelo, eu não conseguia ver o que era essa *coisa*.

— Não tem "nós" aqui, Cassandra. Tem vocês, tem eu e tem a avaliação que vou fazer deste programa. Então sugiro que arrumem a bagunça, vão para a cama e tenham uma boa noite de sono. — Ela jogou a camisa de Michael para ele. — Você vai precisar disso.

Capítulo 5

Fiquei deitada na cama, olhando para o teto, sem conseguir afastar o medo de que, se fechasse os olhos, não haveria nada para manter os fantasmas longe. Quando eu dormia, tudo aparecia ao mesmo tempo: o que aconteceu com a minha mãe quando eu tinha doze anos; as mulheres que a agente Locke tinha matado no verão; o brilho nos olhos de Locke quando ela ofereceu a faca para mim. *O sangue.*

Eu me virei de lado e estiquei a mão para a mesa de cabeceira.

— Cassie? — disse Sloane da cama.

— Eu estou bem — falei. — Volte a dormir.

Meus dedos se fecharam no objeto que eu estava procurando: o batom Rosa Vermelha, o tom favorito da minha mãe. Tinha sido presente de Locke para mim, parte do jogo doentio que ela fazia, espalhando pistas, me preparando à imagem dela. *Você queria que eu soubesse como você estava próxima.* Entrei na mente de Locke, perfilando-a, como tinha feito em tantas outras noites como aquela. *Você queria que eu te encontrasse.* A parte seguinte era sempre a mais difícil. *Você queria que eu fosse como você.*

Ela tinha me oferecido a faca. Tinha me mandado matar a garota. E, em um certo nível, tinha acreditado que eu diria sim.

O verdadeiro nome de Locke era Lacey Hobbes. Ela era irmã mais nova de Lorelai Hobbes, falsa médium, suposta vítima de homicídio. *Minha mãe.* Virei o batom na mão e olhei para ele no escuro. Por mais que eu tentasse jogá-lo fora, eu não conseguia. Era um lembrete masoquista: das pessoas em quem eu tinha confiado, das pessoas que eu tinha perdido.

Depois de um tempo, forcei meus dedos a colocarem o batom no lugar. Eu não podia ficar fazendo aquilo comigo mesma.

Não conseguia parar.

Pensa em outra coisa. Qualquer coisa. Pensei na agente Sterling. A substituta de Locke. Ela usava as roupas como armadura. Eram peças caras, recém-passadas. Ela tinha as unhas pintadas. Não de francesinha nem de nenhuma outra cor, era de esmalte incolor. Para que usar esmalte se era transparente? Ela gostava do ritual de passá-lo, de botar uma camada fina entre suas unhas e o resto do mundo? Havia um subtexto ali: proteção, distância, força.

Você não se permite fraquezas, pensei, me dirigindo a ela como tinha aprendido a me dirigir a qualquer um que eu estivesse perfilando. *Por quê?* Voltei para as pistas que tinha dado sobre seu passado. Ela era a pessoa mais jovem a se formar na Academia do FBI e sentia orgulho disso. No passado, ela provavelmente tinha sido competitiva. Cinco anos antes, ela tinha saído do FBI. *Por quê?*

Em vez de uma resposta, meu cérebro se agarrou ao fato de que, em algum momento antes de sair, ela tinha conhecido Dean. *Ele não poderia ter mais de doze anos quando você o conheceu.* Isso disparou um alerta na minha cabeça. *O único jeito de um agente do FBI ter interagido com Dean tanto tempo atrás era se ela fosse parte da equipe que pegou o pai dele.*

O agente Briggs tinha liderado aquela equipe. Pouco tempo depois, começara a usar Dean, filho de um assassino em série famoso, para entrar na mente de outros assassinos. Chegou uma hora que o FBI descobriu o que Briggs estava fazendo e, em vez de o demitir, tornaram aquilo oficial. Dean tinha sido levado para uma casa velha na cidade perto da base do Corpo de Fuzileiros Navais de Quantico. Briggs tinha contratado um homem chamado Judd para trabalhar como guardião de Dean.

Com o tempo, Briggs tinha começado a recrutar outros adolescentes com outras habilidades geniais. Primeiro, Lia, com a capacidade sinistra de mentir e perceber mentiras quando saíam da boca dos outros. Depois, Sloane, Michael e, por fim, eu.

Você trabalhava com o agente Briggs, pensei, imaginando Veronica Sterling. *Você era da equipe dele. Talvez fosse até parceira dele.* Quando eu entrei no programa, a agente Locke era parceira de Briggs. Talvez tivesse sido substituta de Sterling antes de a situação ser o contrário.

Você não gosta de ser substituível e não gosta de ser substituída. Você não está aqui só como favor para o seu pai, falei silenciosamente para a agente Sterling. *Você conhece Briggs. Não gostava de Locke. E, em algum momento do passado, gostava de Dean. Isso é pessoal.*

— Sabia que um vombate-de-nariz-peludo vive em média de dez a doze anos?

Aparentemente, Sloane tinha decidido que eu estava mentindo quando falei que estava bem. Quanto mais café ingeria, menor era a chance de ela guardar estatísticas aleatórias para si mesma, principalmente se achasse que alguém precisava de uma distração.

— O vombate de vida mais longa em cativeiro viveu trinta e quatro anos — continuou Sloane, se apoiando nos cotovelos para me olhar. Considerando que nós dividíamos um quarto, eu deveria ter protestado com mais veemência contra a xícara de café número dois. Mas, naquela noite, a falação estatística em alta velocidade de Sloane estava sendo calmante, para meu estranhamento. Perfilar Sterling não tinha me impedido de pensar em Locke.

Talvez isso ajudasse.

— Me conta mais sobre vombates — falei.

Com carinha de criança pequena acordando na manhã de Natal e dando de cara com os presentes na árvore, Sloane sorriu para mim e fez o que eu pedi.

INSTINTO ASSASSINO 29

Você

O nervosismo foi inevitável na primeira vez em que você a viu, parada ao lado do carvalho grande, o cabelo comprido brilhando até metade das costas. Você perguntou qual era o nome dela. Memorizou tudo sobre ela.

Mas nada disso importa agora. Nem o nome dela. Nem a árvore. Nem seu nervosismo.

Você foi longe demais. Esperou tempo demais.

— Ela vai resistir se você deixar — sussurra uma voz dentro da sua cabeça.

— Eu não vou permitir — responde você com outro sussurro. Sua garganta está seca. Está tudo pronto. Já está há algum tempo.

— Eu vou amarrá-la.

— Amarrá-la — sussurra a voz.

Amarrá-la. Marcá-la. Cortá-la. Enforcá-la.

É assim que precisa ser feito. É o que aguarda essa garota. Ela não deveria ter estacionado tão longe do prédio do homem. Não deveria ter dormido com ele.

Não deveria.

Não deveria.

Não deveria.

Você está esperando por ela no carro quando ela entra. Está tudo pronto. Ela tem um teste hoje, mas você também tem.

Ela fecha a porta do carro. Fixa o olhar no retrovisor e, por uma fração de segundo, os olhos dela encontram os seus.

Ela te vê.

Você pula para a frente. Ela abre a boca para gritar, mas você coloca o pano úmido sobre sua boca e seu nariz.

— Ela vai reagir se você deixar — você diz, sussurrando as palavras como bobagens no ouvido dela.

O corpo dela fica inerte. Você a puxa para o banco traseiro e pega as cordas.

Amarrá-las. Marcá-las. Cortá-las. Enforcá-las.

Começou.

Capítulo 6

Dormi até meio-dia e acordei com a sensação de que não tinha descansado. Minha cabeça estava doendo. Eu precisava de comida. E cafeína. E talvez de um Tylenol.

— Noite difícil? — perguntou Judd assim que eu botei o pé na cozinha. Ele estava com um lápis nº 2 apontado na mão e completou uma linha das palavras cruzadas sem nem me olhar.

— Podemos dizer que sim — respondi. — Você conheceu a agente Sterling?

Os lábios de Judd tremeram de leve.

— Podemos dizer que sim — disse ele, repetindo minhas palavras.

Judd Hawkins estava na casa dos sessenta anos. A descrição oficial do trabalho dele envolvia cuidar da casa e de nós. A casa estava em excelente estado. Quanto aos cinco adolescentes que moravam nela... bom, fora cuidar para que estivéssemos alimentados e que nossos membros permanecessem relativamente intactos, Judd era bem na dele.

— A agente Sterling parece achar que vai se mudar pra cá — comentei. Judd preencheu outra linha das palavras cruzadas. Se ele estava incomodado pelo fato de uma agente do FBI ter aparecido meio que de um jeito inesperado, não demonstrou.

— Ela pode mesmo fazer isso? — perguntei.

Judd finalmente ergueu o rosto da revista.

— Se ela fosse qualquer outra pessoa — disse ele —, a resposta seria não.

Considerando que a agente Sterling tinha ido lá a pedido do pai, eu entendi que não devia haver nada que Judd pudesse fazer. O que eu não entendia era por que Judd não parecia *querer* fazer nada. Ela estava ali para fazer uma avaliação do programa. Tinha chamado de controle de danos, mas, do meu ponto de vista, parecia mais uma invasão.

— Que bom. Você acordou.

Falando na invasora..., pensei. Mas me segurei. Eu não estava sendo objetiva... nem justa. Eu estava julgando Sterling com base mais no que achava que ela *faria* do que em qualquer coisa que ela já tivesse feito. No fundo, eu sabia que não importava quem mandassem para substituir Locke: eu não estaria pronta. Qualquer similaridade era como sal em uma ferida aberta. Cada diferença também.

— Você costuma ter o hábito de dormir até o meio-dia? — perguntou ela, inclinando a cabeça para o lado e me olhando de cima a baixo. Como eu não podia fazer com que Sterling parasse de me observar, retribuí. Ela tinha passado maquiagem, mas não parecia maquiada. Assim como o esmalte transparente nas unhas, as cores que tinha escolhido para os olhos e lábios eram quase naturais.

Eu me perguntei quanto esforço era necessário para parecer tão perfeita sem esforço.

Se você quiser chegar perto de um UNSUB, eu praticamente ouvia Locke dizendo, *não diga ela ou dela. Diga você.*

— Você passou a noite aqui? — perguntei a Sterling, revirando isso na mente. *Locke nunca dormiu aqui. Briggs não dorme. Você não faz as coisas pela metade.*

— Tem um sofá-cama no escritório — disse Judd, parecendo um pouco incomodado. — Eu ofereci meu quarto, mas a srta. Teimosa se recusou a ficar nele.

INSTINTO ASSASSINO 33

Srta. Teimosa? Antes de trabalhar para o programa dos Naturais, Judd fora militar. Eu nunca o tinha ouvido se referir a nenhum agente do FBI por qualquer outra coisa além de seu título ou sobrenome. Por que ele estava se referindo à agente Sterling com o mesmo tom que eu esperaria que usasse com Lia?

— Eu que não vou te tirar da sua cama, Judd. — O toque de exasperação na voz de Sterling me disse que eles já tinham tido aquela discussão pelo menos duas vezes.

— Se sentem — grunhiu Judd em resposta. — As duas. Cassie não comeu nada hoje, e eu posso fazer dois sanduíches com a mesma facilidade com que faço um.

— Eu posso fazer meu próprio sanduíche — falei. Judd me encarou. Eu me sentei. Era um lado dele que eu não tinha visto. De um jeito estranho, ele quase me lembrou da minha avó italiana raiz, que achava que eu estava em um programa patrocinado pelo governo para adolescentes dotados. Nonna considerava botar comida em barrigas uma das suas principais missões de vida, e coitada da alma infeliz que a atrapalhasse.

— Eu já fiz um sanduíche pra mim — disse a agente, com rigidez.

Judd fez dois sanduíches mesmo assim. Botou um na minha frente e o outro na frente de um lugar vazio na mesa antes de se sentar e continuar a fazer as palavras cruzadas. Ele não falou nada, e, depois de um longo momento, Sterling se sentou.

— Onde estão os outros? — perguntei a Judd. Normalmente, eu não conseguia passar cinco minutos na cozinha sem Lia entrar para pegar sorvete ou Michael roubar comida do meu prato.

Foi a agente Sterling quem respondeu.

— Michael ainda não apareceu. Dean, Lia e Sloane estão na sala fazendo um simulado de conhecimentos gerais.

Eu quase me engasguei com um pedaço de presunto.

— Um o quê?

— Nós estamos em setembro — respondeu a agente Sterling, com aquele tom calmo demais que eu imaginava que a tornava muito boa em interrogar suspeitos. — Se você não fizesse parte deste programa, estaria na escola. Na verdade, tenho quase certeza de que sua família foi informada de que você teria aulas aqui. Algumas pessoas podem estar dispostas a deixar isso passar. Eu, não.

Tive a impressão de que, quando Sterling dizia "algumas pessoas", ela estava falando do agente Briggs, não de Judd.

— Você tem sorte de ter uma família que pode questionar seus estudos um dia — continuou ela. — Nem todo mundo nesta casa tem essa sorte, mas vocês *todos* vão receber a educação que foi prometida. — Os olhos dela se fixaram em Judd, e depois em mim. — Dean e Lia estudaram aqui por anos. Se Judd tiver feito o trabalho dele direitinho, eles devem conseguir passar no simulado. Eu não estou preocupada com Sloane.

Só sobramos Michael e eu. Se não estivesse no programa, eu teria começado meu último ano do ensino médio naquele mês.

— Faça o simulado — ordenou ela, de um jeito casual que me dizia que estava acostumada a ser obedecida. — Se precisar de um tutor, vamos arrumar um, mas, de qualquer modo, os outros aspectos da sua… *educação* podem esperar.

Desde que eu entrara no programa, tinha me esquecido de que havia um tipo de aprendizado que não envolvia os meandros da mente criminosa.

— Você pode me dar licença? — Eu me afastei da mesa.

Judd me olhou, achando graça.

— Você já me pediu licença alguma vez?

Encarei isso como resposta e fui na direção da porta. Judd terminou as palavras cruzadas e voltou a atenção para a agente Sterling.

— Vai comer seu sanduíche, Ronnie?

Ronnie? Minhas sobrancelhas subiram até o cabelo, e desacelerei o passo. Com o canto dos olhos, vi Sterling enrijecer levemente ao ouvir o apelido.

INSTINTO ASSASSINO 35

— É Veronica — disse ela. — Ou agente Sterling. Nesta casa, tem que ser.

Eles se conhecem, pensei. *Se conhecem há muito tempo.*

Passou pela minha cabeça que o diretor Sterling talvez tivesse escolhido a filha para aquela missão por motivos diferentes do fato de ela ter o mesmo sangue que ele.

Cheguei à porta da cozinha na hora que alguém entrou e quase me derrubou. Briggs estava do outro lado, parecendo ter acabado de chegar de viagem. Ele esticou o braço para me segurar, mas o olhar estava em outra direção.

— Ronnie.

— Briggs — respondeu a agente Sterling, usando o sobrenome dele de propósito, e não algum tipo de apelido. — Suponho que o diretor tenha avisado.

Briggs inclinou a cabeça de leve.

— Você poderia ter ligado.

Eu tinha razão, pensei. *Eles trabalharam juntos antes.*

— Cassie. — Briggs pareceu se tocar de que estava com as mãos nos meus ombros e as baixou. — Estou vendo que você conheceu a agente Sterling.

— Nos conhecemos ontem à noite. — Observei Briggs, procurando algum sinal de que ele ressentiu a invasão que aquela mulher representava. — Como está Mackenzie? — perguntei.

Briggs sorriu, um evento raro por si só.

— Está em casa. Ela vai precisar de muito apoio pra seguir em frente, mas vai conseguir. Essa menina é uma sobrevivente. — Ele voltou a atenção para a agente Sterling. — O programa dos Naturais acabou de fechar o segundo caso de arquivo morto este mês — disse ele. — Um sequestro de criança.

Ali estava: o sinal de que Briggs não tinha intenção de ceder a autoridade para a recém-chegada. As palavras dele eram designadas para comunicar uma mensagem de forma muito clara: ele não *precisava* se sentir ameaçado. O programa dos Naturais estava funcionando. Nós estávamos salvando vidas.

— Impressionante — disse Sterling, o tom deixando claro que achava que era qualquer coisa, menos isso. — Principalmente considerando que só duas crianças foram hospitalizadas por causa do programa e que uma delas levou um tiro, então claramente isso vai ser resolvido.

Duas crianças, Michael e Dean. Abri a boca para retrucar que nós não éramos *crianças*, mas Briggs me lançou um olhar de advertência.

— Cassie, por que você não vai ver o que os outros estão fazendo?

Seria a mesma coisa ele dizer "por que você não vai brincar lá fora?". Irritada, eu obedeci. Quando cheguei à sala, não fiquei surpresa de ver que o único realmente fazendo o simulado era Dean. Lia estava lixando as unhas. Sloane parecia estar construindo uma espécie de catapulta com lápis e elásticos.

Lia me viu primeiro.

— Bom dia, flor do dia — disse ela. — Eu não sou o Michael, mas, com base na expressão no seu rosto, estou supondo que você passou um tempo com a adorável agente Sterling. — Lia sorriu para mim. — Ela não é incrível?

O sinistro na Lia era que ela podia fazer qualquer coisa parecer genuína. Ela não gostava do FBI em geral, e era do tipo que desprezava regras só por princípio, mas mesmo sabendo que o entusiasmo dela era fingido, eu não consegui ver o que havia por trás.

— Tem alguma coisa na agente Sterling que me faz querer ouvir o que ela tem a dizer — continuou Lia, o tom de voz honesto. — Eu acho que talvez ela seja minha alma gêmea.

Dean deu uma risada debochada, mas não ergueu o rosto do simulado. Sloane acionou a catapulta, e precisei me abaixar para não ser atingida por um lápis na testa.

— O agente Briggs voltou — falei quando já tinha me endireitado.

INSTINTO ASSASSINO 37

— Graças a Deus. — Lia desligou o modo irônico e relaxou no sofá. — Mas se alguém disser pra ele que eu falei isso, vou ser obrigada a tomar medidas drásticas.

Eu não queria saber o que ela considerava "medidas drásticas".

— Briggs conhece a agente Sterling — anunciei. — Judd também. Eles a chamam de Ronnie.

— Dean — disse Lia, falando o nome dele arrastado, de um jeito específico para irritá-lo. — Para de fingir que está estudando e conta o que você sabe.

Dean a ignorou. Lia arqueou uma sobrancelha para mim. Claramente, ela achava que eu teria mais sorte em conseguir fazê-lo falar do que ela.

— Sterling fazia parte da equipe que pegou seu pai, não é? — falei, testando minha teoria. — Ela era parceira do Briggs.

No começo, achei que Dean pudesse me ignorar, assim como tinha ignorado Lia. Mas ele acabou botando o lápis de lado. Ele arqueou os olhos castanhos e me encarou.

— Ela era parceira dele — confirmou. A voz de Dean era grave e agradável, com um toque de sotaque sulista. Normalmente, ele era um cara de poucas palavras, mas naquele dia ele tinha mais cinco para nós. — Ela era esposa dele também.

Capítulo 7

Ela era esposa dele, pensei. *No passado, o que significava que agora não era mais.*

— Ela é a ex-mulher do Briggs? — falei, incrédula. — E o diretor mandou ela *pra cá*? Isso não pode ser ético.

Lia revirou os olhos.

— Mais antiético do que um programa informal do FBI que usa prodígios menores de idade pra pegar assassinos em série? — Ela deu um sorrisinho debochado. — Ou que tal enviar a própria filha pra substituir a agente Locke? Claramente, nepotismo e gestos escusos estão de vento em popa na sede do FBI.

Sloane desviou o olhar dos ajustes na catapulta.

— Em 1999, o FBI não tinha políticas registradas sobre relacionamentos entre colegas de trabalho — comentou ela. — Casamentos dentro da empresa entre supervisores, agentes e equipes de apoio não são incomuns, embora constituam uma minoria das uniões maritais entre empregados.

Lia me olhou e jogou o cabelo por cima do ombro.

— Se o FBI não tem uma política oficial pra namoro, duvido que tenha pra divórcio. Além do mais, estamos falando do diretor Sterling aqui. O homem que basicamente comprou Michael do pai prometendo convencer a Receita Federal a fazer vista grossa. — Ela fez uma pausa. — O homem que fez o FBI me tirar das ruas e me dizer que a outra opção seria uma instituição pra delinquentes juvenis.

Era a primeira vez que eu ouvia Lia falar do passado dela antes do programa. *Delinquentes juvenis?*

— Briggs e Sterling trabalharam no caso do meu pai. — Dean ofereceu a informação, usando o passado dele para desviar do assunto de Lia, o que me disse que ela estava contando a verdade e ele queria protegê-la de perguntas. — Briggs era o estrategista. Ele era motivado, competitivo... não com ela, mas com qualquer UNSUB que eles perseguissem. Briggs não queria só pegar assassinos. Ele queria ganhar.

Era fácil esquecer, quando ele dizia a palavra UNSUB, que seu pai nunca tinha sido um Elemento Desconhecido para ele. Dean tinha vivido com um assassino, um verdadeiro psicopata, dia após dia, por anos.

— Sterling era impulsiva — continuou descrevendo os agentes. Duvidei que ele mencionasse o pai de novo. — Destemida. Ela tinha cabeça quente e seguia seus instintos, mesmo quando não era a coisa certa a fazer.

Eu tinha desconfiado que a personalidade da agente Sterling tinha passado por grandes mudanças nos últimos cinco anos, mas, mesmo assim, era difícil ver a conexão entre a mulher de pavio curto e movida pelos instintos que Dean estava descrevendo e a que estava na cozinha. Os dados adicionais deixaram meu cérebro a mil por hora, conectando pontos, olhando a trajetória entre passado e presente.

— Briggs recebeu um caso. — Michael gostava de fazer uma entrada chamativa. — Ele acabou de atender uma ligação.

— Mas a equipe dele acabou de voltar. — Sloane carregou a catapulta de novo. — O FBI tem cinquenta e seis escritórios de campo, e o escritório de Washington é o segundo maior do país. Existem dezenas de equipes que poderiam pegar esse caso. Por que designar para Briggs?

— Porque eu sou o mais qualificado para o trabalho — disse o agente, entrando na sala. — E — acrescentou baixinho

— porque, em algum momento, o universo decidiu que eu precisava sofrer.

Eu me perguntei se essa parte final era sobre o caso ou sobre o fato de Sterling estar na cola dele. Agora que eu sabia que eles tinham sido casados, eu duvidava que a irritação dele com ela quando me mandou sair da sala tinha sido totalmente profissional. Ela estava brincando no parquinho dele... e estava na cara que eles tinham *questões*.

— Eu vou com o agente Briggs. — Sterling ignorou abertamente o ex-marido e dirigiu a frase para nós. — Se algum de vocês quiser chegar minimamente perto de um exercício de treinamento ou de um caso de arquivo morto este mês, vão ter que terminar esses simulados antes de eu voltar.

Lia jogou a cabeça para trás e riu.

— Você acha que eu estou brincando, srta. Zhang? — perguntou a agente Sterling. Era a primeira vez que eu ouvia o sobrenome de Lia, mas ela nem piscou.

— Eu não *acho* nada — respondeu. — Eu *sei* que você está falando a verdade. Mas também sei que a grana do FBI não vai deixar que você impeça os adolescentes brilhantes dele de fazer o trabalho. Não nos trouxeram aqui pra fazer simulado. Nos trouxeram aqui porque somos úteis. Eu conheço seu papai querido, agente Sterling. Ele só segue as regras quando lhe convém, e definitivamente não teve o trabalho de me chantagear pra entrar neste programa pra deixar você cortar minhas asinhas. — Lia se encostou no sofá e esticou as pernas. — Se você pensa diferente — acrescentou ela, os lábios se abrindo em um sorriso lento e deliberado —, está mentindo pra você mesma.

Sterling esperou para responder quando teve certeza de que tinha a atenção total de Lia.

— Você só é útil enquanto não for um ponto fraco — disse ela calmamente. — E, considerando suas histórias individuais, algumas delas *criminosas*, não seria tão difícil convencer o diretor de que um ou dois de vocês podem ser um risco maior do que compensa.

Dean era filho de um assassino em série. Michael tinha problemas de controle de raiva e um pai que o tinha trocado com o FBI por imunidade em processos de crimes de colarinho-branco. Lia era mentirosa compulsiva… e, ao que parecia, tinha passado por alguma instituição para delinquentes juvenis. Sloane estava com a catapulta mirada na cabeça da agente Sterling.

E havia eu.

— Lia, faz a vontade dela, termina o simulado. — O agente Briggs parecia estar com a cabeça já começando a latejar.

— Fazer a minha vontade? — repetiu Sterling. — Você está dizendo pra ela *fazer a minha vontade*? — A voz dela subiu um decibel.

— Lia já fez o simulado. — Dean falou antes que Briggs tivesse chance de responder. Todo mundo na sala se virou para ele. — Ela é um detector de mentiras humano. Sabe fazer questões de múltipla escolha mesmo dormindo.

Detectar mentiras tinha a ver tanto com as palavras que as pessoas usavam quanto com a forma como elas falavam. Se havia um padrão na elaboração das perguntas, uma diferença sutil entre a resposta verdadeira e as respostas falsas, um detector de mentiras encontraria.

Lia olhou para Dean de cara feia.

— Você nunca deixa eu me divertir — resmungou ela.

Dean a ignorou e se dirigiu à agente Sterling.

— Você tem um caso? Vai trabalhar nele. Não se preocupa com a gente. Vamos ficar bem.

Tive a sensação de que ele estava dizendo, na verdade, *eu vou ficar bem*. Com toda a falação sobre pontos fracos, Sterling parecia precisar ouvir isso.

Você e Briggs pegaram Daniel Redding, pensei, observando Sterling com atenção. *Vocês salvaram o Dean*. Talvez a ex de Briggs não concordasse totalmente com a ideia de ter salvado Dean para *aquilo*. Nós morávamos em uma casa com fotos de assassinos em série coladas nas paredes. Havia um contorno de cadáver no fundo da piscina. Nós vivíamos e respirávamos morte e destruição, Dean e eu ainda mais do que os outros.

Se ela tem alguma coisa contra o programa, por que o diretor a colocaria como substituta da Locke? Algo na situação toda não batia.

O celular de Briggs vibrou. Ele olhou para Sterling.

— Se você terminou aqui, a polícia local está contaminando nossa cena de crime agorinha mesmo, e algum idiota achou que seria boa ideia falar com a imprensa.

A agente Sterling soltou um palavrão baixinho, e eu mudei de ideia sobre a maquiagem e o esmalte, o jeito como ela se vestia, como falava. Nada disso tinha a intenção de apresentar uma imagem de profissionalismo para o resto do mundo. Não era uma camada protetora para manter o resto do mundo distante.

Ela fazia aquilo, tudo aquilo, para manter a antiga Veronica Sterling, a que Dean tinha descrito, *dentro dela*.

Enquanto eu revirava aquele pensamento na mente, Briggs e Sterling foram embora. Assim que a porta de entrada se fechou, Lia, Michael e Sloane correram para o controle remoto da televisão. Sloane chegou primeiro e colocou no canal de notícias. Demorei um momento para entender por quê.

Algum idiota achou que seria boa ideia falar com a imprensa.

Briggs não nos contaria nada sobre um caso atual. O programa dos Naturais só tinha permissão de trabalhar em casos de arquivo morto. Mas se a imprensa tinha sido informada do que havia levado a equipe de Briggs para uma nova missão, nós não *precisaríamos* contar com ele para obter informações.

— Vamos ver o que a mamãe e o papai estão fazendo, que tal? — disse Lia, olhando para a televisão com avidez e esperando os fogos começarem.

INSTINTO ASSASSINO 43

— Lia, vou te dar mil dólares pra você nunca mais se referir a Sterling e Briggs como mamãe e papai de novo.

Lia olhou para Michael de um jeito especulativo.

— Tecnicamente, é verdade — disse ela, avaliando a promessa. — Mas você só pode botar a mão no seu fundo de investimentos com vinte e cinco anos, e eu não acredito muito em pagamento fiado.

Eu nem sabia que Michael *tinha* um fundo de investimentos.

— Notícia urgente.

Todas as conversas na sala foram interrompidas quando uma repórter apareceu na tela. Ela estava na frente de uma construção com uma torre gótica. O cabelo estava balançando ao vento, a expressão séria. Havia uma energia estranha no momento, algo que teria me feito parar e assistir mesmo se eu não tivesse ideia do que viria.

— Estou na frente da Universidade Colonial, no norte da Virgínia, onde hoje os 6.800 alunos que formam o corpo discente viram um dos seus ser assassinado brutalmente... e exposto de forma horrenda no gramado do reitor.

A tela mostrou a imagem de uma casa estilo fazenda.

— Fontes dizem que a garota foi amarrada e torturada antes de ser estrangulada com a antena do próprio carro e colocada no capô. O carro e o corpo foram encontrados no gramado da casa do reitor da Colonial, Larry Vernon, hoje cedo. A polícia está investigando todas as pistas, mas uma fonte dentro do corpo policial parece ter dito que um homem, o professor George Fogle, é suspeito.

Outra foto apareceu brevemente na tela: um homem de quase quarenta anos, com cabelo escuro e cheio e olhar intenso.

— As disciplinas lecionadas pelo professor Fogle incluem a popular Monstros ou homens: a psicologia do assassinato em série, cuja ementa afirma que os alunos ficarão "intimamente familiarizados com os homens por trás das lendas dos crimes mais horrendos já cometidos".

A repórter levou a mão ao ouvido e parou de ler o teleprompter.

— Eu soube que um vídeo do corpo, feito com o celular de um aluno logo depois de a polícia chegar à cena, vazou na internet. As imagens supostamente são fortes. Estamos aguardando uma declaração da polícia local sobre o crime em si e a falta de segurança que permitiu que essa filmagem fosse feita. Aqui é Mara Vincent para o Channel Nine News.

Em segundos, a televisão estava no mudo e Sloane tinha localizado a filmagem no notebook. Ela colocou a tela de forma que todos pudessem ver e apertou o play. A câmera do celular deu zoom na cena do crime. *Forte* era eufemismo.

Nenhum de nós afastou o olhar. Para Lia e Michael, pode ter sido curiosidade mórbida. Para Sloane, cenas de crimes eram dados: ângulos a serem examinados, números a serem processados. Mas, para Dean e para mim, o foco não era a cena.

Era o corpo.

Havia uma conexão íntima entre um assassino e a vítima. Corpos eram como mensagens, cheios de significados simbólicos que só uma pessoa que entendia as *necessidades*, os *desejos* e a *raiva* envolvidos em acabar com outra vida podia decodificar.

Essa não é uma língua que as pessoas deviam querer falar. Dean era quem tinha me dito isso, mas, ao meu lado, eu sentia os olhos dele grudados na tela, assim como os meus.

O cadáver tinha cabelo loiro comprido. Quem tinha feito o vídeo não conseguiu chegar perto, mas, mesmo de longe, o corpo dela parecia quebrado, a pele, sem vida. As mãos pareciam amarradas nas costas, e com base no fato de que as pernas não estavam abertas, eu estava supondo que os pés também tinham sido amarrados. A parte de baixo do corpo estava pendendo da frente do carro. A saia estava coberta de sangue. Mesmo com a qualidade de filmagem questionável, eu identifiquei um nó em volta do pescoço. A corda preta se destacava sobre o carro branco e ia até o teto solar.

— Ei! — No vídeo, um policial reparou no estudante segurando o telefone. O estudante falou um palavrão e saiu correndo, e a filmagem foi interrompida.

Sloane fechou o notebook. A sala ficou em silêncio.

— Se foi só um assassinato — disse Michael por fim —, não pode ser em série. Por que chamar o FBI?

— O suspeito dá aula sobre assassinos em série — respondi, pensando em voz alta. — Se o professor estiver envolvido, talvez queiram alguém com conhecimento na área. — Olhei para Dean para ver se ele concordava, mas ele estava parado, olhando para a tela da televisão no mudo. Eu duvidava que estivesse hipnotizado com a previsão do tempo.

— Dean? — falei.

Ele não respondeu.

— Dean. — Lia esticou o pé e o empurrou com o calcanhar. — Terra chamando Redding.

Ele olhou. O cabelo loiro caiu no rosto. Os olhos castanhos nos encararam. Ele disse alguma coisa, mas as palavras saíram emboladas da garganta, algo entre um grunhido e um sussurro.

— O que você disse? — perguntou Sloane.

— Amarrá-las — disse Dean, a voz ainda rouca, porém mais alta agora. — Marcá-las. Cortá-las. Enforcá-las. — Ele cerrou os olhos e as mãos se fecharam em punhos.

— Ei. — Lia foi para perto dele num segundo. — Ei, Dean. — Ela não tocou nele, mas ficou ao seu lado. A expressão no rosto dela era ferozmente protetora... e apavorada.

Faz alguma coisa, pensei.

Pegando a dica com Lia, eu me agachei do outro lado de Dean. Estiquei a mão para tocar na nuca dele. Ele tinha feito o mesmo comigo, mais de uma vez, quando eu comecei a aprender a entrar na mente dos assassinos.

Assim que minha mão fez contato, ele se encolheu. O braço foi esticado, e meu pulso foi capturado em um aperto doloroso.

Michael ficou de pé, os olhos faiscando. Com um movimento de cabeça, falei para ele ficar no lugar. Eu sabia me cuidar.

— Ei — falei, repetindo as palavras de Lia. — Ei, Dean.

Ele piscou rapidamente, três ou quatro vezes. Eu tentei me concentrar nos detalhes do rosto dele e não no aperto mortal no meu pulso. Os cílios dele não eram pretos. Eram castanhos, mais claros do que os olhos. E estes estavam me encarando agora, redondos e escuros. Ele soltou meu pulso.

— Você está bem? — perguntou.

— Ela está ótima — respondeu Lia por mim, os olhos semicerrados, me desafiando a discordar dela.

Dean ignorou Lia e fixou o olhar em mim.

— Cassie?

— Eu estou bem — falei. Eu estava. Sentia o lugar onde a mão dele tocara um momento antes, mas não estava mais doendo. Meu coração estava disparado. Eu me recusei a permitir que minhas mãos tremessem. — Você está?

Eu esperava que Dean me afastasse, que se recusasse a responder, que saísse dali. Quando ele respondeu, vi o que era: penitência. Ele se obrigaria a dizer mais do que estava à vontade para dizer para se punir por perder o controle.

Para me compensar.

— Já estive melhor. — Dean poderia ter parado aí, mas não parou. Cada sílaba foi árdua, e meu estômago se contraiu quando percebi o quanto era sacrificante para ele formar aquelas palavras. — Sabe o professor que estão procurando, o que dá aula de Monstros ou homens? Eu apostaria muito dinheiro que o motivo de ele ser suspeito é que um dos assassinos sobre os quais ensina é meu pai. — Dean engoliu em seco e fulminou o tapete com o olhar. — O motivo do Briggs e da Sterling terem sido chamados é por eles terem sido os agentes originais no caso do meu pai.

Eu lembrava como era andar por uma cena do crime sabendo que tinha sido padronizada imitando o assassinato da minha mãe. Dean estava lá comigo. Estava lá *ao meu lado*.

INSTINTO ASSASSINO 47

— Amarrá-las. Marcá-las. Cortá-las. Enforcá-las — falei calmamente. — Era assim que seu pai matava as vítimas. — Eu não elaborei como pergunta, porque sabia. Só de olhar para Dean, já sabia.

— Era — disse Dean antes de erguer os olhos para a televisão ainda no mudo. — E eu tenho quase certeza de que foi isso que fizeram com essa garota.

Você

O gramado do reitor foi um belo toque. Você poderia tê-la largado em qualquer lugar. Não precisava correr o risco de te verem.

— Ninguém me viu. — Você murmura as palavras com um ruído satisfeito. — Mas ela foi vista.

As pessoas viram as linhas que você entalhou no corpo dela. Viram a corda que você envolveu no pescoço dela. Só de pensar, pensar nos olhos saltando conforme a vida se esvaía dela, os bracinhos frágeis forçando as amarras, a pele pálida marcada com linhas vermelhas...

Seus lábios se curvam em um sorriso. O momento passou, mas o jogo... o jogo é longo. Na próxima vez, sua ansiedade não vai ser tanta. Na próxima vez, você não vai ter nada para provar. Na próxima vez, você vai devagar.

Capítulo 8

Dean saiu da sala logo depois de jogar a bomba sobre o *modus operandi* do pai. Nós ficamos sentados em silêncio, os minutos passando, cada um mais saturado do que o anterior com todas as coisas que nós *não estávamos* dizendo.

Não havia sentido em tentar fazer um simulado. A única coisa em que eu conseguia pensar era a garota no vídeo, o corpo pendurado na frente do carro, a corda preta em volta do pescoço sem vida. Dean não tinha dito o que no vídeo o convencera de que o UNSUB estava imitando os crimes do pai dele.

O fato de que os braços e pernas dela estavam amarrados?

O jeito como foi exposta no carro?

Logicamente, essas coisas podiam ter sido coincidência. Mas Dean falou com tanta certeza, e também acreditou em mim quando eu tive uma teoria tão maluca quanto aquela. Mais maluca, até.

— Você está pensando no verão passado. — Foi Michael quem rompeu o silêncio ao se dirigir a mim. — Seu corpo está todo curvado de tanto esforço que está fazendo para guardar isso só pra si.

— Você não acha esquisito? — falei, meu olhar indo de Michael para os outros. — Seis semanas atrás, Locke estava reencenando o assassinato da minha mãe, e agora tem uma pessoa por aí imitando o pai do Dean?

— Tenho uma notícia pra você, Cassie. — Lia se levantou, os olhos faiscando. — Nem tudo tem a ver com *você*.

Fiquei assustada com o veneno na voz dela. Lia e eu podíamos não ser exatamente melhores amigas, mas ela também não costumava me ver como inimiga.

— Lia…

— *Isso… não… tem… a… ver… com… você.* — Ela deu meia-volta e foi até a porta. Na metade do caminho, parou e se virou, os olhos grudando nos meus. — Você tem ideia do que isso causa ao Dean? Acha que *entende*? Você não faz ideia do que ele está passando. *Nenhuma.*

— Você não está com raiva da Cassie, Lia — interrompeu Michael. — Está com raiva da situação e do fato do Dean ter ido pra algum lugar pra lidar com isso *sozinho*.

— Vai se ferrar, Michael — disse Lia com rispidez.

Ela deixou as palavras em suspenso no ar, a fúria palpável, e foi embora. Alguns segundos depois, ouvi a porta da frente se abrir e bater com força. Sloane, Michael e eu nos olhamos em um silêncio perplexo.

— É possível que eu tenha me enganado — disse Michael, por fim. — Talvez ela não esteja zangada *só* com a situação.

Michael era capaz de diagnosticar a mistura precisa de emoções que uma pessoa estava sentindo. Conseguia identificar a diferença entre irritação e fúria ardente e raiva reativa. Mas os porquês das emoções… Isso ficava entre a habilidade dele e a minha. As coisas que importavam para as pessoas, as coisas que as magoavam, as coisas que as tornavam as pessoas que eram… isso cabia a mim.

— Lia conhece Dean há mais tempo do que nós — falei, repassando mentalmente os detalhes da situação e das personalidades envolvidas. — Por mais gente que venha pra esta casa, pra Lia, eles sempre vão ser uma unidade formada pelos dois. Mas Dean…

— Unidade de um — concluiu Michael por mim. — Ele é o sr. Lobo Solitário.

Quando as coisas ficaram ruins, o impulso de Dean foi de erguer muros, afastar outras pessoas. Mas eu nunca o tinha visto afastar Lia antes. Ela era como da *família*. E, desta vez, ele a tinha deixado de fora... conosco.

— Dean gosta da Cassie — anunciou Sloane, completamente alheia ao fato de que talvez agora não fosse a hora para uma conversa sobre os sentimentos que Dean poderia ter por mim. Michael, sempre um mestre em mascarar as próprias emoções, não demonstrou nenhuma reação discernível quando ela continuou. — Lia sabe que Dean gosta de Cassie. Acho que não se importa. Na maior parte do tempo, imagino que ela ache engraçado. Mas agora... não é engraçado.

A percepção que Sloane tinha da psicologia humana era, na melhor das hipóteses, tênue, mas, ao mesmo tempo, eu via o fundo de verdade no que ela estava dizendo. Lia não tinha nenhum interesse romântico em Dean. Isso não significava que ela gostava do fato de que quando ele relatou a situação, foi em resposta às *minhas* perguntas. Eu quem tinha conseguido desarmá-lo. Lia não ficava feliz com isso. *Ela* era a pessoa com quem ele deveria contar, não eu. Aí eu fui lá e piorei a situação acentuando as similaridades que havia entre a situação de Dean e o que eu tinha passado com Locke.

— Eu não estava tentando dizer que sei exatamente o que ele sente. — Parecia que eu tinha que me justificar, apesar de Sloane e Michael provavelmente não estarem esperando isso. — Eu só quis dizer que parece ser um golpe horrendo do destino nós termos sido trazidos pra cá pra resolver casos de arquivo *morto*, mas os casos ativos do Briggs acabam tendo a ver com a gente. — Olhei de Michael para Sloane. — Falando sério, quais são as chances disso?

Sloane apertou os lábios.

— Você quer nos dizer as chances, não quer? — perguntou Michael.

— Não é tão simples. — Sloane negou com a cabeça e tirou o cabelo loiro platinado do rosto com a mão. — Nós não estamos lidando com variáveis separadas. Dean faz parte do programa porque entende assassinos, e ele entende assassinos porque o pai é um assassino. — Sloane fez um gesto com as mãos na frente do corpo, como se estivesse tentando segurar alguma coisa que não estava ali. — Está tudo conectado. Nossas famílias. As coisas que aconteceram conosco. As coisas que podemos fazer.

Olhei para Michael. Ele fez questão de não me olhar.

— Ser Natural não significa só nascer com uma aptidão incrível pra alguma coisa. Você precisa aprimorá-la. Sua *vida* toda precisa aprimorá-la. — A voz de Sloane ficou mais suave. — Vocês sabiam que já fizeram estudos sobre gente como a Lia? Eu li. Todos.

Eu entendi, como sempre conseguia sem ter que pensar no assunto, que Sloane ler artigos sobre detecção de mentiras era o jeito dela de tentar se conectar com Lia. O resto de nós entendia as pessoas de forma inerente. Sloane era melhor com objetos. Com números. Com *fatos*.

— Pra adultos, uma habilidade aprimorada de detectar mentiras parece depender basicamente de uma combinação de habilidade inata e treinamento específico. Mas com crianças e adolescentes é diferente. — Ela engoliu em seco. — Tem um subconjunto exato que se sobressai em detectar mentiras.

— E que subconjunto é esse? — perguntei.

Sloane puxou o punho da manga com as pontas dos dedos.

— O subconjunto que foi exposto a altos e baixos. Mudança de ambiente. Abuso. — Sloane fez uma pausa e, quando voltou a falar, as palavras saíram mais rápido. — Tem um efeito de interação: estatisticamente, os melhores detectores de mentira são crianças e adolescentes que não são submissos, que crescem em ambientes abusivos, mas lutam pra manter uma certa sensação de controle.

Quando Briggs falava sobre o que significava ser Natural, ele costumava usar palavras como *potencial* ou *dom*. Mas Sloane estava dizendo que o talento por si só não bastava. Nós não tínhamos nascido Naturais. Algo na infância de Lia a tinha transformado no tipo de pessoa capaz de mentir sem esforço, do tipo que *sabia* quando alguém estava mentindo para ela.

Alguma coisa tinha feito Michael focalizar emoções.

Minha mãe tinha me ensinado a ler as pessoas para que a ajudasse a dar o golpe nelas por dinheiro. Nós estávamos sempre em movimento, às vezes em uma cidade nova a cada semana. Eu não tinha tido lar. Nem amigos. Entrar na mente das pessoas, entendê-las, mesmo que elas nem soubessem da minha existência… quando eu era criança isso foi o mais perto que consegui chegar de amizades.

— Nenhum de nós teve uma infância normal — disse Sloane baixinho. — Se tivéssemos tido, não seríamos Naturais.

— E, com essa deixa, eu peço licença.

Michael se levantou. Manteve a voz casual, mas eu sabia que não gostava de falar da vida dele em casa. Ele tinha me dito uma vez que o pai dele tinha temperamento explosivo. Eu tentava não pensar nos motivos para um garotinho precisar se tornar especialista em ler as emoções dos outros com um pai assim.

Michael parou ao lado de Sloane na saída.

— Ei — disse baixinho, ela olhou para ele. — Eu não estou com raiva de você. Você não fez nada de errado.

Sloane sorriu, mas não de um jeito sincero.

— Eu tenho muitos dados que sugerem que eu faço ou digo a coisa errada pelo menos 86,5 por cento do tempo.

— Falou como alguém que quer ser jogada na piscina — retrucou Michael.

Sloane conseguiu abrir um sorriso genuíno desta vez, e, com um último olhar para mim, Michael foi embora.

— Você acha que o Dean foi pra garagem? — perguntou Sloane depois que nós duas estávamos sozinhas havia vários minutos. — Quando fica chateado, ele costuma ir pra garagem.

Dean não estava só *chateado*. Eu não sabia exatamente o que ele tinha passado na infância, mas na única vez que eu tinha perguntado a ele se sabia o que o pai estava fazendo com aquelas mulheres, a resposta tinha sido *não no começo*.

— Dean precisa de espaço — falei para Sloane, deixando claro caso ela não conseguisse enxergar sozinha. — Algumas pessoas gostam de ter os amigos ao redor quando as coisas ficam complicadas e outras precisam ficar sozinhas. Quando Dean estiver preparado pra falar, ele vai falar.

Enquanto falava aquelas palavras, eu já sabia que não poderia ficar sem fazer nada. Esperando. Eu precisava fazer *alguma coisa*, só não sabia o quê.

— Ele vai ficar bem? — perguntou Sloane, a voz quase inaudível.

Eu não podia mentir para ela.

— Não sei.

Capítulo 9

Fui parar na biblioteca. Prateleiras de uma parede à outra e do teto ao chão guardavam mais livros do que eu poderia ler em duas vidas. Parei na porta. Eu não estava lá atrás de um livro. *Terceira prateleira a partir da esquerda, duas de baixo para cima.* Eu engoli em seco e fui até a certa. *Entrevista 28, fichário doze.*

Fechei os dedos no fichário correto e me obriguei a pegá-lo. Na última vez que eu tinha tentado ler a entrevista 28, parei quando me dei conta do sobrenome do entrevistado.

Lia tinha razão. Eu não entendia totalmente o que Dean estava passando, mas queria. Precisava, porque, se fosse eu à beira do abismo, ele teria entendido.

Dean sempre entendia.

Sentei no chão, apoiei o fichário nas coxas e abri na página onde tinha parado semanas antes. Briggs era o agente conduzindo a entrevista na prisão. Ele tinha acabado de pedir ao pai de Dean para identificar uma das vítimas.

Redding:	Você está fazendo as perguntas erradas, meu filho. Não é quem elas são, é o que elas são.
Briggs:	E o que elas são?
Redding:	Elas são minhas.
Briggs:	Foi por isso que você as amarrou com lacres? Porque elas eram suas?

Redding: Você quer que eu diga que eu as amarrei pra elas ficarem. Seus psicólogos bacanas do FBI salivariam ao me ouvir falar sobre todas as mulheres que me abandonaram. Sobre a minha mãe e a mãe do meu filho. Mas você já pensou que talvez eu goste da aparência da pele de uma mulher quando ela luta contra o aperto do plástico? Talvez eu gostasse de ver linhas brancas aparecerem nos pulsos e tornozelos, ver as mãos e os pés ficarem dormentes. Talvez o jeito como os músculos se contraíam e algumas dessas mulheres lutavam até sangrar enquanto eu ficava sentado olhando... Você consegue imaginar, agente Briggs? Consegue?

Briggs: E marcá-las? Você vai me dizer que não era uma marca de propriedade? Que ser dono delas, dominá-las, controlá-las... esse não era o objetivo?

Redding: O objetivo? Quem diz que tem um objetivo? Quando eu era pequeno, as pessoas nunca gostavam de mim. Os professores diziam que eu era emburrado. O meu avô me criou, e ele sempre me mandava não olhar pra ele assim, não olhar pra minha avó assim. Tinha alguma coisa errada em mim. Eu tive que aprender a disfarçar, mas meu filho? Dean? Ele nasceu sorrindo. Só de olhar para ele as pessoas sorriam também. Todo mundo amava aquele garoto. O meu garoto.

Briggs: E você? Você o amava?

Redding: Eu o fiz. Ele era meu, e se ele tinha o poder de encantar, de deixar as pessoas à vontade, eu tinha.

Briggs: Seu filho te ensinou como se misturar, como se fazer gostar, como se fazer confiar. O que você ensinou ao seu filho?

Redding: Por que você não pergunta pra sua esposa? Uma coisinha linda ela, não é? Mas a boca daquela lá... hum, hum, hum.

— Boa leitura?

Uma voz me levou de volta ao presente.

— Lia.

— Você não consegue se segurar, né? — Havia uma rispidez na voz de Lia, mas ela não parecia tão furiosa comigo como antes.

— Desculpa por mais cedo. — Decidi correr o risco e pedir desculpas, sabendo que podia irritá-la. — Você tem razão. Eu não sei o que Dean está passando. A situação com Locke e comigo... não foi a mesma coisa.

— Sempre tão genuína — disse Lia, um toque de agressividade no tom cantarolado. — Sempre disposta a assumir os próprios erros. — Ela fixou o olhar no fichário no meu colo, e a voz ficou seca. — Mas sempre tão pronta a cometer os mesmos erros de novo.

— Lia, eu não estou tentando atrapalhar vocês dois...

— Meu Deus, Cassie. Eu falei que isso não tinha a ver com você. Acha mesmo que tem a ver *comigo*?

Eu não sabia bem o que pensar. Lia se esforçava para ser difícil de perfilar. A única coisa de que eu tinha certeza era da lealdade dela a Dean.

— Ele não ia querer que você lesse isso. — Ela falou com propriedade... só que Lia sempre falava com propriedade.

— Eu achei que pudesse ajudar — disse. — Se eu *entendesse*, poderia...

— Ajudar? — repetiu Lia, ácida. — Esse é o seu problema, Cassie. Suas intenções são sempre *tão boas*. Você sempre só quer *ajudar*. Mas, no fim das contas, não ajuda. Alguém se machuca, e esse alguém nunca é você.

— Eu não vou machucar o Dean — falei com veemência.

Lia soltou uma risada.

— Que fofo você acreditar nisso, mas é claro que vai. — Ela deslizou pela parede até estar sentada no chão. — Briggs me fez ouvir uma gravação das entrevistas do Redding quando eu tinha catorze anos. — Ela puxou as pernas para junto do peito. — Eu estava aqui havia um ano, e Dean não me queria nem a um centímetro de nada que tivesse a ver com o pai dele. Mas eu era como você. Achava que poderia *ajudar*, mas não *ajudou*, Cassie. — Cada vez que ela dizia *ajudar*, parecia mais perto de me mostrar os dentes. — Essas entrevistas aí são o show de Daniel Redding. Ele é um mentiroso. Um dos melhores que eu já ouvi. Ele te faz pensar que está mentindo quando está contando a verdade, e vai dizer coisas que não podem ser verdade… — Lia balançou a cabeça, como se pudesse afastar a lembrança com o movimento. — Ler qualquer coisa que Redding tem a dizer vai mexer com a sua cabeça, Cassie, e saber que você leu vai mexer com a do Dean.

Ela tinha razão. Dean não ia querer que eu lesse aquilo. O pai dele o tinha descrito como um garotinho que tinha nascido sorrindo, que era adorável de imediato, que deixava as outras pessoas à vontade sem esforço, mas o Dean que eu conhecia sempre estava com a guarda levantada.

Principalmente comigo.

— Me diz que eu estou enganada, Cassie, e faço um belo pedido de desculpas. Me diz que Daniel Redding já não te impregnou.

Eu sabia que não devia mentir para Lia. Havia algo dentro de mim, a parte de mim que via as pessoas como enigmas a serem solucionados, que queria respostas, que precisava encontrar sentido nas coisas… nas coisas péssimas, coisas *horríveis*, como o que tinha acontecido com a minha mãe, como o que Daniel Redding tinha feito com aquelas mulheres.

— Dean não ia me querer fazendo isso — admiti, mordendo o lábio inferior antes de seguir em frente. — Isso não quer dizer que ele esteja certo.

Na minha primeira semana no programa, Dean tinha tentado me fazer ir embora correndo. Ele tinha me dito que perfilar assassinos acabaria comigo. Também tinha me contado que quando o agente Briggs começara a procurar a ajuda dele nos casos, não havia mais nada para arruinar.

Se nossas situações estivessem invertidas, se fosse eu me afogando em tudo aquilo, Dean não teria recuado.

— Eu dormi no quarto do Michael ontem. — Lia esperou que as palavras fossem absorvidas antes de abrir um sorriso estilo gato da Alice. — Eu queria uma revanche do strip pôquer, e *Monsieur Townsend* ficou bem feliz em aceitar.

Senti como se ela tivesse enfiado uma estalactite de gelo no meu peito. Fiquei imóvel, tentando não sentir nada.

Lia estendeu a mão e tirou o fichário do meu colo. Ela fez um ruído debochado.

— Francamente, Cassie, você é fácil demais. Se e quando eu escolher passar a noite com Michael de novo, você vai saber, porque, na manhã seguinte, você vai estar invisível, e Michael só vai ter olhos pra mim. Enquanto isso... — Lia fechou o fichário. — De nada, porque essa é oficialmente a segunda vez nos últimos cinco minutos que eu te salvei de ir pra um lugar aonde você não quer ir de verdade. — Ela me encarou. — Você não quer entrar na mente do Redding, Cassie. — Lia jogou o cabelo por cima do ombro. — Se você me obrigar a fazer a intervenção número três, eu vou ser obrigada a usar a criatividade.

Com essas palavras um tanto preocupantes, ela saiu da sala... levando o fichário e tudo que havia nele junto.

Ela pode *fazer isso?* Fiquei lá olhando para onde ela estava. Acabei saindo do transe e disse para mim mesma que ela tinha razão, que eu não precisava saber os detalhes do pai do Dean para apoiá-lo agora, mas, mesmo sabendo disso, mesmo *acreditando* nisso, não conseguia parar de pensar nas partes da entrevista que não tinha tido oportunidade de ler.

O que você ensinou ao seu filho?, perguntara o agente Briggs.

Eu nunca tinha visto uma foto de Daniel Redding, mas conseguia imaginar o sorriso se abrindo no rosto dele enquanto respondia. *Por que você não pergunta pra sua esposa?*

Capítulo 10

Dean não foi jantar. Judd fez um prato para ele e guardou na geladeira. Eu me perguntei se Judd estava acostumado com Dean desaparecendo por horas seguidas. Talvez, quando ele chegou lá, isso fosse uma coisa normal. Eu me vi pensando mais e mais naquele Dean, o garoto de doze anos cujo pai tinha sido preso por assassinatos em série.

Você sabia o que ele estava fazendo. Eu entrei na perspectiva de Dean sem nem pretender. *Não pôde impedir.*

Ter empatia com Dean: os sentimentos dele pelo pai, o que olhar para o cadáver daquela garota deve ter causado nele… eu não conseguia guardar isso em uma seção separada da minha psique. Sentia sangrando pelos meus pensamentos. No momento, era bem provável ele estar pensando no fato de que tinha sangue de assassino nas veias. E eu tinha o de Locke nas minhas. Talvez Lia tivesse razão. Talvez eu não pudesse mesmo entender o que Dean estava passando… mas ser perfiladora significava que eu não conseguia parar de fazer isso. Não conseguia deixar de sentir a dor dele e reconhecer como eco da minha.

Depois do jantar, eu pretendia subir, mas meus pés me levaram na direção da garagem. Parei antes da porta. Dava para ouvir o som abafado de carne batendo em alguma coisa… repetidamente, sem parar. Levei a mão até a maçaneta, mas a puxei de volta.

Ele não te quer aqui, lembrei a mim mesma. Mas, ao mesmo tempo, não conseguia deixar de pensar que talvez se isolar de nós tivesse menos a ver com o que Dean queria e mais com o que ele não se permitiria querer. Havia uma chance, uma chance boa, de que Dean não *precisasse* ficar sozinho, e sim de que ele achasse que ficar sozinho era o que merecia.

Por vontade própria, minha mão se moveu novamente. Desta vez, eu girei a maçaneta. A porta se abriu em uma frestinha, e o som de respiração pesada se somou ao ruído rítmico que eu tinha escutado antes. Com a respiração travada na garganta, eu abri a porta. Dean não me viu.

O cabelo loiro estava molhado de suor, grudado na testa. A regata branca fina estava colada ao corpo, encharcada e quase transparente. Dava para ver as linhas do abdome, do peito. Os ombros estavam expostos, os músculos tão contraídos que achei que arrebentariam como elásticos ou escapariam debaixo da pele bronzeada.

Thwack. Thwack. Thwack.

O punho dele colidia com um saco de areia. O saco voltava na direção dele e ele lutava com mais intensidade. O ritmo de batidas estava ficando mais rápido e, a cada soco, ele botava mais força nos golpes. Os punhos estavam à mostra.

Perdi a noção de quanto tempo fiquei ali, olhando. Havia algo animalesco nos movimentos, algo feroz e maligno. Meu olho de perfiladora viu cada soco carregado de significado. *Perdendo controle, controlado. Punição, liberação.* Ele recebia de bom grado a dor nos nós dos dedos. Não conseguiria parar.

Dei alguns passos para perto, mas fiquei fora do alcance dele. Desta vez, não cometi o erro de tentar tocar nele. Os olhos estavam grudados no saco, sem enxergar. Eu não sabia quem ele estava atacando, o pai ou a si mesmo. Só sabia que, se ele não parasse, algo cederia: o saco, as mãos, o corpo, a mente dele.

Ele tinha que sair daquele transe.

— Eu te beijei.

Não sei o que deu em mim para dizer aquilo, mas eu tinha que dizer *alguma coisa.* Deu para ver o momento em que as pa-

INSTINTO ASSASSINO 63

lavras chegaram a ele. Os movimentos ficaram um pouco mais comedidos; senti-o recuperando a percepção do mundo ao redor.

— Não importa. — Ele continuou socando o saco de areia.

— Era só um jogo.

Verdade ou consequência. Ele tinha razão. Era só um jogo. Então por que eu estava com a sensação de ter levado um tapa?

Dean finalmente parou de socar o saco de areia. Respirava com dificuldade, o corpo todo se movendo a cada inspiração e expiração. Com um olhar de esguelha para mim, ele falou de novo.

— Você merece coisa melhor.

— Melhor do que um jogo? — perguntei. *Ou melhor do que você?*

Dean não respondeu. Percebi nessa hora que aquilo não tinha realmente a ver comigo. Ele não estava *me* vendo. Tinha a ver com uma Cassie de faz de conta e idealizada que ele tinha criado na cabeça, algo com que se atormentar. Uma garota que *merecia* coisas. Uma garota que ele nunca poderia *merecer*. Eu odiava que ele estivesse me colocando em um pedestal de vidro, frágil e fora de alcance. Como se eu não pudesse opinar na questão.

— Eu tenho um batom. — Joguei as palavras na direção dele. — Locke quem me deu. Eu digo pra mim mesma que guardo como lembrete, mas não é tão simples. — Ele não respondeu, então continuei. — Locke achou que eu podia ser como ela. — Esse era o ponto do joguinho dela. — Ela queria tanto, Dean. Eu sei que ela era um monstro. Sei que deveria odiá-la. Mas, às vezes, eu acordo de manhã e, só por um segundo, esqueço. E nesse segundo, antes de lembrar o que ela fez, sinto saudade dela. Eu nem sabia que éramos parentes, mas...

Parei de falar e minha garganta se apertou, porque eu não conseguia parar de pensar que eu devia ter percebido. Eu devia ter percebido que ela era a última conexão com a minha mãe. Devia ter percebido que ela não era o que parecia. Devia ter percebido e não percebi, e pessoas se machucaram por isso.

— Não se obriga a dizer essas coisas porque eu preciso ouvi-las — disse Dean com voz rouca. — Você não é como a Locke.

Ele limpou as mãos na calça jeans, e eu ouvi o que ele não estava dizendo.

Você não é como eu.

— Pode ser — falei calmamente — que, pra fazer o que você e eu fazemos, tenhamos que ter um pouco de monstro em nós.

A respiração travou na garganta de Dean, e por um longo momento nós dois ficamos ali parados em silêncio: inspirando, expirando, respirando *através* da verdade que eu tinha acabado de elaborar.

— Suas mãos estão sangrando — falei, a voz tão rouca quanto a dele um momento antes. — Você se machucou.

— Não, eu… — Dean olhou para baixo, viu os nós dos dedos ensanguentados e engoliu o resto do argumento.

Se eu não tivesse interrompido, você teria massacrado suas mãos. Essa certeza me fez agir. Um minuto depois, eu estava de volta com uma toalha limpa e uma bacia de água.

— Senta — falei.

Como Dean não se mexeu, olhei de cara feia para ele e repeti a ordem. Fisicamente, eu lembrava a minha mãe, mas, quando tinha motivação adequada, sabia fazer uma boa imitação da minha avó paterna. Quem ousava discutir com a Nonna fazia isso por sua própria conta e risco.

Ao ver o músculo teimoso da minha mandíbula contraído, Dean se sentou no banco. Estendeu a mão para a toalha. Eu o ignorei, me ajoelhei e mergulhei a toalha na água.

— Mão — falei.

— Cassie…

— Mão — repeti. Senti-o preparado para recusar, mas, de alguma forma, a mão dele encostou na minha. Lentamente, eu a virei. Com cuidado e delicadeza, limpei o sangue dos nós dos dedos, passando a toalha por tendão e osso. A água estava em temperatura ambiente, mas um calor se espalhou pelo meu corpo quando meu polegar passou de leve por sua pele.

Coloquei a mão esquerda dele de lado e comecei a trabalhar na direita. Nenhum de nós disse nada. Eu nem olhei para ele. Mantive os olhos fixos nos dedos, nas juntas, na cicatriz que percorria o comprimento do polegar.

— Eu te machuquei — Dean rompeu o silêncio.

Eu senti o momento escapando. Queria-o de volta tão intensamente que me surpreendi.

Eu não quero fazer isso. Queria que tudo ficasse igual. Era capaz de fazer isso. Sempre fazia. Nada precisava mudar.

Afastei as mãos de Dean.

— Você não me machucou — falei para ele com firmeza.

— Você segurou meu punho. — Puxei a manga e mostrei meu braço direito como prova. Ao lado do bronzeado dele, minha pele era quase pálida. — Não tem marca nenhuma. Não tem hematoma. Nada. Eu estou ótima.

— Você teve sorte — disse Dean. — Eu estava... em outro lugar.

— Eu sei.

Na noite anterior, quando a chegada da agente Sterling me deixou em parafuso, foi ele quem rompeu o domínio que esse *outro lugar* teve sobre mim. Dean sustentou o olhar no meu por um momento e a compreensão surgiu nos olhos dele.

— Você se culpa pelo que aconteceu com a Locke. — Dean era perfilador, assim como eu. Conseguia entrar na minha cabeça com a mesma facilidade com que eu conseguia entrar na dele.

— Com as garotas que ela matou, com Michael, comigo.

Eu não respondi.

— Não foi culpa sua, Cassie. Você não tinha como saber. — À minha frente, Dean engoliu em seco. Meus olhos acompanharam o movimento de seu pomo de Adão. Ele abriu a boca e falou. — Meu pai me fazia olhar.

Essas palavras sussurradas carregaram o poder de um tiro, mas eu não reagi. Se dissesse qualquer coisa, se respirasse, se ao menos me movesse, Dean se fecharia de novo.

— Eu descobri o que meu pai estava fazendo, e ele me fez olhar.

O que nós estávamos fazendo, trocando segredos? Trocando culpas? O que ele tinha acabado de me contar era bem maior do que qualquer coisa que eu poderia ter contado. Ele estava se afogando, e eu não sabia como tirá-lo dali. Nós dois ficamos sentados em silêncio, ele no banco, eu no chão. Eu queria tocar nele, mas não toquei. Queria dizer para ele que tudo ficaria bem, mas não disse. Só visualizei a garota que tínhamos visto no noticiário.

A garota morta.

Dean podia socar um saco de areia até a pele dos dedos se desgastar toda. Nós podíamos trocar confissões que ninguém nunca deveria ter que fazer. Mas nada disso podia mudar o fato de que Dean não teria uma boa noite de sono enquanto aquele caso não fosse encerrado... e eu também não.

Capítulo 11

Na manhã seguinte, depois de rolar de um lado para o outro quase a noite toda, acordei com uma cara a poucos centímetros da minha. Dei um pulo para trás na cama, e Sloane ficou me olhando.

— Hipoteticamente falando — disse ela, como se fosse perfeitamente normal se curvar sobre uma cama e ficar olhando para uma pessoa até ela acordar —, construir um modelo da cena do crime que assistimos no vídeo de ontem se qualificaria como invadir o espaço do Dean?

Abri a boca para dizer para Sloane que ela estava invadindo o *meu* espaço, mas aí a pergunta dela ficou clara.

— Hipoteticamente falando — falei, segurando um bocejo e me sentando na cama —, você já reconstruiu a cena do crime em questão?

— Isso é uma possibilidade real. — O cabelo dela estava desgrenhado e arrepiado em ângulos estranhos. Havia olheiras sob seus olhos.

— Você dormiu esta noite? — perguntei.

— Eu estava tentando entender como o assassino conseguiu colocar o corpo da garota lá sem ser visto — disse Sloane, o que era e não era resposta à minha pergunta. Quando Sloane ficava absorta em alguma coisa, o resto do mundo deixava de existir. — Eu tenho uma teoria.

Ela puxou as pontas do cabelo loiro platinado. Eu conseguia praticamente vê-la esperando que eu surtasse com ela, que dissesse que estava lidando com a situação com Dean *errado*. Ela sabia que era diferente das outras pessoas, e eu estava entendendo aos poucos que, em algum momento, alguém (ou talvez muitos alguéns) a tinha condicionado a acreditar que diferente, o tipo dela de diferente, era errado.

— Espera eu me vestir — falei. — Aí você pode me contar sua teoria.

Quando Dean ficava chateado, ele ia para a garagem. Quando Sloane estava chateada, ela ia para o porão. Eu não sabia se ela tinha outro jeito de encarar as coisas.

Além do mais, pensei enquanto vestia uma camiseta, *eu sou a última pessoa que deveria estar dando sermão sobre dar espaço ao Dean.*

O porão ocupava o comprimento da casa vitoriana e se estendia sob o jardim e o quintal. Paredes que não chegavam ao teto dividiam o espaço em cenários distintos, todos sem uma quarta parede.

— Precisei fazer algumas modificações nas especificações do carro — disse Sloane, prendendo o cabelo em um rabo de cavalo apertado enquanto parava na frente de um carro velho no gramado de um cenário feito para parecer um parque. — Briggs mandou trazer um carro de duas portas umas semanas atrás pra uma simulação que eu estava fazendo. O capô era cinco centímetros mais longo, e a inclinação não era íngreme o suficiente, mas nada que uma marreta bem manuseada não pudesse ajustar.

Sloane era miúda, assim como dava pouca atenção às medidas de segurança recomendadas. A ideia de ela segurar uma marreta de qualquer tipo era apavorante.

— Cassie, foco — ordenou Sloane. — Nós estávamos limitados nos cenários internos, então fui para a cena de parque ao lado. A grama tem três centímetros de altura e é um pouco menos uniforme do que a do local do crime. Nós tínhamos uma boa variedade de bonecos para escolher, então consegui encontrar um da altura da vítima, com diferença de dois centímetros. A corda é da cor errada, mas é de náilon, e a grossura deve ser a mesma.

Era fácil esquecer, às vezes, que o dom de Sloane ia bem além dos índices estatísticos guardados no cérebro. O vídeo que tínhamos visto da cena do crime tinha sido feito de longe e durava menos de quarenta e cinco segundos, mas ela tinha decorado cada detalhe numérico: o comprimento e largura da corda amarrada no pescoço da vítima; a posição exata do corpo; a altura da grama; a marca, modelo e detalhes do carro.

Como resultado, eu estava olhando para uma réplica quase exata do que tínhamos visto na filmagem. Um boneco sem rosto e nu estava posicionado no capô do carro. As extremidades inferiores caíam pela frente; havia uma corda amarrada no pescoço. O corpo estava ligeiramente inclinado para o lado. No vídeo, só o tínhamos visto de frente, mas agora eu conseguia andar em volta para ter uma visão de 360 graus. As mãos estavam presas na altura dos punhos de forma pouco natural, girando o tronco ligeiramente para a esquerda. Eu fechei os olhos e visualizei a garota.

Você lutou, né? Lutou tanto que as cordas cortaram seus braços.

— Uma das pontas da corda estava amarrada no pescoço dela. A outra passava pelo teto solar e estava presa em alguma coisa dentro do carro.

A voz de Sloane me trouxe de volta ao presente. Eu olhei para o carro.

— O UNSUB não fez isso tudo no gramado da casa do reitor da universidade — falei.

— Correto! — Sloane sorriu para mim. — O que significa que ele a amarrou e *depois* colocou o carro lá. Eu pesquisei a topografia das ruas em volta da casa. Tem uma estrada diretamente a oeste que faz uma curva, mas, se você não virar, sai dela e desce uma inclinação em direção à floresta.

— Uma floresta poderia ter sido o esconderijo — falei, mordendo o lábio inferior enquanto tentava imaginar o UNSUB se movendo rápida e silenciosamente, ainda escondido na escuridão parcial do amanhecer. — Supondo que ele a matou no carro, ele pode tê-la amarrado na floresta...

Sloane continuou de onde eu parei.

— ... empurrado até o limite da floresta, e a inclinação da colina cuidaria do resto. A única pergunta é como ele impediu que o corpo ficasse balançando de um lado para o outro na descida.

Abri a boca para responder, mas outra pessoa falou primeiro.

— Estava com peso.

Sloane e eu viramos ao mesmo tempo. A agente Sterling veio andando na nossa direção, as pernas compridas atravessando rápido o espaço. Ela tinha trocado o terninho cinza por um preto e a camisa rosa por uma cinza-prateada bem clara, um tom quase idêntico aos olhos dela. O cabelo estava preso em uma trança embutida e o rosto estava rígido, como se ela tivesse prendido a trança de um jeito tão firme que a pele de seu rosto tivesse ficado esticada.

Ela parou a uma curta distância da cena de crime que Sloane tinha montado.

—A similaridade é impressionante — disse ela, as palavras secas deixando claro que a declaração não era um elogio. — Que material você usou de fonte?

Sloane, completamente alheia ao tom duro na voz de Sterling, respondeu com um sorriso.

— Um vídeo gravado pelo celular vazou on-line.

A agente Sterling fechou os olhos, curvou a cabeça de leve e inspirou. Eu praticamente a ouvi contando silenciosamente até dez. Quando abriu os olhos, eles se fixaram em mim.

— E qual foi seu envolvimento nisso tudo, Cassandra?

Eu poderia ter dito que Sloane tinha construído a réplica sozinha, mas eu que não ia jogar minha colega aos leões. Me coloquei entre Sloane e Sterling e dirigi a ira da agente a mim.

— Meu envolvimento? — repeti, canalizando Lia… ou possivelmente Michael. — Eu diria que *apoio moral*.

Sterling repuxou os lábios e se virou para Sloane.

— Houve algum motivo específico pra você querer reconstruir essa cena de crime? — perguntou ela, deixando a voz um pouco mais gentil.

Tentei chamar a atenção de Sloane e comunicar que ela não devia sob circunstância nenhuma contar o que Dean tinha dito sobre o pai.

Ela me encarou e assentiu. Eu relaxei de leve, e Sloane se virou para a agente Sterling.

— Dean nos contou que esse caso se parece muito com os do pai dele — disse ela de forma prática.

Obviamente, Sloane tinha interpretado errado que meu olhar significava o oposto do que eu estava tentando comunicar.

— E aí você reconstruiu a cena para entender se o Dean estava certo quanto às similaridades? — perguntou a agente Sterling.

— Eu reconstruí a cena para que a Cassie pudesse dar uma olhada — disse Sloane, prestativa. — Ela disse que o Dean precisava de espaço, então estamos dando espaço pra ele.

— Você chama isso de *dar espaço pra ele*? — perguntou Sterling, movendo a mão na direção do carro. — Eu seria capaz de matar a pessoa que vazou aquele vídeo. Ver isso… era a última coisa de que o Dean precisava. Mas sabe qual é a penúltima coisa de que ele precisa? Alguém recriando aquela cena *no porão dele*. Você não aprendeu nada no verão?

Essa pergunta foi direcionada a mim. O tom dela não foi zangado nem acusatório. Foi incrédulo.

— Quando o diretor descobriu o que o Briggs estava fazendo com Dean, usando ele pra resolver casos, Briggs quase foi demitido. *Deveria* ter feito ele ser demitido. Mas meu pai e Briggs conseguiram chegar a um acordo. O Bureau providenciaria um lar para Dean, um guardião e treinamento, e Dean os ajudaria com casos de arquivo morto. *Não* casos ativos. A vida de vocês não era pra estar em jogo. — A agente Sterling fez uma pausa, a expressão nos olhos dela presa entre a raiva e a traição.

— Eu fingi que não estava vendo nada. Até o verão passado.

O verão passado foi quando tivemos autorização de trabalhar em um caso ativo porque a assassina tinha mirado em mim.

Sloane foi me defender.

— A assassina fez contato com Cassie, não o contrário.

A expressão de Sterling se suavizou quando ela olhou para Sloane.

— A questão aqui não é o que aconteceu no verão. É o fato de que ninguém autorizou você a trabalhar *nesse* caso. Preciso da palavra de vocês de que vão deixar isso pra lá. Nada de modelar, perfilar, hackear.

— Nada de hackear — concordou Sloane. Ela esticou a mão para apertar a de Sterling em um acordo, e antes que a agente pudesse comentar sobre a audição seletiva, ela acrescentou: — Se toda a população da cidade de Quantico apertasse as mãos, haveria um total de 157.080 possíveis combinações de apertos de mão.

Sterling sorriu de leve ao pegar a mão de Sloane.

— Nada de hackear *e* chega de simulações.

Sloane puxou a mão de volta. As olheiras debaixo dos olhos dela a faziam parecer mais nova, mais frágil... ou talvez sensível.

— Eu tenho que fazer simulações. É o que eu faço.

Como perfiladora, a agente Sterling deveria ter conseguido ouvir o que Sloane não estava dizendo: que construir aquele modelo era a única coisa que ela *podia* fazer por Dean. Também era o jeito dela de lidar com as próprias emoções. Era *o que ela fazia*.

— Não nesse caso — repetiu Sterling. Ela se virou de Sloane para mim. — Sem exceção. Sem desculpa. Esse programa só funciona se as regras forem seguidas e aplicadas. — Sterling tinha se colocado no papel de executora, obviamente. — Vocês trabalham em casos de arquivo morto e só fazem isso com minha aprovação e do Briggs. Se não conseguirem seguir essas instruções simples, *vocês* não são só um risco. Esse programa todo é.

— A agente Sterling me encarou, e não houve dúvida na minha mente de que ela queria que eu ouvisse aquilo como ameaça.

— Fui clara?

A única coisa claríssima era o fato de que minhas impressões anteriores da mulher tinham sido na mosca. Aquilo não era só um trabalho para ela. Era pessoal.

Capítulo 12

— **Ela meio que ameaçou** acabar com o programa.

Michael se encostou na cadeira.

— Ela é perfiladora. Sabe exatamente que ameaças fazer pra manter as pessoas na linha. Ela te conhece, Colorado. Você é jogadora de uma equipe, então ela não ameaçou só você. Ameaçou o resto de nós também.

Michael e eu estávamos na sala. Sloane, Lia e Dean tinham passado no simulado do dia anterior sem dificuldades. Michael e eu não tínhamos feito, mas apareceram folhas de resposta com nossos nomes mesmo assim. Ao que parece, Lia estava generosa... mas não o suficiente para garantir que passássemos. Como resultado, Michael e eu tínhamos recebido ordens rigorosas para estudar.

Eu era melhor em seguir ordens do que Michael.

— Se fosse você fazendo as ameaças — disse ele, um sorriso malicioso surgindo no rosto —, como faria comigo?

Ergui o rosto do papel. Eu estava examinando o teste que Lia tinha preenchido para mim, corrigindo as respostas erradas.

— Você quer que eu te ameace?

— Eu quero saber como você me *ameaçaria* — corrigiu Michael. — Obviamente, ameaçar o programa não seria a forma de me afetar. Eu não tenho nenhum carinho pelo FBI.

Bati com a ponta do lápis no simulado. O desafio de Michael era uma distração bem-vinda.

— Eu começaria com o seu Porsche — falei.

— Se eu me comportar mal, você vai tirar minha chave? — Michael arqueou as sobrancelhas de um jeito que foi ao mesmo tempo sugestivo e ridículo.

— Não — respondi sem nem pensar. — Se você se comportar mal, eu vou dar o seu carro pro Dean.

Houve um momento de silêncio perplexo, e Michael colocou a mão no coração, como se tivesse levado um tiro. Foi um gesto que teria sido engraçado antes de ele ter levado uma bala de verdade no peito.

— Foi você quem perguntou — falei.

Michael já deveria saber que não adiantaria levantar a bola se não quisesse que eu desse uma cortada.

— Essa sua depravação, Cassie Hobbes. — Ele estava impressionado, claramente.

Eu dei de ombros.

— Você e Dean têm uma coisa meio pseudoinimizade declarada, meio pseudorrivalidade de irmãos. Você preferiria botar fogo no seu carro a dá-lo para o Dean. É a ameaça perfeita.

Michael não contradisse a minha lógica. Só balançou a cabeça e sorriu.

— Alguém já te disse que você tem um traço de sadismo?

Senti o ar sumir dos meus pulmões. Ele não tinha como saber o efeito que aquelas palavras teriam em mim. Olhei para o simulado e deixei o cabelo cair no rosto, mas era tarde demais. Michael já tinha visto a fração de segundo de *horror... repulsa... medo... nojo* no meu rosto.

— Cassie...

— Eu estou bem.

Locke era sádica. Parte do prazer que ela tinha ao matar era imaginar o que as vítimas estavam passando. Eu não tinha desejo de machucar ninguém. Nunca. Mas ser perfiladora Natural significava que eu sabia instintivamente as fraquezas dos outros.

Saber o que as pessoas queriam e saber o que temiam eram dois lados da mesma moeda.

Michael não estava me chamando de sádica de verdade. Eu sabia disso, e ele sabia que eu nunca machucaria ninguém intencionalmente. Mas, às vezes, saber que você era *capaz* de fazer uma coisa era quase tão ruim quanto ter feito de verdade.

— Ei. — Michael virou o rosto para dar uma boa olhada no meu. — Eu estava brincando. Nada de Cassie Triste, tá?

— Essa não é a minha cara triste — falei.

Houve uma época em que ele teria tirado o cabelo do meu rosto e tocado minha mandíbula. Não mais.

As regras tácitas diziam que tinha que ser escolha minha. Eu conseguia senti-lo me olhando, esperando que eu dissesse alguma coisa. Ele ficou me observando, o rosto a centímetros do meu.

A boca a centímetros da minha.

— Eu conheço a Cassie Triste quando vejo — disse ele. — Não importa de que ângulo esteja olhando.

Joguei o cabelo por cima do ombro e me encostei na cadeira. Tentar esconder o que eu sentia de Michael era impossível. Eu não devia nem ter tentado.

— Você e a Lia voltaram a se falar? — perguntou ele.

Fiquei grata pela mudança de assunto.

— Lia e eu estamos... o que Lia e eu somos normalmente. Acho que ela não está planejando minha partida deste plano.

Michael assentiu, compreensivo.

— Então ela não vai pular no seu pescoço assim que descobrir que você violou o mandamento sagrado de *Darás espaço ao Dean?*

Eu achava que a minha visita a Dean na noite anterior tinha passado despercebida. Ao que parecia, achei errado.

— Eu queria ver como ele estava. — Achei que precisava explicar, apesar de Michael não ter pedido explicação. — Não queria que ele ficasse sozinho.

INSTINTO ASSASSINO 77

Ler emoções tornava Michael especialista em escondê-las, e quando vi um vislumbre de *alguma coisa* nos olhos dele, percebi que ele tinha escolhido não esconder de mim. Ele gostava que eu fosse do tipo que se importava com as pessoas da casa. Só queria que a pessoa com quem eu tinha passado a noite anterior me preocupando não fosse Dean.

— E como vai a angústia familiar do sr. Irritado?

Michael fez uma imitação boa de alguém que não ligava para a resposta àquela pergunta. Ele talvez até conseguisse enganar outro leitor de emoções, mas a minha habilidade não era só relacionada a postura ou expressões faciais ou ao que uma pessoa estava sentindo em um dado momento.

Comportamento. Personalidade. Ambiente.

Michael estava tentando esconder o fato de que ele se importava, *sim*, com a resposta para aquela pergunta.

— Se você quer saber como o Dean está, é só perguntar.

Michael deu de ombros, indiferente. Ele não admitiria que Lia, Sloane e eu não éramos as únicas preocupadas com Dean. Um dar de ombros era o mais perto de expressão de preocupação que eu teria.

— Ele não está bem — falei. — Só vai ficar bem quando Briggs e Sterling fecharem o caso. Se eles contassem o que está acontecendo, talvez ajudasse, mas isso não vai rolar. Sterling não vai permitir.

Michael me olhou de lado.

— Você não gosta mesmo da agente Sterling.

Eu não achei que aquela declaração merecesse resposta.

— Cassie, você não desgosta de ninguém. A única vez que te vi irritada com alguém foi quando o Briggs designou agentes pra vigiarem cada movimento seu. Mas você não gostou da Sterling desde o momento em que ela apareceu.

Eu também não tinha intenção de responder àquela declaração, mas Michael não *precisava* de respostas verbais. Ele era perfeitamente capaz de ter conversas completamente sozinho, lendo minhas respostas por minha linguagem corporal e as menores dicas nas expressões do meu rosto.

— Ela não gosta do programa — falei, só para fazer com que ele parasse de me avaliar com tanta intensidade. — Não gosta de nós. E não gosta mesmo de mim.

— Ela não desgosta de você tanto quanto você acha. — A voz de Michael soou baixa. Eu me vi inclinando na direção dele, apesar de não saber se queria ouvir mais. — A agente Sterling não é fã de mim porque eu não sou fã de regras. Ela tem medo de passar mais do que alguns segundos olhando para Dean, mas não tem medo *dele*. Ela até gosta da Lia, apesar da Lia não gostar de regras tanto quanto eu. E Sloane a faz lembrar de alguém.

A diferença entre o dom de Michael e o meu ficou tão óbvia quanto durante o jogo de pôquer. Ele via muito do que Sterling estava tentando esconder. Mas *por que* ela estava escondendo... essa era a pergunta para mim.

— Como está o estudo?

Olhei para Judd, parado no batente da porta. Ele era fuzileiro, não nossa babá. A pergunta pareceu estranha vinda dele.

— Nem comecei — respondeu Michael, com descaso, na mesma hora que eu falei:

— Quase terminando.

Judd arqueou uma sobrancelha para Michael, mas não forçou o assunto.

— Você pode nos dar um momento? — pediu ele.

Michael inclinou a cabeça para o lado de leve, avaliando a expressão no rosto de Judd.

— Eu tenho escolha?

Judd quase sorriu.

— A resposta seria não.

Quando Michael saiu da sala, Judd a atravessou e se sentou no sofá ao meu lado. Ele olhou enquanto Michael saía. Alguma coisa na forma como acompanhou o progresso dele me fez

INSTINTO ASSASSINO 79

pensar que estava se obrigando a aceitar a forma como Michael favorecia a perna machucada.

— Sabe por que esse programa é restrito a casos de arquivo morto? — perguntou Judd quando Michael tinha saído.

— Porque o Dean tinha doze anos quando o programa foi criado? — sugeri. — E porque o diretor Sterling quer minimizar as chances de descobrirem que o programa existe? — Essas eram as respostas fáceis. O silêncio de Judd me obrigou a dar a difícil. — Porque, em casos ativos — falei baixinho —, pessoas se machucam.

— Nos casos ativos, as pessoas ultrapassam limites. — Judd não se apressou com as palavras. — Tudo é urgente, tudo é questão de vida e morte. — Ele passou o polegar nas digitais dos dedos. — No calor da batalha, as pessoas fazem o que precisa ser feito. Fazem sacrifícios.

Judd era militar. Ele não usava a palavra *batalha* à toa.

— Você não está falando de *nós* ultrapassarmos limites — falei, interpretando o que estava ouvindo... e o que *sabia*. — Você está falando do FBI.

— Pode ser que esteja — admitiu Judd.

Tentei absorver a lógica de Judd. Ler entrevistas, avaliar depoimentos de testemunhas, olhar fotos de cenas de crime, essas eram coisas que nós já fazíamos. Que importância havia se os arquivos tinham um ano ou um dia? Teoricamente, os riscos eram os mesmos, mínimos. Mas, com casos ativos, havia mais coisa em jogo.

Esse UNSUB que Locke e Briggs estavam caçando estava por aí *agora*. Podia estar planejando a próxima morte *agora*. Era fácil nos deixar longe do campo, em casos de arquivo morto. Mas com vidas em jogo, se nos envolver pudesse fazer diferença...

— É um terreno incerto. — Judd passou a mão pela mandíbula. — Eu confio no Briggs. Quase sempre.

— Você confia na agente Sterling — falei. Ele não me contradisse. — E o diretor?

Judd me encarou.

— O que tem ele?

O diretor era quem tinha cedido a pressão política e me levado como isca no caso de Locke. Eu queria ajudar. Foi ele quem deixou.

— Eu soube que você e Ronnie se estranharam — disse Judd, encerrando a discussão. Ele apoiou as palmas das mãos nos joelhos, deu impulso e se levantou. — Acho que seria bom você ficar longe do porão. — Ele me deixou absorver as palavras. — Por umas semanas.

Semanas? Levei um segundo para entender o que estava acontecendo ali. A agente Sterling tinha me *dedurado?*

— Você está me deixando de castigo fora do porão? — perguntei rispidamente.

— Você é perfiladora — disse Judd suavemente. — Não precisa ir lá embaixo. E — acrescentou ele, a voz ficando mais dura — não precisa meter o nariz nesse caso.

Durante todo o tempo que estava ali, Judd nunca falou para nenhum de nós o que *tínhamos* que fazer. Isso tinha a marca da agente Sterling do começo ao fim.

— Ela é uma boa agente, Cassie. — Judd parecia saber exatamente no que eu estava pensando. — Se você permitir, tem muita coisa que ela poderia te ensinar.

Locke era minha professora.

— A agente Sterling não tem que me ensinar nada — falei rispidamente. — Se pegar quem matou aquela garota, vamos estar quites.

Judd me encarou.

— Ela é uma boa agente — repetiu ele. — Briggs também.

Ele foi em direção à porta. De costas para mim, ele continuou falando, a voz tão baixa que quase não consegui ouvir.

Por muito tempo depois que ele saiu, eu pensei nas palavras que mal ouvi. Ele tinha dito que Sterling era uma boa agente. Que Briggs era um bom agente. E aí, como se não conseguisse se segurar, como se nem percebesse que estava dizendo as palavras em voz alta, dissera uma última coisa.

— Só houve um caso que eles não conseguiram resolver.

Você

No começo, era gostoso. *Ver a vida sumir dos olhos dela. Passar o polegar pela faca manchada de sangue. Ficar ao lado dela, seus batimentos acelerando, batendo em um ritmo glorioso:* Eu que fiz. Eu que fiz. Eu que fiz.

Mas agora… agora, as dúvidas estão surgindo na sua cabeça. Você as sente remexendo na massa cinzenta, sussurrando para você com uma voz familiar.

— Você não tomou cuidado — diz. — Alguém podia ter te visto.

Mas não viram. Ninguém te viu. Você está acima das outras pessoas. Passou no teste com louvor. Você a amarrou. Você a marcou. Você a cortou. Você a enforcou.

Você que fez. Acabou. Mas não parece suficiente. Você não se sente suficiente.

Capaz o suficiente.

Forte o suficiente.

Inteligente o suficiente.

Respeitável.

Se tivesse feito certo, você ainda estaria ouvindo os gritos dela. A imprensa estaria te dando um nome. Estaria falando sobre você *no noticiário, não sobre ela. Ela não era nada. Ninguém. Você a tornou especial.*

Mas ninguém sabe que você existe.

— Vou fazer — você diz. — Vou fazer de novo.

Mas a voz te pede para esperar. Pede para que você seja paciente. O que tiver que ser, será... na hora certa.

Capítulo 13

Acordei suando frio no meio da noite. Não me lembrava do pesadelo, mas sabia que tinha tido um. Meu coração estava disparado. Meu peito estava pesado, e eu não conseguia afastar o sentimento de estar *presa*. Joguei as cobertas longe.

Meus dedos foram até o batom Rosa Vermelha por vontade própria. Do outro lado do quarto, Sloane se virou na cama. Prendi o ar, esperando para ver se ela acordaria. Não acordou. Tão silenciosamente quanto possível, saí da cama e do quarto.

Eu precisava de espaço. Precisava de ar. Precisava respirar.

A casa estava silenciosa quando desci a escada. Eu nem sabia aonde estava indo até parar diante da porta da cozinha.

— Já falei, eu estou bem.

Parei abruptamente quando o silêncio na casa deu lugar ao som abafado de uma discussão do outro lado da porta.

— Você não está bem, Dean. Não é pra ficar bem com isso. *Eu* não estou bem com isso.

A agente Sterling e Dean. Eles estão brigando.

Ouvi o som de uma cadeira sendo arrastada pelo piso e me preparei para recuar. Prestei atenção em passos, mas não houve nenhum. Parecia que alguém tinha se afastado da mesa... com raiva.

— Você foi embora.

— Dean...

— Você saiu do FBI. Acho que nós dois sabemos por quê.

— Eu saí porque não estava fazendo meu trabalho, Dean. Eu estava com raiva. Precisava provar que não estava com medo e uma pessoa acabou morrendo por isso. Porque eu não pude seguir as regras. Porque Tanner não podia deixar passar nem um caso.

Tanner era o primeiro nome de Briggs. O fato de a agente Sterling usá-lo em uma conversa com Dean me fez questionar quanta história os dois compartilhavam. Não era o tipo de conversa que se tinha com um garoto que você viu uma vez quando prendeu o pai dele.

— Qual era o nome da garota? — A voz de Dean estava mais baixa do que a da agente Sterling. Tive dificuldade de entender suas palavras conforme ele falava.

— Não posso contar isso, Dean.

— Qual era o nome dela?

— Você não tem autorização pra trabalhar em casos ativos. Deixa pra lá.

— Me diz o nome dela e eu deixo pra lá.

— Você não vai deixar. — A voz da agente Sterling estava ficando mais difícil de decifrar. Eu me perguntei se ela estava começando a falar mais suavemente porque a alternativa era começar a gritar.

— Eu fiz uma promessa pra você uma vez. — A voz de Dean estava controlada, controlada até demais. — E a cumpri. Me diz o nome da garota e prometo que deixo pra lá.

Pressionei os dedos no tubo de batom que eu segurava. Briggs tinha me deixado ler o arquivo de Locke. Eu tinha decorado os nomes de todas as vítimas dela.

— Já não basta eu ter jurado que nós cuidaríamos disso? — disse Sterling rispidamente. — Nós temos pistas boas. Não posso dizer quais, mas posso jurar que temos. É imitação, Dean. Como pintar seguindo os números. Só isso. Daniel Redding está preso. Vai ficar preso pelo resto da vida infeliz dele.

— Qual é o nome dela?

— Por que você precisa saber? — Desta vez, a voz dela ficou tão alta que eu teria ouvido mesmo se não estivesse do outro lado da porta. — Me diz isso e respondo sua pergunta.

— Eu só preciso.

— Não é o suficiente, Dean.

Silêncio. Nenhum dos dois falou nada por pelo menos um minuto. O som da minha própria respiração pareceu insuportavelmente alto. Eu tinha certeza de que, a qualquer segundo, um dos dois sairia batendo os pés. E me encontraria ali, ouvindo atrás da porta uma conversa que eu *sabia* que era mais particular do que qualquer coisa que Dean tinha me contado.

Mas eu não conseguia me mexer. Não conseguia nem lembrar como se fazia isso.

— O nome dela era Gloria. — Quem falou isso foi Dean, não Sterling, então não tive certeza de quem era *ela* naquela resposta. — Ele me apresentou a ela. Fez com que ela dissesse o meu nome. Perguntou se ela gostaria de ser minha mãe. Eu tinha nove anos. Falei que não queria uma nova mãe. E ele olhou para Gloria e disse: "Que pena".

— Você não sabia. — A voz de Sterling estava baixa de novo, mas ainda alta o suficiente para ser ouvida.

— E, quando eu soube — respondeu Dean, a voz quase falhando —, ele não queria me dizer os nomes delas.

Outro silêncio longo e tortuoso. A batida forte do meu coração sufocou o som da minha respiração. Dei um passo para trás, um passinho silencioso.

Eu não deveria estar aqui. Não deveria estar ouvindo isso.

Eu me virei, mas, mesmo de costas para a porta, ouvi a agente Sterling responder à pergunta de Dean.

— O nome da garota era Emerson Cole.

Na minha cama, fechei os olhos e tentei não pensar no que tinha ouvido, como se, ao tirar da cabeça, pudesse compensar o fato de que passei tempo demais ouvindo atrás da porta.

Eu fracassei.

Dean e a agente Sterling não só se *viram* antes. Eles se *conheciam*. Tinham uma história. *Para de pensar nisso*, falei para mim mesma. *Não faz isso*. Eu não conseguia parar, da mesma forma como Sloane não conseguiria olhar uma equação matemática sem calcular a resposta.

Dean fez uma promessa para você uma vez, agente Sterling, e, seja lá o que tenha sido, ele a cumpriu. O mais perto que consegui de conceder privacidade a Dean era tentar entrar na mente da agente Sterling, e não na dele. *Você não gosta de pensar no caso de Daniel Redding. Você gosta de Dean. Michael disse que você tem medo até de olhar para ele, mas obviamente você não culpa o Dean pelo que o pai dele fez.*

Outra implicação da conversa deles finalmente ficou clara.

Você sabe que o Dean descobriu o que o pai estava fazendo, não sabe? Sabe que Daniel Redding obrigou o filho a assistir.

As palavras que Dean tinha sussurrado para mim no dia anterior, o segredo que eu tinha tanta certeza de que ele não havia contado para ninguém... ela também sabia. Isso tornava mais difícil manter meu ranço contra a agente Sterling.

Você acha que pode protegê-lo. Acha que, se ele não souber o que está acontecendo, não vai ser afetado. Era por isso que você não queria revelar o nome de Emerson.

Se a agente Sterling o conhecia tão bem, se tinha tanta preocupação com Dean, por que ela não via que era o *não saber* que o mataria? Não importava se aquele assassino era um imitador. O fato de Dean ter precisado saber o nome da garota me fez entender que ele não conseguiria fazer essa separação na cabeça dele.

Ele se culparia por aquela garota assim como se culpava por todas as outras.

Eu falei que não queria uma nova mãe.

E Daniel Redding respondera: "Que pena". Na cabeça de Dean, e talvez na do pai dele, pelo menos uma das vítimas de Redding tinha morrido porque não seria uma mãe substituta adequada para Dean.

Porque Dean disse que não a queria.

Já era o que eu tinha decidido de só perfilar Sterling em vez de Dean.

Tchuap. Um projétil pequeno e frio me acertou na lateral da cabeça. Por um segundo, achei que tinha imaginado, e aí... *tchuap.*

Abri os olhos, me virei para a porta e passei a mão na lateral do meu rosto, que estava úmida. Quando meus olhos se ajustaram à luz, levei um terceiro disparo.

— Lia — sussurrei, mantendo a voz baixa para não acordar Sloane. — Para de jogar gelo em mim.

Lia colocou um pedaço de gelo na boca e o rolou com a língua. Sem dizer nada, fez um gesto para eu ir para o corredor. Com a certeza de que ela continuaria me atingindo até eu concordar, saí da cama e a segui até lá. Ela fechou a porta do quarto e me puxou para o banheiro próximo. Depois de trancar a porta, ela acendeu a luz, e eu percebi que, além do copo de gelo que tinha na mão esquerda, ela estava com uma blusa cintilante verde-limão na direita.

Meus olhos foram da peça de roupa na mão da Lia para a roupa que ela estava usando: calça preta de couro e um top frente única prateado preso por uma corrente no pescoço.

— O que você está vestindo? — perguntei.

Lia respondeu com uma ordem.

— Veste isto.

Ela ofereceu a blusa para mim. Eu dei um passo para trás.

— Por quê?

— Porque — disse Lia, como se nós duas não tivéssemos brigado *duas vezes* nas últimas 48 horas — você não pode ir a uma festa de fraternidade da Universidade Colonial de pijama.

— Festa de fraternidade — repeti.

E o resto da frase ficou claro. Universidade Colonial. A cena do crime.

— Essa é uma ideia bem ruim — falei para Lia. — Judd nos mataria. Sem mencionar o fato de que a agente Sterling já está em pé de guerra, e isso só porque Sloane e eu fizemos uma imitação da cena do crime no porão.

— Sloane fez uma imitação da cena do crime — corrigiu Lia. — A única coisa que você fez foi ser pega.

— Você é maluca — falei para Lia, me esforçando para manter a voz um sussurro. — Quer que a gente saia escondida de casa pra ir a uma festa de fraternidade de uma universidade onde tem uma investigação do FBI em andamento. Esquece o Judd e a agente Sterling. *Briggs* nos mataria.

— Só *se* nos pegarem — retorquiu Lia. — E diferentemente de certas ruivas aqui presentes, eu sou especialista em não ser pega. Coloca o vestido, Cassie.

— Que vestido?

Lia ergueu a coisa cintilante que eu tinha confundido com uma camiseta.

— Este vestido.

— Não existe universo em que isso seja longo o suficiente pra ser considerado um vestido.

— É um vestido. Na verdade, a partir deste momento, é o *seu* vestido, que você vai colocar sem reclamar, porque garotos de fraternidade ficam bem mais tagarelas quando você está mostrando as pernas.

Inspirei fundo, preparada para argumentar contra a declaração de Lia, mas ela deu um passo à frente, invadiu meu espaço e me empurrou na bancada do banheiro.

— Você é a perfiladora — disse ela. — Me diz se o Dean vai ficar bem se o FBI fizer besteira com esse caso. Aí me diz que você tem cem por cento de certeza de que não vamos encontrar alguma coisa que eles tenham deixado passar.

O FBI tinha perfiladores e interrogadores. Eram agentes com treinamento. Com experiência. Tinham mais de um milhão de coisas que nós não tínhamos... mas ninguém tinha intuições como as nossas. Era esse o ponto do programa. Era esse o motivo de Judd ter medo de que, se o FBI começasse a nos usar em casos ativos, eles não conseguissem parar.

— Com quem você acha que os universitários vão falar? — perguntou Lia. — Com agentes do FBI ou com duas adolescentes com pouca roupa e razoavelmente sensuais?

Mesmo deixando nossas habilidades de lado, Lia tinha razão. Ninguém desconfiaria que nós fazíamos parte da investigação. Talvez nos contassem alguma coisa que o FBI não soubesse.

— Se Sterling deu a entender que podia de alguma forma fazer o diretor acabar com o programa, ela estava mentindo. Posso garantir que isso está fora do alcance dela. No máximo, ela poderia enviar um de nós pra casa, e eu apostaria muito dinheiro que o diretor não deixaria que ela mandasse *você* pra casa, porque você é uma alternativa boa e positiva ao Dean, em quem o diretor nunca confiou e de quem nunca gostou. — Lia deu um passo para trás, me dando espaço para respirar. — Você diz que se importa com Dean — disse ela, a voz baixa. — Você diz que quer ajudar. Isso vai ajudar. Eu mentiria pra você sobre muitas coisas, Cassie, mas ajudar Dean não é uma delas. Eu não faria isso por você, por Michael nem por Sloane. Mas entraria dançando no inferno e faria amizade com o próprio diabo pelo Dean, então coloca essa merda de vestido ou sai da minha frente.

Eu coloquei o vestido.

— Tem certeza de que não é uma blusa? — perguntei, olhando para a barra.

Lia puxou meu rosto e passou base antes de exibir um gloss labial cor-de-rosa e um rímel preto.

— É um vestido — jurou ela.

Era em momentos assim que eu desejava que Lia não fosse uma mentirosa compulsiva.

— Como a gente vai pra essa festa? — perguntei.

Lia abriu um sorrisinho.

— Por acaso, eu conheço um garoto que tem carro.

Capítulo 14

O Porsche de Michael era um resquício da vida dele antes do programa. Ao vê-lo atrás do volante, era fácil visualizar a pessoa que ele tinha sido na época, o filho rebelde de uma família rica pulando de um internato para outro, passando o verão nos Hamptons, indo de jato até a ilha de São Bartolomeu ou Santa Lúcia em um feriado prolongado.

Era fácil visualizar Michael pulando de garota em garota.

Lia se sentou na frente, ao lado dele. Ela estava encostada no assento, o banco de couro acariciando a bochecha, o cabelo comprido voando ao vento. Ela tinha aberto a janela e não dava sinal de querer fechar. De vez em quando, ela desviava o olhar para Michael. Eu queria poder ler a expressão inescrutável no rosto de Lia. O que ela estava pensando?

Quando olhava para Michael, o que ela sentia?

Michael manteve os olhos grudados na estrada.

Por mais que eu tentasse não perfilar os dois, eu ficava pensando que era Lia quem tinha chamado Michael para participar daquela saída perigosa e que ele tinha aceitado ajudar. Por quê?

Porque oportunidades de problema não deviam ser desperdiçadas. Porque ele devia isso a ela. Porque, por mais que Michael gostasse de provocar Dean, ele não gostava de vê-lo mal. As respostas inundaram meu cérebro, e Michael viu meu olhar pelo retrovisor. Ele tinha me dito uma vez que, quando eu estava perfilando alguém, meus olhos se cerravam um pouco nos cantos.

— Nós vamos precisar fazer um leve desvio — disse Lia. Michael olhou para ela, que fez um gesto com a ponta da unha roxa. — Pega a próxima saída. — Lia olhou para mim. — Gostando do passeio?

Ela estava no banco da frente. Eu estava atrás.

— Eu não estou fazendo isso pra me divertir.

Ela lançou um olhar de mim até Michael e depois novamente para mim.

— Não — concordou ela. — Você não está fazendo isso pra se divertir. Está fazendo pelo Dean.

Lia prolongou o nome de Dean um pouco mais do que as outras palavras da frase. Michael apertou o volante de leve. Lia queria que ele soubesse que eu estava fazendo aquilo por *Dean*. Queria que ele se fixasse nesse fato.

— Posto de gasolina — instruiu Lia, o cabelo voando ao vento. Ele entrou e parou o carro. Lia sorriu. — Vocês dois, esperem aqui.

Era a cara dela botar lenha na fogueira e sair. Por mais que disfarçasse, eu sabia que Michael estava se perguntando exatamente o que me levou a fazer aquilo por Dean. Do mesmo jeito que eu tinha passado o trajeto inteiro me perguntando por que Michael tinha dito sim para Lia.

— Até já — disse Lia, parecendo bem satisfeita consigo mesma. Em um feito impressionante de flexibilidade, ela fez o corpo se contorcer pela janela aberta sem nem abrir a porta.

— Isso não é uma boa ideia — falei enquanto Lia andava na direção do mercadinho.

— Tenho quase certeza — concordou Michael. Do banco traseiro, não pude ver o rosto dele, mas era bem fácil imaginar o brilho profano em seus olhos.

— Nós saímos escondidos de casa pra ir a uma festa de fraternidade — falei. — E tenho quase certeza de que isto *não é* um vestido.

Michael se virou no banco, me olhou e sorriu.

— Verde fica bem em você.

Não respondi.

— Agora é sua vez de dizer alguma coisa sobre como essa camisa valoriza meus olhos. — Michael falou tão sério que não pude deixar de abrir um sorriso.

— Sua camisa é azul. Seus olhos são cor de mel.

Michael se inclinou na minha direção.

— Você sabe o que dizem sobre olhos cor de mel.

Lia abriu a porta do passageiro e se sentou no banco.

— Não, Michael. O que dizem sobre olhos cor de mel? — Ela deu um sorrisinho debochado.

— Conseguiu o que queria? — perguntou Michael.

Lia entregou um saco de papel pardo para mim. Eu o abri.

— Gatorade vermelho e copos?

Lia deu de ombros.

— Em Roma como os romanos. Em uma festa de fraternidade, beba ponche de frutas duvidoso em um copo vermelho.

Lia estava certa sobre o ponche. E os copos. Estava escuro o suficiente na casa de fraternidade para repararem que nossas bebidas eram de um tom levemente diferente de vermelho.

— E agora? — perguntei a Lia em meio à música ensurdecedora.

Ela começou a mover os quadris, e o resto do corpo acompanhou de um jeito que deixou bem claro que ela seria ótima para tentar passar por baixo da cordinha. Ela olhou para um trio de garotos no canto da sala e empurrou Michael na direção de uma loira com olhos vermelhos de alguma irritação.

— Agora nós fazemos amizade — disse ela.

Uma perfiladora, um leitor de emoções e uma detectora de mentiras foram a uma festa...

Uma hora depois, Michael tinha identificado as pessoas presentes que pareciam estar sofrendo mais com o assassinato que tinha abalado o campus. Nós tínhamos encontrado alguns convidados que estavam chateados por outros motivos, incluindo, mas não só, paixonites não correspondidas e colegas de quarto traidores, mas havia uma certa combinação de dor, fascinação e medo que Michael tinha identificado como marca das pessoas de interesse.

Infelizmente, a maioria dos nossos suspeitos não tinha nada de interessante a dizer.

Lia tinha dançado com pelo menos metade dos garotos presentes e identificado mais de trinta mentiras. Michael estava sendo o ombro amigo de metade de população feminina estudantil. Eu fiquei um pouco à margem, bebericando meu falso ponche e usando meu olhar de perfiladora nos universitários espremidos naquela casa de fraternidade como jujubas em um pote para se adivinhar quantas havia dentro. Parecia que todo o corpo estudantil da Colonial tinha aparecido... e, com base na falta de sobriedade geral, eu tinha certeza de que nenhum *deles* estava tomando Gatorade.

— Cada pessoa vive o luto de um jeito. — Um garoto parou do meu lado. Tinha quase 1,80 metro e estava todo de preto. Havia uma pelugem no queixo dele e ele estava usando óculos de armação de plástico que desconfiei não serem de grau. — Nós somos jovens. Não deveríamos morrer. Encher a cara com álcool barato é a tentativa enganosa deles de recuperar a ilusão de imortalidade.

— Tentativa deles — falei, tentando parecer que o achei intrigante, e não que estava pensando que havia quarenta por cento de chance de ele ser estudante de filosofia e quarenta de ser de direito. — Mas não sua?

— Eu sou mais realista — disse o garoto. — As pessoas morrem. Pessoas jovens, bonitas, pessoas que têm a vida toda pela frente. A única imortalidade real é fazer alguma coisa que valha a pena lembrar.

Definitivamente estudante de filosofia. A qualquer momento ele começaria a citar alguém.

— "Viver é sofrer, sobreviver é encontrar significado no sofrimento."

Ali estava. O desafio de tirar informações daquele cara não seria fazê-lo falar; seria fazer com que dissesse alguma coisa útil.

— Você a conhecia? — perguntei. — Emerson Cole?

Aquele cara não era um dos alunos que Michael tinha identificado, mas eu soube antes de ele responder que a resposta seria sim. Ele não estava de *luto* por Emerson, mas a conhecera mesmo assim.

— Ela era da minha turma. — O garoto assumiu uma expressão séria e se encostou na parede.

— De qual matéria?

— Monstros ou homens — respondeu o garoto. — A matéria do professor Fogle. Eu fiz ano passado. Agora, sou monitor. Fogle está escrevendo um livro. Eu sou o assistente de pesquisa dele.

Tentei chamar a atenção de Lia na pista de dança. O professor Fogle era um suspeito no assassinato de Emerson. Ele dava uma matéria sobre assassinos em série. E, de alguma forma, o estagiário dele tinha me encontrado.

Ele gosta de ser o perseguidor, pensei, vendo Lia dançar em meio aos garotos da fraternidade, prestando atenção nas mentiras. *Não o perseguido.*

— Você a conhecia? — perguntou o garoto, virando a conversa para mim de repente. — Emerson. Você a conhecia?

— Não — falei, sem conseguir não pensar no esforço que Dean tinha feito só para descobrir o nome dela. — Acho que podemos dizer que ela era amiga de um amigo.

— Você está mentindo. — O garoto estendeu a mão e prendeu uma mecha de cabelo atrás da minha orelha. Precisei de todo o meu esforço para não me afastar. — Eu me considero um excelente avaliador de personalidades.

Você se considera excelente em tudo, pensei.

— Você tem razão — falei, quase certa de que essas eram as palavras favoritas dele. — Eu nem estudo aqui.

— Você viu a notícia na televisão — disse o garoto — e decidiu vir conferir.

— Tipo isso. — Pensei em tudo que eu sabia sobre ele e decidi manipular seu suposto conhecimento. — Fiquei sabendo que o professor é um suspeito por causa da aula que ele dá. A sua aula.

O garoto deu de ombros.

— Teve uma aula específica...

Dei um passo à frente, e os olhos do garoto se fixaram nas minhas pernas. A roupa que Lia tinha escolhido para mim deixava bem pouco para a imaginação. Atrás dele, vi Michael, que apontou para o garoto e arqueou as sobrancelhas. Não assenti para informar a ele que tinha uma pista promissora. Não precisei. Michael viu a resposta no meu rosto.

— Eu poderia mostrar a aula em questão. — O garoto ergueu o olhar das minhas pernas para o meu rosto. — Eu tenho todos os slides do professor Fogle no meu notebook. E — acrescentou ele — tenho a chave da sala de aula. — O garoto balançou a tal chave na minha frente. — Vai ser como ir à aula. A não ser que você prefira ficar aqui e afogar suas mágoas com o povo.

Encarei Michael por cima da cabeça do garoto.

Me segue, pensei, torcendo para ele conseguir ler minha intenção pela expressão. *Isso é bom demais pra deixar passar.*

Capítulo 15

— **Senta aí.** Vou acender as luzes.

O nome do garoto era Geoffrey. Com *G*. Foi assim que ele se apresentou a caminho da sala de aula, como se fosse uma tragédia caso eu confundisse e achasse que ele era Jeoffrey com *J*.

Eu que não ia dar as costas a um garoto que tinha me levado para fora de uma festa de fraternidade, então esperei Geoffrey com *G* acender as luzes, encostada na parede. As luzes tremeluziram no teto e então o auditório ficou todo iluminado. Centenas de carteiras antiquadas formavam fileiras perfeitas. Na frente da sala havia um palco. Geoffrey andou de costas pelo corredor.

— Está ficando com medo? — perguntou ele. — Criminologia não é pra todo mundo. — A maioria das pessoas teria parado ali. Geoffrey, não. — Eu faço direito.

— Com eletivas em filosofia? — Não pude deixar de perguntar.

Ele fez uma pausa e me olhou de um jeito estranho.

— Não, faço dupla titulação.

Com os olhos nos meus, Geoffrey subiu no palco e ligou o cabo do notebook no projetor.

Quem leva um notebook pra uma festa de fraternidade?

Respondi à minha própria pergunta: *uma pessoa que estava planejando o tempo todo levar uma garota até ali para se exibir.* Eu me sentei, ainda alerta, mas menos cautelosa. Geoffrey não era nosso UNSUB. Ele era tão convencido que eu não conseguia imaginá-lo precisando da validação da morte.

Por outro lado, eu também não tinha sentido essa necessidade em Locke.

— Espero que não estejamos atrasados.

A voz de Michael ecoou com alegria pelo auditório. Ele tinha me seguido. *Que bom.* No palco, Geoffrey franziu a testa. Eu me virei e percebi que Michael não tinha ido sozinho. Havia uma garota com ele: bonita, loira e cheia de curvas, também com óculos hipster.

— Geoffrey.

— Bryce.

Obviamente, Geoffrey com *G* e a Garota Hipster se conheciam. Geoffrey suspirou.

— Veronica, essa é Bryce. Bryce, essa é Veronica.

Era a cara de Michael nos seguir *e* levar reforço. Reforço que conhecia Geoffrey... e, a menos que eu estivesse enganada, que não gostava muito dele. *Michael deve tê-la tirado do grupo no momento que viu Geoffrey sair comigo.*

— Prazer — falei para Bryce.

Ela passou o braço pela cintura de Michael. Vê-la tocar nele foi mil vezes pior do que ver Michael com Lia.

Pelo menos Lia era *uma de nós.*

— Geoff — disse Bryce, gostando de ter Michael ao seu lado e encurtando o nome de Geoffrey de propósito, de um jeito que o irritasse —, esse é Tanner. A gente veio ver o show.

Troquei um olhar com Michael e precisei abaixar a cabeça para não cair na gargalhada. Eu tinha escolhido o nome da agente Sterling como codinome, e Michael, o de Briggs.

— Vocês não foram convidados — disse Geoffrey, a voz seca.

Bryce deu de ombros e se sentou do outro lado do corredor de onde eu estava.

— Duvido que você fosse querer que o professor Fogle soubesse que *houve* um show — disse ela, de um jeito que deixou pouquíssima dúvida de que ela já tinha estado no meu lugar, plateia do showzinho de Geoffrey.

— Tudo bem — disse Geoffrey, aceitando. Ele se voltou para mim. — Bryce é da minha turma — explicou ele. E, para o benefício de Michael, acrescentou: — Eu sou o monitor.

Michael abriu um sorrisinho.

— Legal.

— É — respondeu Geoffrey brevemente. — É, sim.

— Eu estava falando da sua barbicha.

Michael brincou casualmente com as pontas do cabelo de Bryce. Eu lancei um olhar na direção dele. Desafiar o monitor Geoff poderia funcionar a nosso favor, mas não se Geoff se irritasse a ponto de expulsar Michael.

Depois de um momento tenso, Geoffrey decidiu ignorar Michael *e* Bryce e seguir com o show.

— Bem-vindos a Psicologia 315: Monstros ou homens: a psicologia do assassinato em série. — A voz de Geoffrey se espalhou pelo auditório e praticamente ouvi o homem que ele estava canalizando. A expressão de Geoffrey mudou quando ele andou pelo palco e foi passando de slide em slide.

Corpo.

Após corpo.

Após corpo.

As imagens passaram pela tela em sucessão rápida.

— As pessoas definem humanidade pelas suas realizações, pelas Madres Teresas e pelos Einsteins e pelos Zés-Ninguéns bancando heróis do jeito deles mil vezes por dia. Quando a tragédia acontece, quando alguém faz uma coisa tão *horrível* que não conseguimos compreender, nós fingimos que a pessoa não é humana. Como se não houvesse algo que a conectasse conosco, como se o Zé-Ninguém não fosse um vilão de mil formas pequenas todos os dias. Tem um motivo para não conseguirmos afastar o olhar de um acidente de trânsito, um motivo para vermos o noticiário quando um corpo aparece, um motivo para os assassinos em série mais famosos do mundo receberem centenas de milhares de cartas todos os anos.

Geoffrey estava lendo. Por melhor que enunciasse as palavras, não tinha sido ele quem havia escrito o discurso. Voltei minha atenção para o homem que tinha feito isso. Deu para perceber, ao ouvir Geoffrey repetir as palavras dele, que o professor Fogle era uma figura imponente. Com base no tamanho daquela sala, a matéria dele era popular. Ele era um contador de histórias. E tinha fascinação pelo assunto, uma fascinação que ele estava convencido que o resto da humanidade compartilhava.

— O filósofo Friedrich Nietzsche disse que qualquer um que lutasse com monstros tinha que lutar contra se tornar um monstro. "Se você olhar por muito tempo para o abismo, o abismo vai olhar para você." — Geoffrey parou em um slide que incluía dezenas de fotos, não de corpos, mas de homens. Eu reconheci alguns: ocupavam as paredes da nossa casa, sorrindo para nós das molduras, um lembrete constante de que o tipo de monstro que caçávamos poderia ser qualquer um. Seu vizinho. Seu pai. Seu amigo.

Sua tia.

— Charles Manson. John Wayne Gacy. O Filho de Sam. — Geoffrey fez uma pausa para causar impacto. — Ted Bundy. Jeffrey Dahmer. Esses nomes significam alguma coisa para nós. Neste semestre, vamos falar de todos os citados, mas vamos começar mais perto de casa.

As outras imagens desapareceram e foram substituídas por um homem de cabelo castanho-escuro e olhos do mesmo tom. Ele parecia normal. Comum. Inofensivo.

— Daniel Redding — disse Geoffrey. Eu olhei para a foto, procurando semelhanças com o garoto que eu conhecia. — Eu estudo o caso Redding há quatro anos — continuou.

— E quando diz *eu*, ele quer dizer o professor — ouvi Bryce fingir sussurrar para Michael. Geoffrey com *G* a ignorou.

102 JENNIFER LYNN BARNES

— Redding é responsável por no mínimo doze assassinatos em um período de cinco anos, começando com o abandono da esposa dias antes do vigésimo nono aniversário dele. Os corpos foram encontrados na fazenda de Redding em um período de três dias de escavação depois de sua prisão. Mais três vítimas que batiam com o *modus operandi* dele foram identificadas fora das divisas do estado.

Uma foto de cena de crime apareceu na tela. Uma mulher, morta havia tempos, pendurada em um ventilador de teto. Reconheci a corda, náilon preto. Os braços estavam presos nas costas. As pernas estavam amarradas. O chão embaixo dela estava encharcado de sangue. A blusa estava rasgada e, embaixo, dava para ver cortes; alguns longos e fundos, alguns superficiais, alguns curtos. Mas o que chamou minha atenção foi a queimadura no ombro, abaixo da clavícula.

A pele tinha um tom furioso de vermelho: inchada, com bolhas e marcada em formato de *R*.

Era isso que o pai de Dean tinha feito com aquelas mulheres. Era isso que ele tinha feito Dean *assistir*.

— Amarrá-las. Marcá-las. Cortá-las. Enforcá-las. — Geoffrey foi passando uma série de imagens ampliadas do corpo da mulher. — Esse era o *modus operandi* do Redding, o MO.

Ouvir Geoffrey usar os termos técnicos me deu vontade de bater nele. Ele não sabia o que estava falando. Aquilo eram só fotos para ele. Ele não sabia como era quando um ente querido desaparecia, como era entrar na mente de um assassino. Era um garotinho brincando com uma coisa que não entendia.

— Coincidentemente — disse Bryce, interrompendo-o —, esse também é o título do livro do professor Fogle.

— Ele está escrevendo um livro? — perguntei.

— Sobre o caso Daniel Redding — respondeu Geoffrey. Obviamente, ele não deixaria seu holofote ser usurpado. — Dá pra entender por que ele é suspeito no homicídio da Emerson. Ela foi marcada, sabe.

— Você disse que ela fazia essa matéria. Que você a conhecia. — Minha voz soou seca. O fato de Geoffrey conseguir falar com tanta naturalidade sobre o assassinato de uma garota que ele conhecia me fez reconsiderar minha análise anterior. Talvez ele fosse capaz de cometer assassinato.

Geoffrey me encarou.

— Cada pessoa enfrenta o luto de um jeito — disse ele.

Eu podia ter imaginado, mas vi um leve toque de sorriso nos cantos dos lábios dele.

— Ela era do meu grupo — comentou Bryce. — Para o projeto de fim de semestre. O professor que escolheu. Emerson era... legal. Uma pessoa alegre. E quem é alegre numa matéria sobre assassinos em série? Mas Emerson era. Ela era legal com todo mundo. Um dos caras do nosso grupo, você tinha que ver como ele é. Ele é tipo um tatu-bola. Você pode dizer qualquer coisa pra ele que se encolhe em uma bola metafórica. Mas Emerson conseguia fazê-lo falar. E Derek, o outro garoto do grupo, é aquele tipo de cara. Sabe aquele tipo irritante, que se você não sabe quem é no seu grupo tem uma boa chance de o chato ser você? É o Derek, mas Emerson conseguia fazê-lo calar a boca só com um sorriso.

Bryce não conseguiu usar o tom distanciado de Geoffrey. Ela estava abalada pelo que tinha acontecido com Emerson. Não era fingimento para ela. Ela se apoiou em Michael.

— Emerson não apareceu na prova. — Geoffrey fechou o notebook. — O professor Fogle estava doente. Eu imprimi a prova naquela manhã e dei uma pra cada aluno da turma. Ela foi a única que não apareceu. Achei que estava... — Geoff parou de falar. — Deixa pra lá.

— Você achou que ela estava o quê? — perguntou Michael.

Geoffrey semicerrou os olhos.

— Que importância tem?

Tinha muita, mas antes que eu pudesse pensar em uma explicação racional para precisar da informação, o celular de

Michael tocou. Ele o pegou, leu uma mensagem de texto e se levantou.

— Desculpa, Bryce — disse ele. — Eu tenho que ir.

Bryce deu de ombros. Obviamente, ela não sofreria por ele. Michael se virou para a porta e olhou para mim ao passar. *Lia*, gesticulou com a boca.

— Eu também tenho que ir — falei. — Isso foi… intenso.

— Você já vai? — Geoffrey pareceu genuinamente surpreso. Pelo visto, ele achou que eu estava no papo. Garota morta. Aula bizarra. Olhar sensível. Eu estava praticamente na dele.

— Olha só — falei, resistindo à vontade de revirar os olhos. — Por que você não me dá seu número?

Capítulo 16

A mensagem de Lia não nos levou de volta à festa. Ao que parecia, ela não tinha sido tão cautelosa quanto eu ao sair de lá acompanhada.

— O que exatamente Lia disse? — perguntei.

Michael mostrou o celular. Havia uma imagem torta de Lia com dois universitários: um alto, um gordo, ambos meio desfocados.

— "Tendo uma conversa fascinante." — Fui lendo o texto embaixo. — "Heron Hall, terraço." — Fiz uma pausa. — O que ela está fazendo no terraço de um prédio qualquer?

— Interrogando suspeitos que não sabem que estão sendo interrogados? — sugeriu Michael, um tom mais seco surgindo na voz.

— Alguma chance de os garotos da foto não serem suspeitos? — Eu queria acreditar que Lia não sairia da festa sozinha com alguém que ela achasse que podia ser capaz de cometer um assassinato. — Talvez sejam só amigos de Emerson.

— Ela mandou uma foto — respondeu Michael secamente.

Para o caso de alguma coisa acontecer, completei. Lia tinha nos enviado uma foto dos garotos com quem estava conversando, para o caso de chegarmos ao terraço do Heron Hall e ela ter sumido.

Nós não devíamos tê-la deixado sozinha naquela festa. Eu tinha ficado tão absorta em conseguir informações com Geoffrey que nem falei para Lia que estava saindo.

Lia imitava muito bem alguém que sabia se cuidar... mas ela sabia imitar muito bem quase qualquer coisa.

Dean não a teria deixado, pensei, sem conseguir me segurar. Era por isso que ele era a única pessoa no mundo por quem ela pisaria em fogo, e Michael e eu não passávamos nesse critério.

Eu andei mais rápido.

— Ela debocharia de nós por nos preocuparmos — disse Michael, tanto para si mesmo quanto para mim. — Ou veria como insulto pessoal. — Ele acelerou o ritmo. A cada passo, eu imaginava as formas pelas quais aquilo poderia dar errado.

Lia era uma das nossas. Ela tinha que estar bem. *Por favor, esteja bem.* Finalmente, chegamos ao Heron Hall. O prédio que parecia uma torre tinha estilo gótico… e estava trancado para a noite.

PROIBIDA A ENTRADA.

Michael nem hesitou ao ler a placa.

— Você quer entrar primeiro ou entro eu?

Ouvi Lia rindo antes de vê-la. Era um som leve, quase um tilintar, musical e alegre… e quase certamente fingido.

Um passo na minha frente, Michael abriu a porta que levava ao terraço.

— Primeiro as damas — disse ele.

Os músculos da minha barriga relaxaram aos poucos quando saí na noite enluarada. Meus olhos procuraram Lia. Quando vi que ela estava bem, registrei o fato de que a paixão dela pela moda e estética se estendia aos seus pontos de encontro. Não só uma torre, não só uma torre trancada, mas o terraço de uma torre trancada. De lá, dava para ver todo o campus abaixo, luzes salpicadas na escuridão.

Do outro lado do terraço, Lia nos viu. Havia duas pessoas com ela, ambas homens.

— Vocês vieram — disse ela, fazendo um gesto com a mão enquanto vinha em nossa direção de um jeito que me deixaria nervosa mesmo se estivéssemos em terra firme.

— Não se preocupa — sussurrou Lia, passando os braços em volta de mim como se estivesse bêbada. — Está tudo bem. Só tomei Gatorade dede que a gente chegou. E, se alguém perguntar, meu nome é Sadie.

Lia se virou para os garotos. Eu a segui, sem conseguir deixar de pensar que Sadie *era* o nome verdadeiro de Lia. Nenhum de nós sabia por que ela tinha mudado de nome.

Só Lia usaria o nome de nascimento como nome *falso*.

— Derek, Clark, estes são... — Lia soluçou, e Michael aproveitou a deixa para fazer as apresentações.

— Tanner — disse ele, estendendo a mão para apertar a dos outros. — E essa aqui é a Veronica.

O garoto da esquerda era alto e engomadinho, com cabelo repartido e feições bonitas de um jeito clássico. Havia uma boa chance de ele estar flexionando o peitoral.

— Meu nome é Derek — disse ele, segurando minha mão.

Definitivamente flexionando o peitoral, pensei.

Derek deu uma cotovelada no garoto da direita, com tanta força que ele chegou a tropeçar. Quando recuperou o equilíbrio, estendeu a mão.

— Clark — murmurou ele.

— Você parece um pato — disse Derek. — Clark, clark, clark!

Ignorei Derek e me concentrei em Clark. O aperto de mão dele era surpreendentemente firme, mas as mãos eram macias. Na verdade, *macio* era o melhor adjetivo para descrevê-lo. Ele era pequeno e gordo, e parecia ter sido feito de argila fresca. A pele tinha espinhas e ele levou vários segundos para me olhar nos olhos.

De repente, a ficha caiu.

— Derek — falei. — E Clark.

Bryce não tinha dito que um dos caras do trabalho na matéria Monstros ou homens se chamava Derek? E o outro a lembrava um tatu-bola...

Como é *possível* Lia ter conseguido isso? Ela me encarou com malícia, e percebi que a tinha subestimado. Eu não deveria, não quando o motivo para ela estar fazendo aquilo era Dean.

— Brilhante dedução — disse Derek, com um sorriso característico que ele devia ter praticado no espelho. — Merece o Prêmio Nobel — disse ele. — Essa garota é um gênio!

O tom condescendente da voz dele me disse que não esperava que eu reconhecesse a piada. De repente, entendi exatamente o que Bryce quisera dizer quando o descreveu como "aquele tipo de cara". Ele devia ser de família rica; eu chutaria uma longa linhagem de advogados de sucesso, provavelmente com *pedigree* de faculdades da Ivy League. Gostava do som da própria voz mais do que Geoffrey da dele. Era do tipo que discutiria uma questão na aula só para provar que era melhor. Provavelmente fez clareamento dental.

— Clark e Derek conheciam a garota — disse Lia, arrastando as palavras. — Eu conheci o Derek na festa. Ele chamou o Clark. Eu pedi. — Ela se apoiou no peito de Derek e estendeu a mão até a bochecha de Clark, que ficou vermelho. Derek assentiu para mim por cima da cabeça de Lia, como se a presença dela no peito dele fosse prova de que eu também deveria querer estar lá.

Eu *nunca mais* colocaria aquele vestido.

— Que garota? — perguntei.

— A garota que foi morta — respondeu Derek. — Emmie.

— Emerson — murmurou Clark.

— O que você falou, Clark? — disse Derek, abrindo um sorriso para o resto de nós, como se a incapacidade de Clark de falar alto fosse a piada mais inteligente do mundo.

— O nome dela era Emerson — disse Clark, ficando ainda mais vermelho do que quando Lia tocou nele.

— Foi o que eu falei. — Derek levantou uma das palmas das mãos para o céu em um gesto que podia ser traduzido como *Qual é o problema desse cara? Aff, o que se pode fazer?*

Clark murmurou alguma coisa em resposta. Derek o ignorou.

INSTINTO ASSASSINO 109

— Ela era da nossa turma — disse Derek.

— Acho que eu conheci o monitor hoje. — Avaliei as reações deles a isso. Derek enrijeceu. Clark não pareceu se mover. Ao meu lado, dava para sentir Michael catalogando cada detalhe de suas expressões.

— Aquele cara é um trouxa — respondeu Derek.

Sinceramente, eu achava que trouxas que moravam em casas com teto de vidro não deveriam jogar pedra.

— Geoffrey parecia gostar de morte — falei. — Gostar mesmo. E pelo jeito como falava da Emerson, parecia que ele nem ligava.

Concordar com Derek era como jogar água em gordura pegando fogo. Só tornou a situação pior.

— Ele acha que por franzir a testa e usar preto instantaneamente se torna inteligente. Aposto que falou que conhecia a Emerson.

Eu assenti, querendo ver aonde aquilo ia dar.

— Ele não a conhecia — disse Derek. — O trabalho dele é só ficar na frente da sala e dar nota. Clark e eu, a gente a conhecia. — Ele se retraiu. — Aquela loira metida do grupo, ela a conhecia. Bem, até o Fogle conhecia. Mas o monitor só está largando umas mentiras.

— O que você quer dizer com "Fogle conhecia"? — perguntou Michael. — A turma não é grande?

Derek voltou a atenção para Michael. O que quer que tenha visto lá, ele gostou. Considerando a origem de Michael, ele devia ter conhecido uns dez Dereks.

— Quando eu digo que o professor conhecia a Emmie, quero dizer que ele *realmente* a conhecia — disse Derek. — De forma bíblica.

Olhei para Lia. Ela assentiu de leve; Derek estava falando a verdade. Ao lado dela, o rosto de Clark estava ficando vermelho de novo.

— A garota morta estava envolvida com o professor — disse Michael. — Esse tipo de coisa poderia levar a uma demissão.

— Está de brincadeira. Suspeito? — Derek fez um ruído de deboche. — Que tal *foi ele*? — Derek riu baixinho. — Ele mandou ver e depois *mandou ver*.

— *Cala a boca* — disse Clark, as palavras explodindo da boca enquanto fechava as mãos em punho ao lado do corpo. — Você não sabe o que está falando. — Ele inspirou como se tivesse corrido um quilômetro. — Ela não... ela não era assim.

— Opa, calma aí, amigão. — Derek levantou as duas mãos desta vez. Não me dei ao trabalho de traduzir o gesto mentalmente. — Relaxa. Eu entendo. Não é pra falar mal dos mortos. — Derek se virou de costas para nós e continuou a nos abençoar com a sabedoria dele. — Eu garanto que, quando a polícia encontrar o Fogle, a universidade vai procurar um professor substituto pra nossa turma. O cara é culpado. — Derek empalideceu. — Espero que não entreguem a turma para o Geoff.

Ao lado dele, Clark inspirou de novo. Lia me encarou, depois olhou para Michael. Nós tínhamos conseguido o que fomos buscar... e mais.

Capítulo 17

O trajeto de volta para casa foi em silêncio. Lia foi atrás, com as pernas esticadas no banco. Michael foi dirigindo dentro do limite de velocidade. Fiquei olhando pela janela, para a escuridão.

— Isso tudo foi melhor do que eu esperava — disse Lia, por fim. — Se conseguirmos voltar sem ninguém pegar a gente, vou considerar uma vitória.

— Eu achava que você nunca era pega — falei, afastando os olhos da janela e me virando para olhá-la.

Lia inspecionou as unhas.

— Nós moramos em uma casa com uma agente do FBI e um antigo atirador de elite militar. Eu sou sorrateira, mas não faço *mágica*. Vamos chamar de risco aceitável.

Era um tom diferente do que ela tinha usado quando me convenceu a fazer aquilo.

— Está arrependida de ter vindo? — Lia me olhou diretamente. — Ou, se tivesse a oportunidade, faria tudo de novo?

Eu não podia estar arrependida de ter topado aquilo. Nós tínhamos descoberto muita coisa.

— O que você acha do monitor? — perguntei a Michael.

— Sim — disse Lia, bocejando e balançando a mão na frente da boca. — Conta, Michael. O que você achou do monitor, que era uma pista tão promissora que a Cassie saiu da festa com ele, com você atrás?

Era a primeira referência que Lia fazia ao fato de que a tínhamos deixado para trás. Ela cuspiu as palavras como se não se importasse nem um pouco.

— O cara estava olhando pra Cassie como se ela fosse um bicho dentro de um aquário. — Michael olhou para Lia pelo retrovisor. — Você acha mesmo que eu devia ter deixado que ela fosse sozinha?

— Estou surpresa, só isso. — Lia deu de ombros de forma exagerada. — Seguir Cassie deu *tão certo* pra você da última vez.

Da última vez que Michael tinha me seguido, ele levou um *tiro*.

Eu merecia aquilo. Por tê-la deixado na festa, por não ter nem pensado duas vezes, merecia os dardos verbais que ela arremessou.

— Nós não devíamos ter te deixado lá — falei.

— Porrrr favorrrr. — Lia fechou os olhos, como se a conversa toda fosse um tédio. — Eu sei me cuidar, Cassie. Eu te vi saindo. Podia ter ido junto. *Preferi* não ir. E, se Michael tivesse se dado ao trabalho de perguntar, eu teria *mandado* que ele fosse com você.

— Eu falei pra *você* ficar na festa — murmurou Michael.

— Perdão? — disse Lia. — O que você disse?

— Eu te mandei uma mensagem quando saí. Você tinha que ficar na festa! — Michael bateu com a base da mão no volante, e eu dei um pulo. — Mas não, você saiu não com um, mas dois estranhos…

— Testemunhas? — disse Lia. — Acredite, eu estava no controle. Poderia lidar com os Dereks e Clarks do mundo até mesmo de olhos fechados.

Eu entendi melhor essas palavras do que teria conseguido uma semana antes. Lia tinha certeza de que era capaz de lidar com os Dereks e Clarks do mundo… porque, provavelmente, já tinha visto e lidado com coisa muito pior.

— Agora, Michael, meu bem — continuou Lia, as palavras com intenção de machucar —, se concentra. O monitor da Cassie. Quais foram suas impressões?

Michael trincou os dentes por um momento, mas acabou respondendo.

— Ele não ficou feliz quando eu apareci. Ficou menos feliz ainda de me ver com Bryce. Percebi uma onda de culpa quando ele a viu, seguida de posse, condescendência e entusiasmo.

Fiz um agradecimento breve e silencioso por Michael estar concentrado na reação de Geoffrey ao vê-lo com Bryce... e não na minha.

— Geoffrey pensa nele acima de tudo. — Eu me obriguei a me concentrar no assunto. — Ele gosta de ter posição de poder na turma. — Fiz uma pausa para avaliar minhas impressões dele. — Ele me escolheu porque eu pareço nova. Esperava que eu babasse em cada palavra daquela aula, que ficasse com um pouco de medo dele, mas também atraída pelas coisas que podia me ensinar.

— Um líder em busca de seguidores? — disse Lia. — Isso deixa o professor como?

— Se tivesse que adivinhar — falei para ela, batendo com os dedos de forma contemplativa na lateral do banco —, eu diria que o professor Fogle tem uma personalidade magnética. Geoffrey leu os slides da aula dele. O professor é um artista. E se Derek estava falando a verdade sobre o relacionamento entre Emerson e o professor Fogle...

— Estava — confirmou Lia.

— ... o bom professor não se opõe a fãs. — Revirei isso em pensamento. — Isso é parte do que o atrai para essa área de estudo. Está no nome da matéria. Aqueles homens são maiores do que tudo. São lendas. São o acidente de trem que não conseguimos parar de olhar, o proibido, o *outro* perigoso.

Michael aceitou minha avaliação de cara.

— Eu teria que ver o sujeito pra dizer qualquer coisa sobre ele — disse. Essa era uma das principais diferenças entre a habilidade de Michael e a minha. Michael lia *pessoas*. Eu lia personalidades e comportamentos, e nem sempre precisava que uma pessoa estivesse presente para fazer isso. — Mas *posso* dizer que o monitor gostou um pouco demais de falar sobre o mo de Redding — continuou Michael. — Ele queria ver uma expressão de horror no rosto da Cassie e, quando não conseguiu, voltou o assunto para Emerson.

— E o que o rosto dele te disse sobre Emerson? — perguntou Lia.

— Não tinha culpa — relatou Michael. — Não tinha nem tristeza. Uma pontinha de medo. Satisfação. E lealdade.

— Lealdade? — perguntei. — A quem?

— Eu detesto dizer isso — disse Lia com um suspiro —, mas Derek talvez estivesse certo. Talvez o professor seja nosso cara. O tempo todo que conversei com a dupla dinâmica de Presente de Deus para o Planeta e Tímido Maravilha, só captei uma inverdade interessante.

— Derek? — palpitei.

— Clark. — Não havia dúvida na voz de Michael. — Quando ele estava falando sobre Emerson.

— Ponto para o leitor de emoções — disse Lia com voz arrastada. Os dons deles se sobrepunham mais do que o de qualquer um deles com o meu. — Quando Clark disse que Emerson "não era assim", ele estava mentindo. — Lia enrolou o rabo de cavalo no indicador. — Se quer saber, Clark sabia que ela estava dançando na horizontal com o professor Sinistro.

Eu me virei para Michael.

— O que você viu?

— Em Clark? — Michael saiu da rodovia. Logo estaríamos em casa. — Eu vi desejo. Medo de rejeição. — Ele fixou os olhos nos meus. — Fúria.

Não só raiva, mas fúria. Por Derek, por falar mal de uma garota de quem Clark gostava? Pela gente, por fazer as perguntas? Pelo professor? Por Emerson?

— E o que a gente faz agora? — perguntei. — Supondo que não nos peguem assim que chegarmos em casa.

— Nós temos que descobrir o que o FBI sabe sobre o relacionamento de Emerson com o professor. — Lia jogou o cabelo para trás. — Se não souberem, temos que arrumar um jeito de passar essa informação.

— E Dean? — perguntei.

— Nós não vamos contar para Dean. — A voz de Lia soou baixa, mas cortou o ar como um chicote. — Ele precisa que o caso seja resolvido. Não precisa saber o que vamos fazer pra que isso aconteça.

Dean não entenderia por que nos arriscaríamos por ele, porque, lá no fundo, ele acreditava que não merecia ser salvo. Ele teria levado uma bala por qualquer um de nós, mas não gostaria que arriscássemos nada por ele.

A maioria das pessoas construía muros para se proteger. Dean fazia isso para proteger os outros.

Pela primeira vez, Lia e eu concordávamos.

— Nós não vamos contar a Dean.

Capítulo 18

— **Comportamento pervertido, mentes criminosas:** *Introdução à psicologia criminal, oitava edição.* — Com olhos embaçados e semidesperta, olhei do livro na mesa da cozinha para Dean, depois para o livro de novo. — Sério? A agente Sterling quer que a gente leia uma apostila introdutória?

Depois da noite que Lia, Michael e eu tivemos minha cabeça estava latejando e meu corpo só queria voltar para a cama.

Dean deu de ombros.

— Ela passou os capítulos um a quatro. — Ele fez uma pausa, seus olhos absorvendo minha aparência. — Você está bem?

Não, pensei. *Estou com privação de sono e não posso contar o motivo.*

— Estou ótima — insisti. Vi Dean avaliando todas as dezenas de formas pelas quais eu estava um pouco apagada naquela manhã. — Só não consigo acreditar que a ideia da agente Sterling de treinamento seja... *isso* — acrescentei, indicando o livro. Desde o momento em que entrei no programa, eu tinha aprendido fazendo. Casos reais. Fotos de cenas de crimes reais. Vítimas reais.

Mas aquela apostila? Bryce, Derek e Clark deviam ter lido uma igualzinha. Devia até ter folhas de exercício acompanhando.

— Talvez seja perda de tempo — disse Dean, arrancando o pensamento da minha cabeça. — Mas agora eu preferiria desperdiçar nosso tempo, e não o da Sterling.

INSTINTO ASSASSINO 117

Porque a agente Sterling estava caçando o assassino da Emerson.

Peguei a apostila dele e abri no capítulo um.

— "A psicologia criminal é a área da psicologia dedicada a explicar os tipos de personalidade, os motivos e as estruturas cognitivas associadas ao comportamento pervertido, particularmente aquele que causa mal mental ou físico a outros" — li.

Dean olhou para o papel. O cabelo caiu no rosto dele. Continuei lendo, caindo em um ritmo regular, até que minha voz virou o único som na cozinha.

— "Capítulo quatro: criminosos organizados e desorganizados."

Dean e eu tínhamos feito uma pausa longa para o almoço, mas minha voz estava ficando rouca mesmo assim.

— Minha vez — disse Dean, pegando o livro da minha mão. — Se ler outro capítulo, você vai acabar só mexendo a boca, como se fosse mímica, no final.

— Isso pode ser vergonhoso — respondi. — Eu nunca fui boa nisso.

— Por que eu tenho a sensação de que tem uma história aí? — Dean retorceu os lábios em um sorriso sutil.

Eu senti um calafrio.

— Vamos dizer que a noite de jogos em família é algo bem competitivo, e eu sou bem ruim em Imagem e Ação.

— Do meu ponto de vista, isso não é exatamente uma falha de caráter.

Dean se encostou na cadeira. Pela primeira vez desde que tínhamos visto o corpo no noticiário, ele parecia quase relaxado. Os braços não estavam cruzados. O peito subia e descia de leve a cada respiração. O cabelo ainda caía no rosto, mas quase não havia tensão visível nos ombros e no pescoço dele.

— Alguém disse falha de caráter? — Michael entrou na sala. — Acho que esse pode ser um dos meus sobrenomes.

Olhei de volta para o livro, tentando fingir que eu *não estava* encarando Dean agora mesmo.

— Sobrenomes, no plural? — perguntei.

Michael inclinou a cabeça de leve.

— Michael Alexander Thomas *Falha de Caráter* Townsend. — Ele me lançou um sorrisinho. — Tem uma boa sonoridade, vocês não acham?

— Nós estamos estudando — disse Dean secamente.

— Finge que não estou aqui — retrucou Michael, balançando a mão na nossa direção. — Eu só vim fazer um sanduíche.

Michael nunca "só" fazia nada. Talvez quisesse um sanduíche, mas também estava gostando de irritar Dean. *E*, pensei, *ele não quer deixar nós dois aqui sozinhos.*

— Então — falei, me virando para Dean e tentando fingir que aquilo *não era* constrangedor. — Capítulo quatro. Quer ler você?

Dean olhou para Michael, que pareceu achar graça da situação toda.

— E se a gente não lesse? — perguntou Dean.

— Mas é nosso *dever de casa* — falei, adotando uma expressão escandalizada.

— É, eu sei. Eu que te convenci a ler, né. — Dean passou a ponta do dedo na borda do livro. — Mas posso te contar o que tem nele.

Dean estava ali havia cinco anos, e aquele livro tinha o básico da perfilagem.

— Tudo bem — falei. — Por que você não me dá a versão resumida? Me ensina.

Um tempo atrás, Dean teria recusado.

— Tudo bem — disse ele, me encarando do outro lado da mesa. — Assassinos desorganizados são solitários. São os que nunca se encaixam. Têm habilidade sociais ruins, muita raiva acumulada.

Ao ouvir a palavra *raiva*, meus olhos se voltaram involuntariamente para Michael. *Nunca se encaixam. Habilidades sociais ruins*. Percebi pela expressão no rosto de Michael que não fui a única que achou aquela uma descrição perfeita de Clark.

Dean fez uma pausa. Forcei o olhar para a frente e desejei que Dean não pensasse demais sobre por que ouvir algumas palavras sobre assassinos desorganizados tinha levado a um pensamento implícito entre mim e Michael.

— Na vida rotineira, os assassinos desorganizados costumam ser vistos como antissociais e inaptos — continuou Dean depois de um longo momento. — As pessoas não gostam deles, mas também não têm medo deles. Se o assassino desorganizado tem um emprego, é provável que pague mal e não exerça um cargo respeitado. Assassinos desorganizados podem se comportar como adolescentes até a idade adulta; é estatisticamente provável que ainda morem com um dos pais ou os dois.

— E qual é a diferença entre um assassino desorganizado e um otário? — Michael nem se deu ao trabalho de fingir que não estava escutando.

— Se você fosse como a Cassie e eu — Dean encarou Michael de cima a baixo —, não teria que perguntar.

Um silêncio mortal.

Dean nunca tinha admitido antes que éramos iguais. Ele nunca tinha acreditado. Nunca tinha dito para Michael.

— É mesmo?

Michael semicerrou os olhos, um contraste forte com o sorriso aparentemente inabalado nos lábios. Olhei para a mesa. Michael, não precisava ver a expressão no meu rosto, a que dizia que Dean tinha razão. Eu *não* precisava fazer a pergunta de Michael porque *sabia* instintivamente a resposta. Ser antissocial, raivoso e inepto não tornava uma pessoa assassina. Características como essas não poderiam nos dizer se Clark tinha potencial para violência, nem o quanto. A única coisa que podiam dizer era que *tipo* de assassino alguém *como* Clark seria se ele ultrapassasse esse limite.

Se Clark fosse um assassino, ele seria um do tipo desorganizado.

— Os assassinos organizados podem ser encantadores. — Dean voltou a atenção de Michael para mim. — São articulados, confiantes e ficam à vontade na maioria das situações sociais. — O cabelo dele caiu no rosto, mas seu olhar não se afastou do meu. — Costumam ser inteligentes, mas narcisistas. Podem ser incapazes de sentir medo.

Pensei em Geoffrey com *G*, que tinha dado uma aula sobre *modus operandi* e mencionado Emerson sem a menor sensibilidade.

— Outras pessoas não são dignas de empatia para o assassino organizado, porque as outras pessoas são *inferiores*. Para eles, ser comum é o mesmo que ser descartável.

Absorvi as palavras de Dean, memorizei-as.

— O que é a vida de mais uma pessoa quando o mundo está cheio de tantas outras? — A voz de Dean ficou seca quando ele fez a pergunta, e eu sabia que ele estava em outro lugar. — Os assassinos organizados não sentem remorso.

O pai de Dean era um assassino organizado, pensei. Estiquei a mão por cima da mesa e coloquei-a sobre a de Dean. Ele curvou a cabeça, mas continuou falando.

— Os assassinos organizados planejam coisas — disse ele, a voz baixa. — Os assassinos desorganizados são os que fariam coisas por impulso.

— Eles surtam — falei baixinho — ou cedem aos impulsos.

Dean se inclinou para a frente e curvou os dedos em volta dos meus.

— Têm mais probabilidade do que os assassinos organizados de atacar alguém por trás.

— Escolha de arma? — perguntei, a mão ainda entrelaçada à dele.

— O que estiver ao alcance — respondeu Dean. — Trauma por objeto contundente, uma faca de cozinha que estiver próxima, as próprias mãos. Toda a cena do crime reflete uma perda de controle.

— Mas, para os assassinos organizados — falei, os olhos nele —, o ponto central é o controle.

Dean sustentou meu olhar.

— Os assassinos organizados perseguem as vítimas. Muitas vezes, miram em estranhos. Cada gesto que fazem é calculado, premeditado e a serviço de um objetivo específico. Eles são metódicos.

— Mais difíceis de pegar — acrescentei.

— Eles gostam de ser mais difíceis de pegar — retorquiu Dean. — Matar é só parte do prazer. Se safar do que fez é o resto.

Tudo que Dean disse fez sentido para mim: um sentido incrível e intuitivo, como se ele estivesse me lembrando de uma coisa que eu sempre soubera, em vez de me ensinando algo novo.

— Você está bem? — perguntou ele.

Eu assenti.

— Ótima.

Olhei para a bancada da cozinha, onde Michael tinha feito o sanduíche. Ele tinha saído. Em algum momento durante a minha troca com Dean, Michael tinha saído dali.

Olhei para a mesa. Dean soltou lentamente a mão da minha.

— Dean? — falei. Minha voz estava baixa, mas cortou o ar. Eu ainda sentia o local onde a pele dele tinha tocado na minha. — Os assassinos organizados são os que levam troféus, né?

Dean assentiu.

— Troféus os ajudam a reviver as mortes. É como eles saciam o desejo de matar entre vítimas.

— Locke pegou um batom de cada mulher que matou. — Não pude deixar de dizer essas palavras em voz alta. *Narcisista. Controlada.* Encaixava.

— Meu pai era um assassino organizado. — Havia uma intensidade em Dean quando ele falava do pai. Essa era a segunda vez que ele se abria para mim, olho por olho. — Ele dizia que, quando criança, as pessoas sabiam que havia algo de errado com ele, mas, desde que conseguia se lembrar, gostavam dele. Era uma pessoa que planejava as coisas meticulosamente. Nunca se desviava do roteiro. Dominava as mulheres que escolhia. Ele as controlava. — Dean fez uma pausa. — Nunca demonstrou remorso.

Ouvi a porta de entrada abrir e fechar. Achei que pudesse ser Michael saindo de casa, se afastando de nós, mas ouvi passos vindo na nossa direção... dois pares, um mais pesado do que o outro.

Sterling e Briggs estavam de volta.

Eles apareceram na porta na hora em que Dean fechou o livro na mesa à nossa frente.

— Cassie, podemos falar um minutinho a sós com Dean? — O agente Briggs ajeitou a gravata. Esse gesto específico, daquele homem em particular, disparou alertas na minha mente. A gravata era algo que Briggs só usava no trabalho. Ajeitá-la era uma espécie de afirmação. O que quer que ele quisesse falar com Dean, era *só trabalho*.

Eu confiava menos em Briggs quando havia trabalho envolvido.

— Ela pode ficar — disse Dean para Briggs. As palavras dele caíram na cozinha como um trovão. Pelo tempo que eu conhecia Dean, ele vivia me afastando. *Sozinho* era o nome do jogo dele.

Troquei um olhar com ele. *Tem certeza?*, perguntei silenciosamente.

Dean passou as mãos na frente das coxas, sobre o jeans.

— Fica — disse ele. *Dean me quer aqui.* Ele se virou para Briggs. — Do que você precisa?

A agente Sterling enrijeceu, os lábios apertados em uma linha fina.

— A pessoa que matou Emerson Cole é obcecada pelo seu pai — disse Briggs, ignorando a expressão no rosto da ex-mulher. — Tem uma chance muito real de o UNSUB ter escrito pra ele.

— Vou tentar adivinhar — interrompeu Dean. — O papai-zinho querido destrói as cartas quando as recebe. Estão todas aqui. — Ele bateu com um dedo na lateral da cabeça.

— Ele aceitou nos ajudar — disse Briggs. — Mas com uma condição.

A tensão estava de volta nos ombros e no pescoço de Dean. Cada músculo do corpo dele estava contraído.

— Você não precisa fazer nada que não queira — disse a agente Sterling.

— Eu sei qual é a condição. — Os olhos de Dean ardiam com uma emoção que não consegui identificar: não era exata-mente ódio nem medo. — Meu pai não quer contar nada pra *vocês*. A única pessoa com quem ele aceita falar sou eu.

Você

Daniel Redding é um dos grandes. *Famoso. Genial. Imortal. Você o escolheu por um motivo. Quando um homem como Redding fala, as pessoas escutam. Quando Reddings querem alguém morto, a pessoa morre. Ele é tudo que você quer ser. Poderoso. Seguro de si. E sempre, sempre no controle.*

— Você foi displicente. Fez besteira. Deu sorte.

Você expulsa a voz e passa os dedos pelas bordas de uma foto de Emerson Cole de pé ao lado de uma árvore. Prova de que, por um momento, você teve poder. Teve segurança. Esteve no controle.

Assim... como... ele.

Daniel Redding não é seu herói. É seu deus. E se você continuar por aquele caminho, vai se refazer aos poucos à imagem dele. O resto do mundo vai ser tão insignificante e impotente quanto formigas. A polícia. O FBI. Você vai esmagá-los sob botas de bico de aço.

O que será, será... com o tempo.

Capítulo 19

Muros de pedra. Arame farpado. Minha impressão da prisão de segurança máxima que abrigava o pai de Dean foi fugaz. Dean e eu estávamos enfurnados no banco traseiro de um carro preto do FBI. O agente Briggs estava no volante. Sterling estava ao lado dele. Da minha posição diretamente atrás dela, não dava para ver nada além de seu antebraço no apoio para braços. À primeira vista, ela parecia relaxada, mas as pontas dos dedos estavam apertando e afundando o couro.

Ao meu lado, Dean estava olhando fixamente pela janela. Botei a mão no assento entre nós, a palma para cima. Ele afastou o olhar da janela e olhou não para mim, mas para a minha mão. Colocou a mão com a palma para baixo no assento, perto da minha.

Cheguei a mão para mais perto da dele. Os olhos escuros dele se fecharam, os cílios lançando uma série de sombrinhas no rosto. Depois de uma pequena eternidade, a mão dele começou a se mover. Ele a girou lentamente no sentido horário até a parte de trás da mão estar a centímetros da minha. Coloquei a mão na dele. Sua palma estava quente. Depois de vários segundos, os dedos dele se fecharam nos meus.

Apoio moral. Era por isso que eu estava ali, acompanhando o acontecimento.

Briggs entrou em um estacionamento protegido. Parou o carro e desligou o motor.

— Os guardas vão vir para me deixar entrar com Dean. — Ele olhou para Sterling, depois para mim. — Vocês duas ficam no carro. Quanto menos gente vir outra adolescente aqui, melhor.

Briggs não estava feliz de eu estar ali, mas não tinha tentado me deixar para trás. Eles precisavam de Dean, e Dean precisava de alguma coisa, *alguém*, que o prendesse ao aqui e agora.

A porta dos fundos da prisão se abriu. Havia dois guardas lá. Eram exatamente da mesma altura. Um era forte e careca, o outro, mais jovem e com corpo de corredor.

Briggs saiu do carro e abriu a porta de Dean, que colocou minha mão levemente de volta no meu colo.

— Não vou demorar.

Um músculo na mandíbula dele tensionou. Os olhos estavam inexpressivos, duros. *Ele nasceu sorrindo.* As palavras da entrevista de Redding ecoaram na minha cabeça quando Dean bateu a porta.

Dean e Briggs se aproximaram dos guardas. O homem careca apertou a mão de Briggs. O guarda mais jovem deu um passo na direção de Dean e o examinou de cima a baixo. Um momento depois, Dean estava encostado na parede, sendo revistado.

Eu afastei o olhar.

— Algumas pessoas sempre vão olhar para Dean e ver o pai dele — disse a agente Sterling no banco da frente. — Daniel Redding não é queridinho dos guardas aqui. Ele tem um gosto por jogos mentais e uma quedinha por captar informações sobre as famílias dos guardas. Briggs teve que dizer para eles que Dean era filho do Redding. Teria sido impossível conseguir aprovação para visita dele se fosse diferente, mesmo com permissão superior.

— Seu pai aprovou essa visita? — perguntei, deslizando no banco para ficar em um ângulo melhor para vê-la.

— Foi ideia dele. — Sterling repuxou os lábios. Ela não estava feliz com aquilo.

— Seu pai quer esse caso encerrado. — Segui pela lógica da situação. — O caso de Locke foi parar nos jornais. A última coisa de que o FBI precisa agora é mais notícias ruins. O diretor precisa que esse caso acabe rápido e tranquilamente, e não se incomoda em usar o Dean para isso. Mas se dependesse de você...

— Se dependesse de mim — interrompeu ela —, Dean não teria que chegar nem a cem metros do pai de novo. — Ela olhou pela janela. Briggs, Dean e o guarda mais velho tinham entrado no prédio. O guarda mais jovem, o que tinha revistado Dean, estava vindo na direção do nosso carro. — Por outro lado — disse Sterling, destrancando a porta do carro —, se dependesse de mim, depois que prendemos Redding, Dean teria tido a oportunidade de viver uma infância normal.

Ela abriu a porta e saiu do carro.

— Posso ajudar em alguma coisa? — perguntou ela ao guarda. Ele olhou para Sterling com uma ligeira curvatura nos lábios.

— Você não pode ficar no carro — disse ele. — Aqui é uma área de segurança.

— Estou ciente. E tenho permissão para estar aqui — disse ela friamente, arqueando uma sobrancelha.

Ela tinha o jeito de alguém que tinha passado a vida em uma série de clubes do bolinha adulto. Um policial penal com síndrome de pequeno poder não a impressionava.

Eu conseguia praticamente ver o guarda questionando se entrar em uma queda de braço com uma agente do FBI, especificamente *aquela* agente do FBI, valia a pena.

— O diretor está numa fase de preocupação extrema com segurança — disse ele, empurrando a culpa para o superior. — Você vai ter que tirar o carro.

— Tudo bem.

Sterling voltou para o carro, e os olhos do guarda pousaram em mim. Ele levantou a mão e fez sinal para eu abrir a porta. Olhei para a agente. Ela deu um aceno breve. Eu abri a porta e saí.

O guarda mal me olhou e voltou a atenção para Sterling.

— Ela é amiga daquele filho do Redding? — perguntou ele. A voz não deixou dúvida sobre o sentimento dele sobre Dean... e o pai de Dean.

Eu tinha quase certeza de que Michael leria como repulsa.

— Se você me der licença — disse Sterling com firmeza —, vou retirar o carro.

O guarda me olhou, a determinação anterior de não entrar numa disputa com a agente Sterling enfrentando o desprezo que sentia por Dean... e agora por mim. Ele se virou e falou alguma coisa em um rádio. Depois de alguns momentos, ele se virou, um sorriso educado no rosto, os olhos semicerrados em fendas frias e inflexíveis.

— Eu falei com o diretor. Vocês duas terão que vir comigo.

— Não diga uma palavra — disse a agente Sterling baixinho. — Eu cuido disso.

O guarda nos levou por um corredor. A agente Sterling pegou o celular.

— Eu posso colocar vocês na sala de visitantes — ofereceu o guarda. — Ou vocês podem esperar nos escritórios na frente.

A pessoa para quem Sterling estava ligando não atendeu. Ela voltou a atenção para o guarda.

— Senhor... — Ela parou de falar, esperando que ele dissesse o sobrenome.

— Webber — disse ele.

— Sr. Webber, existe um motivo para você e seu colega terem recebido orientação de encontrar o agente Briggs na porta dos *fundos*. Existe um motivo para o agente Briggs não estar se encontrando com Daniel Redding na sala de visitantes. Esse caso é delicado e confidencial. E *ninguém* precisa saber que o FBI veio aqui ver o detento.

Guardas penais tinham posição de poder dentro daquele local, e aquele gostava da dele. Webber não gostava de ser lem-

INSTINTO ASSASSINO 129

brado que Sterling era do FBI. Ele não gostava dela. Não gostava de ser tratado como inferior.

E não gostava nem um pouco de Dean. De Redding. Nem de mim.

Aquilo não terminaria bem.

— A menos que você tenha um lugar onde possamos esperar que seja *protegido* e *particular* — continuou Sterling —, sugiro que você ligue para o seu supervisor e…

— Protegido e particular? — disse o guarda, simpático e educado a ponto de gerar um arrepio na minha espinha. — Por que você não falou antes?

Fomos parar em uma sala de observação. Do outro lado de um espelho falso, o agente Briggs e Dean estavam sentados em frente a um homem de cabelo e olhos escuros.

Os olhos de Dean.

Eu não deveria estar aqui. Não deveria estar vendo isso.

Mas graças a um guarda contrariado, eu estava. Dean e o pai estavam em silêncio, e não pude deixar de pensar: quanto tempo eles tinham ficado sentados ali, se olhando? O que tínhamos perdido?

Ao meu lado, os olhos de Sterling estavam grudados em Redding.

O pai de Dean não era um homem grande, mas, sentado ali, com um sorrisinho enfeitando as feições regulares e comuns, ele chamava a atenção. O cabelo escuro era denso e arrumado. Havia um leve sinal de barba por fazer no queixo e nas bochechas.

— Me conta sobre as cartas. — Dean não falou como se fosse uma pergunta ou um pedido. Independentemente de qual fosse a conversa que tinha acontecido entre os dois antes de chegarmos ali, Dean era um homem com uma missão agora.

Conseguir a informação de que ele precisava e ir embora.

— Que cartas? — perguntou o pai amavelmente. — As que me amaldiçoam, me mandando ir para o inferno? As das famílias, descrevendo suas jornadas até o perdão? As das mulheres me pedindo em casamento?

— As do professor — respondeu Dean. — O que está escrevendo o livro.

— Ah — disse Redding. — Fogle, não era? Cabeleira bagunçada, olhos profundos e cheios de emoção, que gostava demais de Nietzsche?

— Então ele veio aqui. — Dean não se deixava afetar pelo teatro do pai. — O que ele te perguntou?

— Só há duas perguntas, Dean. Você sabe. — Redding abriu um sorriso carinhoso. — *Por que* e *como*.

— E que tipo de pessoa era o professor? — insistiu Dean. — Estava mais interessado no por que ou no como?

— Um pouco da coluna A, um pouco da coluna B. — Redding se inclinou para a frente. — Por que o interesse repentino no meu colega professor? Medo de ele não acertar a sua parte quando contar a nossa história?

— Nós não temos história nenhuma.

— A minha história é a sua história. — Um brilho estranho surgiu nos olhos de Redding, mas ele conseguiu controlá-lo e diminuiu um pouco a intensidade na voz. — Se você quer saber o que o professor estava escrevendo e do que é capaz, sugiro que pergunte diretamente a ele.

— Vou perguntar — disse Dean. — Assim que você me contar onde encontrá-lo.

— Céus, Dean. O homem não está nos meus contatos de emergência. Nós não somos *amigos*. Ele me entrevistou algumas vezes. De um modo geral, fez perguntas e eu as respondi, não o contrário.

Dean se levantou para ir embora.

— Mas — acrescentou Redding maliciosamente — ele mencionou que escreve quase sempre em um chalé nas montanhas.

INSTINTO ASSASSINO 131

— Que chalé? — perguntou Dean. — Que montanhas?

Redding indicou a cadeira de Dean com as mãos algemadas. Depois de um momento, Dean se sentou.

— Minha memória talvez precise ser refrescada — disse Redding, se inclinando de leve para a frente, os olhos estudando cuidadosamente os do filho.

— O que você quer? — A voz de Dean estava completamente seca. Redding não reparou ou não se importou.

— Você — disse o homem, os olhos percorrendo Dean, absorvendo cada detalhe, como um artista avaliando seu melhor trabalho. — Eu quero saber de você, Dean. O que essas mãos têm feito nos últimos cinco anos? Que coisas esses olhos viram?

Havia algo de desconcertante em ouvir o pai de Dean "desmembrar" o corpo dele.

Dean é só uma coisa pra você, pensei. *Não passa de mãos e olhos, uma boca. Algo a ser moldado. Algo a ser possuído.*

— Eu não vim falar sobre mim. — A voz de Dean nem oscilou.

O pai dele deu de ombros.

— E eu não consigo lembrar se o chalé do professor era perto de Catoctin ou Shenandoah.

— Eu não sei o que você quer que eu diga. — Os olhos de Dean encontraram os do pai. — Não há nada a conversar. É isso que você quer ouvir? Que essas mãos, esses olhos… não são *nada*?

— São tudo — respondeu Redding, a voz vibrando com intensidade. — E tem tantas outras coisas que você poderia fazer.

Ao meu lado, a agente Sterling se levantou. Deu um passo para perto do vidro. Para mais perto de Redding.

— Vamos lá, Dean, deve haver alguma coisa sobre a qual valha a pena falar na sua vida. — Redding estava perfeitamente à vontade, imune, talvez até alheio, à hostilidade emanando de Dean. — Música. Esportes. Uma moto. Uma garota. — Ele inclinou a cabeça para o lado. — Ah, então tem uma garota.

— Não tem ninguém — disse Dean com rispidez.

— Acho que você protestou demais, filho.

— Eu não sou seu filho.

Redding esticou a mão. Em um piscar de olhos, estava de pé. Dean devia estar inclinado para a frente, porque, de alguma forma, o pai conseguiu segurar a camisa dele. Puxou-o para ficar de pé.

— Você é meu filho mais do que já foi da vadia da sua mãe. Eu estou em você, garoto. No seu sangue, na sua mente, no ar que você respira. — O rosto de Redding estava perto do de Dean agora, tão perto que devia estar sentindo o hálito dele a cada palavra. — Você sabe. Você teme.

Em um segundo, Dean estava parado e, no seguinte, as mãos estavam agarrando o macacão laranja do pai enquanto Daniel Redding era puxado por cima da mesa.

— Ei! — Briggs se colocou entre os dois.

Redding soltou Dean primeiro. Ele ergueu as mãos em submissão.

Você nunca se submete de verdade, pensei. *Nunca cede. Você consegue o que quer... e você quer Dean.*

A mão da agente Sterling se fechou no meu cotovelo.

— Vamos — disse ela. O guarda tentou impedi-la, mas ela voltou o olhar de raiva com toda força na direção dele. — Mais uma palavra, mais um passo e, juro por Deus, vai perder o seu emprego.

Olhei para Dean. Briggs tinha colocado uma das mãos no peito dele e empurrado com força. Como um sonâmbulo acordado subitamente, Dean deu um solavanco para trás e soltou o pai. Olhou para o espelho, e eu poderia jurar que ele me viu ali.

— Cassandra — disse a agente Sterling rispidamente. — Vamos. Agora.

A última coisa que ouvi antes de sair foi a voz de Dean, vazia e dura.

— Me conta sobre o chalé do professor.

Capítulo 20

— **Isso foi um erro.** — Sterling esperou até nós duas estarmos no carro antes de dizer.

— Ir com o guarda? — perguntei.

— Te trazer aqui. Trazer *Dean* aqui. Ficar naquela sala, ver aquilo. Tudo.

Quando Sterling disse *tudo*, tive a sensação de que ela não estava só falando do jeito como Briggs e o diretor tinham decidido lidar com o caso. Ela estava falando da vida que Dean estava vivendo. Do programa dos Naturais. *Tudo*.

— Não é a mesma coisa — falei. — O que fazemos como equipe e o que mandaram Dean fazer aqui com o pai... não é a mesma coisa.

Colocar Dean em uma sala com Daniel Redding abriu todas as cicatrizes antigas, todas as feridas que aquele homem tinha causado na psique de Dean.

O programa não era aquilo. O que nós *fazíamos* não era aquilo.

— Você devia ter visto Dean quando recebemos a ligação de que o FBI tinha encontrado Mackenzie McBride — falei, pensando *naquele* Dean. O nosso Dean. — Ele não só sorriu. Ele sorriu com alegria. Sabia que ele tem covinhas?

A agente Sterling não respondeu.

— Dean nunca teria uma infância normal. — Eu não sabia por que achava tão importante fazer com que ela entendesse isso.

— Tem coisas das quais não se volta. Normal não é uma opção

para nenhum de nós. — Pensei no que Sloane tinha dito. — Se tivéssemos tido infâncias normais, nós não seríamos Naturais.

Sterling finalmente se virou para me olhar.

— Estamos falando do pai de Dean ou da sua mãe? — Ela deixou a pergunta ser absorvida. — Eu li seu arquivo, Cassie.

—Agora eu sou Cassie? — perguntei. Ela franziu a testa. Eu elaborei. — Você me chama de Cassandra desde que apareceu.

— Você quer que eu continue te chamando pelo seu nome?

— Não. — Fiz uma pausa. — Mas você quer continuar me chamando por ele. Você não gosta de apelidos. Eles te deixam mais próxima das pessoas.

Sterling inspirou fundo.

— Você vai ter que aprender a parar de fazer isso — disse ela.

— Parar de fazer o quê?

— A maioria das pessoas não gosta de ser perfilada. Tem coisas que é melhor não serem ditas. — Ela fez uma pausa. — Aonde você foi ontem à noite?

Meu coração quase pulou do peito. A pergunta veio do nada. Eu banquei a tonta.

— Como assim?

Ela ameaçou o programa quando a única coisa que Sloane tinha feito foi usar as cenas de crime do porão. Se ela soubesse o que Lia, Michael e eu tínhamos feito na noite anterior, não dava para saber o que ela faria.

— Você acha que eu não gosto de você. — Sterling estava usando a voz de perfiladora, entrando na minha cabeça. — Você me vê como inimiga, mas eu não sou sua inimiga, Cassie.

— Você tem um problema com esse programa. — Fiz uma pausa. — Não sei nem por que aceitou esse trabalho. Você tem problema com o que Briggs está fazendo aqui e tem problema comigo.

Eu esperava que ela negasse. Ela me surpreendeu.

— Meu problema com você — disse ela — é que você não faz o que mandam. Todos os instintos no mundo são inúteis se

INSTINTO ASSASSINO 135

você não consegue trabalhar com o sistema. Briggs nunca entendeu isso, e você também não entende.

— Você está falando do que aconteceu no verão. — Eu não queria estar tendo aquela conversa, mas não havia saída. Não podia sair do carro. Não podia me afastar do olhar avaliador dela. — Eu entendo. Dean se machucou. Michael se machucou. Por minha causa.

— Aonde você foi ontem à noite? — perguntou de novo a agente Sterling. Eu não respondi. — No verão passado, você e seus amigos hackearam um pen drive seguro e leram os arquivos do caso sem motivo, até onde eu sei, fora o fato de estarem entediados. Mesmo depois que Briggs avisou para pararem, vocês não tiveram intenção de fazer isso. A assassina acabou fazendo contato. — Ela não me deu tempo de me recuperar daquela recitação brutal de eventos. — Você queria entrar no caso. A agente Locke fez a sua vontade.

— Então é minha culpa — falei, irritada, tentando não chorar, morrendo de medo de ela estar certa. — As pessoas que a Locke matou só para me enviar o cabelo delas em caixas. A garota que ela sequestrou. O fato de ter atirado em Michael. É tudo culpa minha.

— Não. — A voz de Sterling estava baixa e firme. — Nada daquilo foi sua culpa, Cassie, mas, pelo resto da vida, você vai se perguntar se foi. Isso vai te manter acordada até tarde. Vai te assombrar. Nunca vai embora. Eu sei que às vezes você se pergunta se eu olho pra você e vejo sua tia, mas não é isso. Dean não é o pai dele. Eu não sou o meu. Se eu achasse que você era como a mulher que se chamava Lacey Locke, nós nem estaríamos tendo esta conversa.

— Então por que você está tendo esta conversa *comigo*? — perguntei. — Você diz que eu não sei trabalhar dentro do sistema, mas não me diga que os outros sabem. Lia? Michael? Até Sloane. Você não olha pra eles como olha pra mim.

— Porque eles não são eu. — As palavras da agente Sterling pareceram sugar todo o oxigênio do carro. — Eu não li seu arquivo e vi sua tia, Cassie. — Ela se calou. Quando continuou, eu estava quase convencida de que tinha ouvido errado. — Quando você quebra as regras, quando começa a dizer para si mesma que os fins justificam os meios, pessoas se machucam. O protocolo salva vidas.

Ela passou a mão pela nuca. Meio-dia, sem ar-condicionado, a temperatura no carro estava quase sufocante.

— Você quer saber por que você, em particular, me preocupa, Cassie? É você que sente as coisas de verdade. Michael, Lia, Dean... eles aprenderam cedo na vida a trancar as emoções *assim*. Eles não estão acostumados a deixar as pessoas entrarem. Não vão sentir necessidade de se colocar em risco *todas as vezes*. Sloane se importa, mas ela lida com fatos, não emoções. Mas você? Você nunca vai conseguir parar de se importar. Pra você, sempre vão importar mais as vítimas e suas famílias. Sempre vai ser pessoal.

Eu queria dizer que ela estava enganada. Mas pensei em Mackenzie McBride e sabia que Sterling estava certa. Todos os casos em que eu trabalhasse seriam pessoais. Eu sempre iria querer justiça para as vítimas. Faria o necessário para salvar uma vida que fosse, do jeito que desejava que tivessem salvado a da minha mãe.

— Estou feliz que você esteja aqui ao lado de Dean hoje, Cassie. Ele precisa de alguém, principalmente agora. Mas se você está levando a sério a ideia de fazer o que nós fazemos, o que *eu* faço, as emoções são um luxo que você não pode se dar. Culpa, raiva, empatia, estar disposta a fazer *qualquer coisa* para salvar uma vida... isso é a receita para alguém acabar morrendo.

Em algum momento antes de sair do FBI, ela tinha perdido alguém. Porque tinha se envolvido emocionalmente em um caso. Porque, no calor da batalha, tinha violado as regras.

— Eu preciso saber aonde você foi ontem à noite. — Ela parecia um disco arranhado. — Estou te dando a opção de tomar uma decisão boa aqui. Sugiro que você aceite.

Parte de mim queria contar, mas o segredo não era só meu. Também era de Michael e Lia.

— Briggs não sabe que vocês saíram escondidos. Nem Judd. — Sterling deixou a ameaça implícita pairar no ar. — Estou apostando que você nunca viu Judd com raiva. Eu vi. Não recomendo.

Como não respondi, Sterling ficou em silêncio. A temperatura no carro estava ficando insuportável.

— Você está tomando uma decisão ruim aqui, Cassie. — Não falei nada, e ela semicerrou os olhos. — Só me diz uma coisa. Tem algo que eu deveria saber?

Mordi o lábio inferior e pensei em Dean e no que ele estava passando para obter só um pouquinho de informação com o pai.

— Emerson estava envolvida com o professor — falei, por fim. Eu devia a Dean compartilhar essa informação. — O que estava escrevendo um livro sobre o pai de Dean.

A agente Sterling tirou o paletó. Estava óbvio que o calor também a estava incomodando.

— Obrigada — disse ela, se virando no banco para me olhar. — Mas escuta, e escuta bem: quando eu mandei que vocês ficassem longe desse caso, eu estava falando sério. Na próxima vez que derem um passo para fora de Quantico sem a minha permissão, vou mandar botar uma tornozeleira eletrônica em vocês.

Eu mal ouvi a ameaça. Não respondi. Não consegui formar uma frase. Não consegui nem formulá-la.

Quando a agente Sterling tirou o paletó, a blusa deslizou para o lado. Abriu um pouco na frente e me permitiu ver a pele embaixo. Havia uma cicatriz abaixo da clavícula.

Uma marca na forma da letra R.

Capítulo 21

Sterling olhou para baixo. Com o rosto completamente inexpressivo, ela ajeitou a blusa. A cicatriz estava coberta agora, mas não consegui parar de olhar.

Amarrá-las. Marcá-las. Cortá-las. Enforcá-las.

O tempo todo em que estávamos na sala de observação, ela não tinha tirado os olhos de Daniel Redding.

— Minha equipe estava investigando o caso — disse Sterling calmamente. — Eu cheguei perto demais e fui descuidada. Redding ficou dois dias comigo antes de eu conseguir escapar.

— É daí que você conhece o Dean.

Eu tinha me perguntado como eles tinham desenvolvido uma relação com base apenas no fato de que ela tinha prendido o pai dele. Mas se ela era uma das vítimas de Redding...

— Eu não sou vítima — disse Sterling, seguindo minha linha de raciocínio tão de perto que foi sinistro. — Sou sobrevivente, e Dean foi o motivo para eu ter sobrevivido.

— Era desse caso que você estava falando antes? — Eu não conseguia encontrar minha voz. Saiu rouca e baixa. — Quando você disse que se envolver emocionalmente era a receita para alguém acabar morrendo, você estava falando de alguém que Daniel Redding matou?

— Não, Cassie, não estava. E essa é a última pergunta que vou responder sobre Redding, meu passado e a marca no meu peito. Isso está claro? — A voz de Sterling soou tão firme, tão objetiva, que não pude fazer nada além de assentir.

A porta da prisão se abriu, e Briggs e Dean saíram. Estavam acompanhados por apenas um guarda, o mais velho. Vi o guarda entregar alguma coisa para Briggs: um arquivo. Ao lado deles, Dean estava perfeitamente imóvel, nada natural. Os ombros estavam murchos. A cabeça estava baixa. Os braços pendiam inertes ao lado do corpo.

— Não pergunta a Dean sobre nada disso. — A agente Sterling disse como uma ordem desesperada e feroz. — Nem diz pra ele que viu a marca.

— Não vou. Não vou perguntar. Não vou perguntar nada. — Tive dificuldade para formar frases e fiz silêncio quando Dean e Briggs vieram na direção do carro. Dean abriu a porta e entrou. Fechou a porta, mas não me olhou. Me obriguei a não levar a mão até ele. Tentei manter os olhos grudados no banco à minha frente.

Briggs entregou o arquivo batendo-o na mão de Sterling.

— Registros das visitas — disse ele. — Redding não deveria *ter* visitas. O diretor está louco. Eu nem acho que os registros estão completos.

A agente Sterling abriu o arquivo. Foi lendo a lista de nomes.

— Visitas conjugais? — perguntou ela.

Briggs cuspiu a resposta.

— Várias.

— Você acha que nosso UNSUB está nesta lista? — perguntou Sterling.

— Faria sentido — respondeu Briggs, sucinto. — Facilitaria nossa vida, então, não, Ronnie, eu não acho que nosso UNSUB esteja nessa lista, porque não acho que isso vá fazer sentido. Não vai ser fácil. Nós não temos sorte assim.

Eu esperava que Sterling respondesse com rispidez, mas ela estendeu a mão e tocou no antebraço dele levemente com a ponta dos dedos.

— Não deixa que ele te afete — disse ela baixinho. Briggs relaxou um pouco sob seu toque. — Se você permitir que ele entre, se permitir que te irrite, ele vence.

— Isso é idiotice. — Dean balançou a cabeça, o lábio superior se curvando de repulsa. — Nós sabíamos o que aconteceria se viéssemos aqui. Ele prometeu que falaria. Bom, ele falou, e agora nós não temos como saber o quanto do que ele disse foi verdade e o quanto é ele nos guiando como cachorros presos por coleiras.

Não deveria ter sido eu atrás daquele vidro, pensei. Deveria ter sido Lia assistindo ao interrogatório. Eu não ligava para a diferença entre casos ativos e casos de arquivo morto. Eu me importava com *Dean*.

A agente Sterling se virou no banco. Eu esperava ver a gentileza com a qual ela tinha acabado de repreender Briggs, mas os olhos dela estavam cintilando, duros como diamantes, quando ela falou com Dean.

— Não — disse ela para ele, apontando na direção dele.

— Não o quê? — respondeu Dean. Eu nunca o tinha ouvido com tanta raiva.

— Você quer mesmo fazer esse jogo comigo? — perguntou Sterling, as sobrancelhas tão arqueadas que quase desapareciam no cabelo. — Você acha que eu não sei como foi pra você lá dentro? Acha que eu não sei o que ele disse, o que você está pensando? Estou te dizendo, Dean. *Não*. Não vai por aí.

Quando Briggs passou pelo portão e saiu do terreno da prisão, os três caíram num silêncio tenso. Botei a mão no banco, com a palma para cima. Dean se virou para a janela, curvando os dedos em um punho.

Olhei para a minha mão, aberta e esperando, mas não consegui movê-la. Eu me sentia deslocada e inútil. Tinha ido com eles por Dean, mas não precisava ser perfiladora para saber que ele não me queria ali agora. Com uma única conversa, o pai tinha enfiado uma barreira entre Dean e o resto do mundo,

INSTINTO ASSASSINO 141

isolando-o tão efetivamente quanto uma lâmina corta um membro estragado. A proximidade calada que estava sendo construída entre mim e Dean era vítima desse golpe: tinha sumido, como se nunca tivesse existido.

Eu estou em você, garoto. No seu sangue, na sua mente, no ar que você respira.

No banco da frente, Briggs pegou o celular. Segundos depois de ter ligado para o número, ele estava berrando ordens.

— Redding nos deu um local do chalé de escrita do professor. Catoctin. — Briggs fez uma pausa. — Não, eu não sei de quem é o nome na escritura do chalé. Tenta os pais do professor, a ex-mulher, colegas de faculdade… tenta todo mundo e mais um pouco, mas descobre.

Briggs encerrou a ligação e jogou o telefone no painel. Sterling o pegou.

— Se me lembro bem — disse ela secamente —, jogar celulares era mais a minha área do que a sua.

A agente Sterling era quem tinha sido torturada por Daniel Redding, mas era a única dos três que estava se mantendo firme depois da visita.

— Redding disse alguma coisa sobre o professor estar envolvido com Emerson Cole? — A pergunta de Sterling tirou Dean e Briggs do estado de silêncio, ainda que por um segundo.

— Pode compartilhar a fonte dessa informação? — perguntou Briggs com voz tensa. Eu conseguia praticamente ouvi-lo pensando que Sterling estava investigando pistas pelas costas dele.

— Por que você não pergunta pra Cassie? — sugeriu Sterling. —Ao que parece, ela anda fazendo investigações extracurriculares.

— *Como é que é?* — reagiu Briggs.

Dean virou a cabeça da janela lentamente para me olhar.

— Que tipo de investigação extracurricular? — perguntou ele para mim, a voz baixa e rouca. — O que você fez?

— Nada — falei. — Não importa.

— Só você? — perguntou Dean. Eu não respondi. Ele fechou os olhos, o rosto todo rígido. — Claro que não foi só você. Você não mentiria pra mim se fosse. Estou supondo que Lia esteja envolvida. Sloane? Townsend?

Eu não respondi.

— Isso nos dá um motivo — disse Sterling para Briggs no banco da frente. — O professor pode ter matado a garota pra impedir que a verdade fosse revelada.

— Emerson — disse Dean, a voz tensa. — O nome dela era Emerson.

— Sim — concordou Sterling, ignorando a fúria na voz de Dean. — Era. E quer você acredite ou não, Dean, as informações que você tirou do seu pai hoje, por mais insignificantes que pareçam, vão nos ajudar a encontrar o assassino de Emerson. Agora você só precisa nos deixar fazer nosso trabalho. — Ela fez uma pausa. — Vocês dois. Chega de investigar. Chega de passeios de campo.

Ao ouvir a expressão *passeio de campo*, Briggs encostou o carro no acostamento da estrada e desligou o motor.

— Você — disse ele, se virando e fixando o olhar em mim. — Pra fora do carro.

Ele saiu do carro primeiro.

Tentei não me encolher quando me juntei a ele. Briggs podia estar disposto a correr riscos calculados, como levar Dean para ver o pai, mas só aceitava esses riscos se os cálculos fossem *dele*.

— Devo compreender que você saiu da casa, foi em algum tipo de *passeio de campo* e interferiu diretamente com uma investigação do FBI em andamento? — Briggs não ergueu a voz, mas botou tanta força em cada palavra que era como se estivesse gritando.

— Sim...?

Briggs passou as mãos pelo cabelo.

— Quem foi com você?

Isso eu não podia contar.

INSTINTO ASSASSINO **143**

— Eu sei que você quer ajudar — disse ele entredentes. — O que esse caso está fazendo com Dean não é justo. Trazê-lo aqui para falar com o pai, isso não foi justo da *minha* parte. Mas eu não tive escolha. Dean não teve escolha, mas você tem. Você pode escolher confiar em mim. Pode escolher não dar pra agente Sterling mais munição contra o programa. Pode escolher *não* se comportar como uma adolescente míope e irresponsável em quem não se pode confiar que vai seguir regras estabelecidas para a própria segurança!

Agora ele *estava* gritando.

Dean abriu a porta do carro. Não saiu. Nem me olhou. Briggs expirou. Eu conseguia praticamente vê-lo contando até dez em pensamento.

— Eu não vou perguntar aonde você foi — disse ele, cada palavra calculada e cheia de advertência. — Não vou dizer que foi burrice e descuido, apesar de ter certeza de que foi. Vou te perguntar uma vez só, Cassie: quem te contou sobre o professor e a garota?

Eu engoli em seco.

— O nome da minha fonte era Derek. Ele estava fazendo um trabalho no mesmo grupo que Emerson na matéria do professor Fogle. Havia dois outros alunos no grupo, uma garota chamada Bryce e um garoto chamado Clark.

O olhar de Briggs se desviou brevemente para Dean.

— O quê? — perguntei. Vi o olhar significativo que os dois trocaram, mas não consegui entender o significado.

Foi Dean quem respondeu quando Briggs voltou para o carro.

— Meu pai disse que, se estávamos procurando um imitador, nós estávamos perdendo tempo com o professor. — Dean passou a mão pelo cabelo, fechou os dedos e puxou as raízes. — Ele disse que as únicas cartas realmente *impressionantes* que ele recebeu foi de uma pessoa da turma.

Capítulo 22

Quando Briggs parou na frente da casa, o silêncio no carro estava me corroendo. Dean não tinha dito uma palavra desde que contara sobre as cartas.

Nós queríamos te proteger, pensei, desejando que ele me perfilasse e visse isso. Mas era como se alguém tivesse virado um interruptor, e Dean tinha entrado em modo isolamento. Ele nem me olhava. E a pior parte era que eu *sabia* que ele estava sentado ali pensando no dia que nós dois passamos juntos e no erro que tinha sido ele acreditar ainda por um segundo que podia deixar alguém ficar mais próximo.

— Dean…

— Não. — Ele não pareceu zangado. Ele não pareceu *nada*.

Fui a primeira a sair do carro quando Briggs parou de vez. Fui na direção da casa, mas comecei a andar mais devagar quando vi uma pilha de lixo na entrada de carros. Chamar o monte de metal de carro teria sido generosidade. Tinha três rodas, nada de tinta e uma área enferrujada no para-choque. O capô, se é que podia ser chamado de capô, estava aberto. Não consegui ver quem estava olhando o motor, mas vi a calça jeans. A calça jeans com caimento bom, ajustada, suja de graxa.

Michael?

Quando conheci Michael, ele ficara mudando o estilo de roupa a cada dia para me deixar na dúvida. Mas aquele Michael, usando uma calça jeans e uma camiseta velha e surrada, enfiado até os cotovelos em um carro velho, era novo.

Ele se levantou e passou a mão pela testa. Viu que eu estava olhando e, por uma fração de segundo, a expressão ficou mais dura.

Não você também, pensei. Eu não saberia lidar com Michael com raiva de mim também.

— Eu decidi começar a restaurar carros — disse ele, respondendo à pergunta que eu não tinha feito e me dando esperança de eu ter imaginado a expressão no rosto dele um momento antes. — Caso algo aconteça com meu Porsche.

A referência à minha ameaça proposta não passou despercebida.

Você me viu com Dean na cozinha, pensei, entrando na perspectiva dele. *Ficou cansado de nos ver juntos. Você saiu...*

— Eu sou um homem de muitos mistérios — disse Michael, interrompendo meus pensamentos. Ele sempre sabia quando eu estava fazendo o perfil dele e nunca me deixava continuar por muito tempo. — E você — acrescentou, o olhar percorrendo meu rosto — não está... feliz.

— Todos pra dentro! — disse Briggs com rispidez.

Dean seguiu para a casa, curvado, os olhos fixos à frente ao passar por nós. Michael acompanhou os movimentos de Dean e depois me olhou.

Olhei para baixo e saí andando. Cheguei na metade do caminho até a porta, até que Michael me alcançou. Ele botou a mão no meu ombro.

— Ei — falou baixinho. Eu parei, mas não olhei para ele. — Você está bem?

— Estou.

— Você não está bem. — A mão no meu ombro encontrou um músculo contraído e me virou para olhar para ele. — O que Dean fez?

— Nada — falei. Dean tinha o direito de estar com raiva. Tinha o direito de não querer saber de mim.

Com dois dedos embaixo do meu queixo, Michael ergueu meu rosto para o dele.

— Alguma coisa ele fez para você estar com essa cara.

— Não é culpa dele — insisti.

Michael abaixou a mão.

— Não me entenda mal, Colorado, mas estou ficando cansado de ver você passando pano pra ele.

— Chega. — Briggs colocou uma das mãos no ombro de Michael, a outra no meu e nos guiou para dentro de casa.

— Chamem a Lia. E a Sloane. Quero todos na sala em cinco minutos.

— *Senão a gente vai ver?* — disse Michael com um sussurro.

— Andem! — A voz do agente Briggs era quase um grito.

Michael e eu nos movemos.

Cinco minutos depois, estávamos reunidos na sala: Michael, Lia, Sloane e eu no sofá, Dean sentado na beirada do degrau da lareira. Briggs ficou parado na nossa frente, o olhar intimidador. Sterling ficou atrás de nós, assistindo.

— Me digam uma coisa: na história deste programa, algum de vocês foi autorizado a abordar uma testemunha? — A voz de Briggs tinha ficado o oposto de agradável.

Lia avaliou a pergunta e se virou para mim.

— Fala sério, Cassie. Você é a pessoa menos sorrateira da face da terra ou só tem o hábito de *querer* ser pega?

— Lia! — disse Briggs rispidamente. — Responda à pergunta.

— Tudo bem — disse Lia, a voz sedosa. — Não, nós nunca tivemos autorização pra abordar uma testemunha. Nunca tivemos autorização pra fazer nada interessante. Nós ficamos trancados nesta torre metafórica enquanto vocês saem e pegam os vilões. Satisfeito?

— Eu pareço satisfeito? — Uma veia na testa de Briggs pulsava. — Dean foi ver o pai hoje.

Nada que Briggs pudesse ter dito causaria um impacto maior em Lia. Ela lançou um olhar para Dean. Ficou paralisada.

— Dean passou pelo inferno porque eu pedi — continuou Briggs, implacável. — Porque era crucial para o caso. Eu o quero resolvido tanto quanto qualquer um de vocês, mas, diferentemente de vocês, eu não estou fazendo joguinhos aqui.

— Nós não estávamos… — comecei a dizer.

Briggs interrompeu minha objeção.

— Cada segundo que preciso passar policiando vocês, garantindo que vocês não estão se intrometendo e botando a investigação toda em risco, é um segundo que eu poderia estar passando pegando esse assassino. Agora, eu deveria estar seguindo uma pista do chalé de escrita do professor, mas estou aqui, porque vocês parecem precisar de um lembrete do que faz parte deste programa e o que não faz.

Lia finalmente conseguiu afastar o olhar de Dean. Ela se virou para Briggs, os olhos faiscando, os dedos fechados em punho.

— Você está dando sermão na gente por tentarmos usar nossas habilidades, mas *tudo bem* deixar aquele filho da puta brincar com a cabeça do Dean em troca de qualquer migalha de informação em que você possa botar as mãos?

— Chega. — Dean não ergueu a voz. Não precisou. Lia se virou para ele. Por cinco ou seis segundos, eles ficaram se encarando.

— Não, Dean. Não chega, não. — A voz dela estava suave até ela se virar de novo para Briggs. — Você precisa me deixar ver a fita da sua entrevista com Redding. Nem tenta me dizer que não gravou. Você grava todas as conversas que tem com o sujeito. A pergunta não é se ele está mentindo, é sobre o que ele está mentindo, e nós dois sabemos que eu sou a sua melhor alternativa para responder a essa pergunta.

— Você não está ajudando — disse Briggs para Lia.

Ele sustentou o olhar dela, e percebi que ele não estava só recusando seu pedido. Briggs estava dizendo para ela que nós não estávamos ajudando com a situação, que tudo que tínhamos feito até ali foi *fazer mal* a Dean.

Talvez ele tivesse razão, mas eu não podia deixar de pensar que Lia também tinha. E se ela *pudesse* ver alguma coisa na entrevista que o resto de nós tinha deixado passar?

O celular de Briggs tocou. Ele atendeu de costas para nós. A agente Sterling deu um passo à frente.

Dean antecipou o que ela ia dizer.

— Eu vou ficar de fora. — O tom dele não tinha expressão, mas havia algo de amargo em seus olhos. — É nisso que eu sou realmente bom, né? Ficar de fora até ser tarde demais.

Pensei no *R* queimado no peito da agente Sterling.

Briggs guardou o celular e se virou para Sterling.

— Nós temos um possível endereço para o chalé do professor.

— Podem ir. — Judd falou atrás de nós. Eu me perguntei quanto tempo havia que ele estava ali. — Vocês dois, saiam daqui — disse ele para Briggs e Sterling. — Eu posso ser velho, mas ainda sou capaz de garantir que nenhum desses meliantes saia da casa.

Nós, meliantes, não saímos da casa. Nos reunimos no porão.

— Eu quero saber exatamente onde a Cassie conseguiu a informação que deu a Briggs — disse Dean. O fato de ele estar falando sobre mim e não comigo magoou mais do que deveria.

— Bom, eu quero saber por que você achou que estar na mesma sala que o seu pai era qualquer outra coisa além da pior ideia do mundo — retorquiu Lia.

— Ele sabia de alguma coisa — disse Dean.

— Ou queria que você achasse que ele sabia de alguma coisa. Você não deveria ter ido. E, se tinha que ir, devia ter me levado junto.

Lia deu as costas para ele, mas antes disso percebi que ela não estava só com raiva. Estava magoada. Dean tinha ido ver o pai pela primeira vez em cinco anos. Eu tinha ido com ele. Ela, não.

— Lia — disse Dean baixinho.

— Não — retrucou ela com rispidez, sem se virar. — Eu cuido de você. Você cuida de mim. Ele é difícil de ler, mas não é impossível, Dean. Eu podia ter ouvido. Podia ter ajudado.

— Você não pode ajudar — disse Dean para ela. Ele voltou o assunto para a pergunta original. — Você sabe como a Cassie conseguiu a informação, não sabe, Lia?

— Claro que sei — disse Lia. — A ideia foi minha! E o risco era nosso, Dean.

— Risco? — repetiu Dean, a voz sedosa e baixa. — Lia, o que você fez?

— Eles saíram escondido — disse Sloane ao meu lado. Todos nos viramos para olhá-la. Ela estava estranhamente calada desde que Briggs tinha nos reunido na sala. — De acordo com os meus cálculos, Cassie ficou fora por duas horas, quarenta e três minutos e dezessete segundos. E estava usando só metade de um vestido.

— Sloane! — falei.

— O quê? — respondeu ela. — Se você queria que eu ficasse de bico calado, devia ter me levado junto.

Nós a magoamos, percebi de repente. Nem passou pela minha cabeça chamá-la.

— Numa próxima — disse Lia.

— Não vai ter uma próxima! — explodiu Dean. Ele respirou fundo para se acalmar. — Me digam que vocês não foram pra Colonial.

— Nós não fomos pra Colonial — respondeu Lia sem hesitar.

Dean a encarou por alguns segundos e se virou para mim. Obviamente, eu era uma presa mais fácil.

— Vocês foram pra um campus de faculdade *sabendo* que um homicídio tinha acabado de ser cometido lá, usando metade de um vestido procurando pessoas que podiam ter ligação com o assassino?

— Se serve de consolo — disse Michael para Dean —, eu fui junto só pela farra.

Dean ficou imóvel. Por um segundo, achei que ele bateria em Michael.

— Por que isso seria um consolo?

— Porque — respondeu Michael com um brilho nos olhos —, se eu não estivesse lá, Cassie teria saído *sozinha* com um veterano que tem uma fascinação doentia pelo caso do seu pai.

— Michael! — falei.

— Cassie! — Dean lançou um olhar trovejante para mim.

Então joguei Lia aos leões.

— Pelo menos eu não saí sozinha com *dois* estranhos da turma do Fogle.

Dean se virou para Lia.

— Eu não tenho ideia do que ela está falando. — O ato inocente de Lia foi ótimo. Dean levantou as mãos.

— Todos vocês querem morrer? — perguntou ele.

— Não! — Eu não consegui segurar a objeção. — Nós queríamos *te ajudar*.

Essas eram as últimas palavras que eu deveria ter dito. A ideia de não contar para Dean era para que ele não se sentisse responsável por nossas ações. Desde o momento em que tinha voltado da entrevista com o pai, ele só estava recuando, e eu tinha acabado de dar o impulso final.

Ele saiu. Quando Lia tentou ir atrás, ele disse alguma coisa para ela, a voz tão baixa que não consegui entender as palavras. Ela ficou pálida, como se o sangue estivesse sumindo completamente do rosto, e ficou paralisada quando Dean saiu andando. Depois de vários segundos do choque em silêncio, Lia também saiu.

Michael olhou para Sloane, depois para mim. E andou na direção da porta.

— Acho que isso correu bem.

Capítulo 23

Sloane e eu éramos as únicas no porão agora.

— Eu achei que você não pudesse vir aqui embaixo — disse ela abruptamente. O modo como foi sucinta me surpreendeu, até eu me lembrar da expressão em seu rosto quando falou que tínhamos saído sem ela.

— Eu, não — falei.

Sloane não respondeu. Ela foi até o cenário de banheiro e ficou do lado de fora do chuveiro. Ficou olhando para lá como se eu não estivesse ali.

— Nós estamos bem? — perguntei a ela.

Dean estava furioso. Michael tinha saído não se sabia para onde. Quando a poeira baixasse, Lia provavelmente jogaria a culpa da confusão toda em mim. Eu precisava das estatísticas alegres e incessantes de Sloane. Precisava não estar sozinha.

— Você está bem e eu estou bem. A lógica parece querer dizer que nós estamos bem. — O olhar de Sloane pousou no ralo do chuveiro. Levei um momento para perceber que ela estava contando... contando os buracos no ralo, contando os ladrilhos no piso do chuveiro.

— A gente não pretendia te deixar de fora — falei para ela.

— Estou acostumada.

Do jeito que o cérebro de Sloane funcionava, ela devia ter passado a vida toda antes do programa sendo excluída. Eu era a colega de quarto dela e era perfiladora; devia ter percebido.

— Dean também é meu amigo. — A voz de Sloane soou baixa, mas firme. Ela ergueu o olhar do chão, mas não se virou para me encarar. — Eu não sou boa em me enturmar, nem em festas. Eu digo a coisa errada. Faço a coisa errada. Eu sei disso... mas números pares são melhores do que ímpares, e, se eu estivesse lá, a Lia não teria tido que ir sozinha. — Sloane fez uma pausa e mordeu o lábio. — Ela nem perguntou. — Sloane engoliu em seco. — Antes de você chegar, a Lia talvez tivesse me chamado. — Ela se virou para me olhar, por fim. — Tem só uma chance de 79,6%, mas seria possível.

— Na próxima vez — falei para Sloane —, *eu* vou te chamar.

Sloane pensou nas minhas palavras e as aceitou, assentindo.

— Nós podemos nos abraçar agora? — perguntou ela.

A pergunta foi totalmente objetiva. Passei um braço em volta do ombro dela e apertei.

— Estatisticamente — disse Sloane, falando mais como a mesma garota de sempre —, o banheiro é o aposento mais mortal da casa.

Encontrei Michael trabalhando no carro. Ou, mais especificamente, encontrei-o segurando um tipo de lixadeira enquanto olhava para o carro com expressão diabólica.

— Judd deixou você brincar com as ferramentas elétricas? — perguntei.

Michael ligou e desligou a lixadeira, experimentalmente, e sorriu.

— Judd é um homem de discernimento nos gostos e no bom senso.

— O que quer dizer que o Judd não sabe que você está brincando com ferramentas elétricas — concluí.

— Vou ter que apelar para o meu direito de permanecer calado agora — disse Michael.

INSTINTO ASSASSINO 153

Houve um momento de silêncio, e fiz a pergunta para a qual realmente queria resposta:

— Nós estamos bem?

— Por que não estaríamos? — Michael ligou a lixadeira e tentou atacar a ferrugem no para-choque do carro, abafando qualquer conversa.

Eu achava que poderia impedir que as coisas mudassem, mas elas estavam mudando mesmo assim. Entre mim e Michael. Entre mim e Dean.

— Michael — falei, minha voz tão suave que ele não teria como ouvir com o som de metal se chocando com metal.

Ele desligou a lixadeira. Virou-se para mim. Eu me senti nua, como sempre acontecia quando sabia que meu rosto estava me entregando. Por que ele não podia ser um garoto normal, que não conseguia dar uma olhada em mim e saber exatamente quais emoções borbulhavam na minha barriga?

— Nós estamos bem, Cassie. É que, às vezes, quando se está no ramo de ser arrasadoramente lindo e admiravelmente paciente, é preciso ter uma válvula de escape. Ou duas. Ou sete.

Ele estava descontando as frustrações comigo no carro.

— Não aconteceu nada entre mim e Dean — falei.

— Eu sei disso — respondeu ele.

— Nada vai acontecer entre mim e Dean — falei.

— Eu também sei disso. — Michael se encostou no carro. — Melhor do que você. Você olha pra Redding e vê todas as formas como vocês são parecidos. Eu olho pra ele e vejo uma pessoa com tanta raiva e com tanto medo dessa raiva que não tem espaço pra mais nada. Nem mais *ninguém*.

De repente, me dei conta.

— É esse o seu problema com Dean.

— A incapacidade dele de ser romântico com uma garota? — Michael abriu um sorrisinho. — Pra mim, essa é a melhor qualidade dele.

— Não — falei, revirando o pensamento na cabeça. — O fato de ele ter raiva e a reprimir.

No lugar de Dean, eu também sentiria raiva. Eu entendia por que ele não se permitia expressar isso, por que lutava com unhas e dentes para não usar força física. Ele não podia correr o risco de virar o interruptor e não conseguir desligar.

Mas eu nunca tinha pensado no efeito que estar perto de uma pessoa assim teria em alguém como Michael.

Ele me olhou.

— Você está me perfilando.

Eu dei de ombros.

— Você lê as minhas emoções o tempo todo.

Ele fez uma pausa.

— O que você vê?

Essa era a melhor permissão de cutucar a cabeça dele que eu teria.

— Você cresceu em uma casa onde tudo parecia perfeito, com todas as vantagens que o dinheiro podia comprar, mas não era. — Michael tinha me contado isso, mas segui em frente, pisando em ovos para penetrar em águas mais perigosas. — Você aprendeu a ler emoções porque seu pai era difícil de entender e você precisava ser capaz de saber quando ele estava zangado.

Não houve resposta.

— Mesmo que estivesse com um sorriso no rosto, ou até mesmo rindo, se estivesse com raiva, você precisava ver. — Engoli o nó de emoção subindo pela garganta. — Você precisava evitar.

Evitar apanhar.

— Dean me disse a mesma coisa uma vez. — Michael cruzou os braços, os olhos nos meus. — Só que ele não falou de um jeito tão legal.

Quando conheci Michael, ele tinha uma desconfiança arraigada de perfiladores e uma aversão pessoal forte a Dean. Nunca tinha passado pela minha cabeça que Dean pudesse ter feito alguma coisa *com* Michael que justificasse esses sentimentos.

— O que ele disse pra você? — perguntei, minha garganta ficando seca de repente.

— Importa? — Michael olhou na direção da casa. — Ele é o primeiro da fila da infância ferrada, né? É quem tem carta branca para tudo. — Michael sorriu, mas havia uma tensão no sorriso.

— Me conta — falei.

Michael deu uma caminhada casual em volta do carro e o examinou de vários ângulos. Quando falou, não foi em resposta à minha pergunta.

— Raiva — disse ele casualmente. — Você pode ficar surpresa, Cassie, mas nem sempre eu reajo bem a isso. — Uma rispidez surgiu na voz dele. — Na verdade, eu costumo ter uma reação muito específica.

Pensei em Michael fazendo comentários velados de *Semente maldita* na audiência de Dean. Michael deixando Lia usá-lo para cutucar Dean.

— Você é o cara que bota pilha.

— Se não consegue impedir que batam em você — disse Michael —, você *faz* com que batam. Pelo menos assim você está preparado. Pelo menos assim não é surpresa.

Era fácil ver agora como devia ter sido quando Michael foi recrutado para entrar no programa. Ele não ficou feliz de ir para lá, mas ao menos tinha escapado de viver com uma bomba-relógio. Ele chegou e deu de cara com Dean, que tinha todos os motivos do mundo para estar zangado e lutava com essa raiva a cada passo do caminho.

— Uma noite, Lia e eu ficamos na rua até o sol nascer. — Michael nunca escondeu o fato de que tinha um passado com ela. Eu estava tão concentrada na imagem que ele estava pintando para mim que mal percebi. — Acredite quando eu digo que *isso* não tinha nada a ver com o Dean. Mas quando voltamos de manhã, ele estava nos esperando, praticamente tremendo, se segurando, mas por pouco.

Eu via perfeitamente: Michael sendo Michael, Lia sendo Lia, os dois autodestrutivos com gosto pelo caos e um desejo de causar problemas para o FBI. E conseguia ver Dean, preocupando-se com Lia a noite inteira com uma pessoa desconhecida que nenhum dos dois tinha motivo para confiar.

— Então você disse alguma coisa pra deixar Dean perto do limite. — Eu não sabia se queria saber *o que* Michael tinha dito.

— Eu dei um golpe metafórico — disse Michael. — Redding reagiu.

— Mas não com os punhos — esclareci.

O dom de Dean era como o meu. Nós sabíamos exatamente o que dizer para magoar alguém ao máximo. Sabíamos quais eram os pontos fracos das pessoas. E o de Michael era o pai dele. A ideia de que Dean pudesse ter usado isso para atingir Michael me fez sentir um nó no estômago.

— Eu dei um soco nele — acrescentou Michael com o tom casual que a maioria das pessoas reservava para falar sobre o clima. Ele deu um passo na minha direção e abriu aquele sorriso típico do Michael. — Eu entendo, sabe.

— Entende o quê?

— Você. Redding. Eu entendo. Entendo que ele está passando por uma coisa e entendo que você precisa estar junto. Você é assim, Cassie. Você cuida das pessoas. Precisa ajudar. Acredite quando digo que estou tentando recuar e deixar que faça o que precisa ser feito. Mas não é fácil. — Ele afastou os olhos dos meus e pegou a lixadeira de volta. — Eu não tenho muita prática em ser uma pessoa decente. Não é algo que eu faça bem.

Antes que eu pudesse responder, Michael ligou a lixadeira e abafou os sons da noite. Fiquei uns minutos olhando para ele. O carro da agente Sterling acabou embicando em frente à casa. Estava ficando tão escuro que não consegui identificar direito a postura dela e a expressão do rosto, mas assim que ela atravessou o gramado Michael inclinou a cabeça para o lado e desligou a lixadeira.

— O que foi? — perguntei.

— Ela não está feliz — disse ele. — Andar brusco, sem gingado no passo, as mãos coladas no corpo. Estou supondo que a missão de exploração no chalé de escrita do professor não deu muito certo.

Um nó se formou em meu estômago. Eu ouvi de repente o som da minha própria respiração, meus próprios batimentos.

Agora foi a vez de Michael perguntar:

— O que foi?

Eu estava tão concentrada em Dean quando estava do outro lado daquele vidro de observação que não tinha passado muito tempo pensando no pai dele. Não tinha me permitido avaliá-lo ou as coisas que ele disse. Mas agora eu só conseguia pensar que Redding tinha, com grande custo para Dean, finalmente dado ao FBI uma pista de onde o professor podia estar escondido.

Sendo um assassino organizado, Daniel Redding era um homem que adorava jogos mentais. Dar orientações erradas. Poder. Se ele achasse, mesmo que por um momento, que o professor era o assassino, não teria dito a Briggs onde encontrá-lo. O único jeito de ele ter contado de verdade para Briggs sobre onde encontrar o professor era se Redding desconfiasse, com base nas cartas que tinha recebido, que encontrá-lo lembraria a Briggs, a Sterling e a todos no FBI que eles não eram tão inteligentes quanto achavam que eram.

As únicas cartas realmente impressionantes eram de alunos.

Como não respondi, Michael chamou a agente Sterling.

— O chalé do professor era furada?

Ela não respondeu. Entrou na casa e fechou a porta. E isso me disse que eu tinha razão.

— Não era furada — falei para Michael. — Acho que encontraram o professor. — Eu engoli em seco. — A gente devia ter previsto isso.

— Previsto o quê?

— Eu acho que encontraram o professor — falei de novo —, mas nosso UNSUB o encontrou primeiro.

Você

O professor era um problema. *Você é quem resolve problemas. Foi rápido e limpo, uma única bala na nuca. E se não houve nada de artístico nisso, não houve método, pelo menos você demonstrou iniciativa. Pelo menos se preparou, se dispôs e conseguiu fazer o que precisava ser feito.*

Isso faz você sentir que tem poder, e faz você questionar, só por um instante, se esse não é o melhor jeito. Armas e buraquinhos de balas e a glória de ser quem puxa o gatilho. Você poderia apagar a próxima garota, amarrá-la, levá-la para o meio do nada. Poderia soltá-la no meio da floresta. Poderia persegui-la, pegá-la na mira.

Poderia puxar o gatilho.

Só de pensar nisso seu coração já dispara. Pegá-las. Libertá--las. Procurá-las. Matá-las.

Não. Você se obriga a parar de pensar nisso, a parar de imaginar o som de pés descalços correndo na vegetação... fugindo de você. Tem um plano. Uma ordem. Um panorama geral.

Você vai seguir isso. Por enquanto.

Capítulo 24

Sterling não disse nada sobre o professor. Dean não falou com nenhum de nós. Morar na mesma casa que eles (e uma Lia vulnerável e furiosa) era como tentar sapatear em um campo minado. Eu sentia que a qualquer segundo tudo ia explodir.

E aí o diretor Sterling apareceu.

Na última vez que o diretor do FBI tinha aparecido na nossa casa, a filha de um senador tinha sido sequestrada.

Isso não era um bom presságio.

O diretor, Sterling e Briggs se trancaram na sala de Briggs. Da cozinha, não consegui entender o que eles estavam dizendo, mas de tempos em tempos vozes soavam mais altas.

Primeiro de Sterling.

Depois do diretor.

De Briggs.

Finalmente, houve silêncio. E eles foram nos procurar.

As 24h anteriores não tinham sido gentis com Sterling nem Briggs. Briggs parecia ter dormido com a roupa que estava usando. Ao lado dele, Sterling estava com a mandíbula tensa. A blusa dela estava abotoada até o alto. O paletó do terno também. Como ela era o tipo de pessoa que usava a roupa como armadura, aquelas mudanças sutis me disseram que ela tinha se vestido hoje esperando uma briga.

— Trezentos e sete — disse o diretor sombriamente, olhando para cada um de nós. — Essa é a quantidade de alunos matriculados na matéria de assassinos em série do Fogle. Cento e vinte e sete mulheres, cento e oitenta homens. — O diretor Sterling fez uma pausa. Quando eu o conheci, ele me lembrou um avô. Hoje, não havia nada nele que parecesse coisa de avô. — São muitos suspeitos, e eu sou um homem que acredita em utilizar todos os recursos disponíveis.

O diretor Sterling era o homem que precisasse ser para ficar no topo. Ao dar de cara com um problema, ele analisava todas as soluções possíveis: custos e benefícios, riscos e recompensas. Nesse caso, os riscos e a probabilidade de comprometer a investigação e expor o programa dos Naturais se comparavam aos benefícios em potencial de utilizar todos os "recursos" dele para pegar aquele assassino.

Pensei em Judd e na conversa dele sobre terreno incerto.

— Nos mandaram ficar longe desse caso sob risco de morte. — Lia sorriu como um predador brincando com a presa. Ela não gostava de termos sido descobertos, não gostava de ter recebido a ordem de recuar e odiava o fato de Dean não estar nem olhando para ela. — Devo entender que certas opiniões foram descartadas?

Lia permitiu que seu olhar se deslocasse até Briggs quando disse *certas opiniões*, mas meus olhos estavam na agente Sterling. Havia um motivo para ela ter se vestido para a batalha de manhã. O que quer que o diretor fosse nos pedir para fazer, a filha dele tinha argumentado contra.

— Os riscos são de mínimos a inexistentes — disse o diretor com firmeza. — E, considerando os eventos recentes, é meu entendimento que dar algo de útil para vocês fazerem pode deixar vocês *longe* de problemas.

Entendi com essa fala que o diretor sabia sobre nossa ida à Colonial.

— Vocês cinco não vão entrevistar testemunhas. — Briggs estava com as mãos relaxadas ao lado do corpo, nos olhando um a um. — Não vão para cenas de crime. — O olhar dele se deslocou para Lia. — Vocês não vão analisar nenhuma das nossas entrevistas com Daniel Redding.

Eu não sabia bem o que restava.

— O envolvimento de vocês neste caso começa e termina com as redes sociais. — Briggs se virou para Sterling e aguardou. Por um momento, achei que ela daria meia-volta e iria embora, mas não fez isso.

— Nosso perfil preliminar diz que o UNSUB é homem. — A voz da agente Sterling soou perfeitamente firme e calma, de uma forma que me deu a entender que ela estava prestes a surtar. Quanto mais perto ela chegava de perder a cabeça, mais furiosamente ela tentava controlar tudo. — Redding sugeriu que podemos estar lidando com um estudante universitário. Eu colocaria a idade do UNSUB entre 23 e 28 anos. Com inteligência acima da média, mas não necessariamente estudado. Mas o que eu sei? — Surgiu um tom de rispidez na voz dela.

— Obrigado, agente Sterling — interrompeu o diretor. Ele se virou para o resto de nós. — Com a cooperação da universidade, nós obtivemos cópias de horários de aula e transcrições de todos os alunos da turma. O que isso não nos diz é quem eles são, de que são capazes. É aí que vocês entram.

— Redes sociais — interrompeu Sloane, continuando de onde Briggs tinha parado antes. — Mais de trezentas milhões de fotos são postadas nas principais redes sociais todos os dias. Entre donos de smartphones no grupo demográfico do nosso UNSUB, algo entre sessenta e oitenta por cento do tempo passado no dispositivo é em redes sociais, e não em comunicação direta.

— Exatamente — disse o diretor Sterling para ela. — Nós não temos gente pra procurar em todas as postagens, e, mesmo que tivéssemos, os olhos de vocês podem pegar alguma coisa que a equipe do Briggs não pegaria. Não estamos pedindo que façam nada que os adolescentes de todo o país não fazem todos os dias. — O diretor não estava nos olhando quando falou essas palavras. Estava olhando para a filha. — Vocês são adolescentes. Essa coisa de internet é praticamente sua língua.

— E você aceitou isso? — Michael perguntou para a agente Sterling, arqueando uma sobrancelha. Para mim, não houve mudança evidente na expressão dela, mas Michael deve ter visto alguma coisa. — Não aceitou — interpretou —, mas também não está tão convencida de ser uma má ideia como gostaria de estar. — Ele abriu o sorriso mais puro que tinha. — Nós estamos contagiando você.

— Chega, Michael. — Briggs afastou o foco da agente Sterling e retornou ao caso. — Se o UNSUB estiver matriculado na turma de Fogle, o perfil prevê que ele deve ser um aluno mais velho; talvez não tenha créditos para estar no terceiro ou no quarto ano, mas estaria na faixa etária. Deve ser de uma família trabalhadora e pode morar com os pais e ir e voltar do campus todos os dias.

A agente Sterling entrelaçou os dedos na frente do corpo. O perfil dela tinha determinado 23 anos como idade mais jovem. Briggs tinha ampliado isso um ou dois anos para baixo.

— Veronica? — disse o diretor.

— Estamos procurando alguém que tenha prazer em dominar os outros, mas que pode não se sentir totalmente confiante na capacidade de fazer isso — disse Sterling depois de um longo silêncio. — O pai dele era presente, mas volátil, e provavelmente abandonou a família na época em que o UNSUB entrou na puberdade. Talvez a mãe dele tenha saído com vários homens, mas só se casou novamente quando o filho tinha pelo menos dezoito anos. Esse UNSUB fica à vontade com armas de fogo. Ele não tem namorada nem esposa. É provável que dirija uma picape ou um SUV de cor escura, e, se tiver cachorro, creio que seja de raça grande, como pastor-alemão.

Eu estava acostumada a fazer perfis. Fazer o contrário, tentar entender os detalhes específicos de provas que levaram Sterling a chegar àquelas conclusões, era mais difícil. Um suv de cor escura e um cachorro de raça grande sugeriam necessidade de poder e dominação. Eu não sabia bem onde entravam as armas de fogo... a menos que o professor tivesse levado um tiro? Mas devia haver algo no homicídio de Emerson que sugeria tanto necessidade de controle quanto falta de confiança da parte do assassino. A apresentação do corpo e o jeito metódico como a vítima fora morta eram características de um assassino organizado. Então de onde Sterling havia tirado a falta de confiança?

Do fato de ele estar copiando o MO *de outro assassino? Da seleção de vítimas? O ataque inicial do* UNSUB *veio por trás? Ele a drogou?*

Tentei entender como Sterling tinha chegado àquelas conclusões, mas operar com um subconjunto pequeno dos detalhes relevantes do caso era como tentar nadar com um bloco de concreto preso em cada joelho e um esquilo enfiado no bolso. Eu tinha visto o corpo de Emerson no noticiário, mas isso não era suficiente.

— Como o professor foi morto? — perguntei.

O diretor, Sterling e Briggs se viraram para me olhar. Dean também. Percebi tardiamente que nenhum deles tinha *dito* que o professor estava morto. Essa era uma informação que nós não deveríamos saber. Era um palpite.

Com base nas reações, percebi que tinha chutado certo.

— Vocês não precisam saber os detalhes — respondeu Briggs secamente. — Considere isso só mais um exercício de treinamento. Encontrem os perfis que conseguirem pra cada aluno da turma. Verifiquem as atualizações de status ou similares ou o que quer que universitários estejam fazendo on-line atualmente e nos avisem se acharem algo suspeito.

Lia semicerrou os olhos para Briggs.

— Vocês acham que nós não vamos encontrar nada. — Ela pontuou as palavras batucando com os dedos, um de cada vez, no braço do sofá. — Interessante.

INSTINTO ASSASSINO 165

— Vocês não acham que o UNSUB seja um aluno. — Dean continuou de onde Lia tinha parado. — Mas não dá pra descartar a possibilidade, porque é isso que meu pai faz: ele espalha migalhas de verdade e as enfeita como se fossem mentiras. — Dean olhou para Sterling e depois para Briggs. — Ele quer vocês questionando suas intuições a respeito de tudo.

— Eu não estou questionando nada — disse Briggs, contraindo a mandíbula. — Se houver alguma coisa no comentário dele sobre os alunos da turma, vai haver sinais. Se houver sinais, vocês cinco vão encontrar.

— E se não houver — disse Dean, preenchendo as lacunas —, vocês não vão ter perdido seu tempo.

Cada hora que nós passávamos revirando redes sociais era uma hora que a equipe de Briggs estava livre para caçar outras pistas. *Foi por isso que você concordou com isso*, pensei, me concentrando em Briggs. *Se Redding mentiu, você não perdeu nada. Se estiver falando a verdade, nós vamos ver. Seja como for, não é ele quem está decidindo as coisas. É você.*

Pensei no que Dean tinha dito sobre a competitividade de Briggs e no que Judd tinha dito sobre ultrapassar limites. *Vocês eram a favor de nos deixar de fora disso*, pensei, *mas aí encontraram o corpo do professor.*

— Dean, se você preferir ficar de fora, tudo bem. — O diretor ajeitou a parte da frente do terno enquanto abria um sorriso tenso de lábios apertados para Dean.

— Você quer dizer que prefere que eu fique de fora. — Ele permaneceu curvado perto da lareira, mas ergueu os olhos para encarar o diretor. — Porque eu sou "próximo demais à situação", mas na verdade é porque você não confia em mim. — Dean esperou um pouco, mas o diretor não o contradisse. — Não neste caso — continuou. — Não com meu pai. — Ele se levantou. — Não com a sua filha.

Capítulo 25

Você matou Emerson Cole. *Matou o professor. Você gostou.*

Enquanto eu olhava os perfis nas redes sociais, essas palavras não se afastaram da minha mente. Ao meu redor, Michael, Lia e Sloane estavam concentrados em seus respectivos notebooks. A ausência de Dean era palpável.

Tentei me concentrar no perfil que a agente Sterling tinha nos dado. *Vinte e poucos anos,* lembrei a mim mesma. *Vai e volta do campus todos os dias. Não tem pai presente. Pode ter tido um padrasto em algum momento nos últimos anos. À vontade com armas de fogo.*

Esses não eram exatamente os tipos de coisas que uma pessoa anunciava em redes sociais. Eu conseguia pegar a essência da personalidade de um indivíduo pelas coisas favoritas (livros, filmes, citações), mas as informações mais confiáveis vinham das fotos e atualizações de status. Com que frequência a pessoa fazia atualizações? Ela conversava com amigos? Tinha um relacionamento? Sloane tinha desenvolvido um método para verificar fotos procurando picapes e SUVs escuros, mas eu estava mais interessada nas histórias que as fotos contavam.

As fotos postadas por outros me davam um olhar cândido sobre a pessoa. O quanto era envergonhada? Ficava no centro das fotos em grupo ou nos cantos? Fazia a mesma expressão facial em todas as fotos para controlar rigidamente o que mostrava ao mundo? Encarava a câmera por cima ou afastava o olhar? Que tipo de roupa usava? Onde as fotos eram tiradas?

Aos poucos, eu conseguia construir um modelo da vida de uma pessoa de baixo para cima... o que teria sido mais útil se eu fosse a pessoa a perfilar o UNSUB, em vez de receber uma lista para ticar.

Tudo bem, falei para mim mesma depois de minha visão ter ficado embaçada de tanto examinar perfis, bem poucos tendo chamado minha atenção. *Sterling e Briggs te deram algumas coisas chave para procurar. Faça o que você sempre faz. Pegue um punhado de detalhes e siga para o panorama geral.*

Sterling achava que o UNSUB era jovem, mas não adolescente. Por quê? Ele tinha escolhido uma aluna do segundo ano como primeira vítima. Alguém que desejava desesperadamente dominar outras pessoas começaria com uma presa fácil, uma garota risonha e sorridente que não era nada imponente fisicamente. Ele devia ter uns dois anos a mais do que ela, no mínimo, e como uma olhada rápida no perfil de Emerson me deu a entender que ela tinha vinte anos, isso explicava o limite inferior da faixa etária estimada de Sterling. Como ela tinha determinado que o UNSUB não era um homem mais velho, como o professor?

Você imita os assassinatos cometidos por outro homem. Você o admira. Quer ser como ele. Deixei esse pensamento ecoar por um momento. *Mas você também correu o risco de ser pego para exibir sua vítima em um local muito público, uma coisa que Daniel Redding não teria feito. Você levou a corda preta para enforcá-la, mas o relato do noticiário disse que você a estrangulou com a antena do carro dela.*

Colocando nos termos do livro que Dean e eu tínhamos lido, era uma morte organizada, mas também havia algo de desorganizado ali. O ataque tinha sido planejado, claro, mas também havia algo de impulsivo.

Você planejou deixá-la no gramado do reitor? Ou foi algo em que pensou quando a adrenalina começou a correr pelas suas veias?

Exibir a vítima em público sugeria uma necessidade de reconhecimento. Mas reconhecimento de quem? Do público? Da imprensa?

De Daniel Redding? Era uma possibilidade que eu não conseguia descartar, e outras peças do perfil de Sterling acabaram começando a fazer sentido. Um imitador impulsivo que idolatrava Redding seria mais jovem do que o homem em si, provavelmente uma década ou mais.

Você se sentiu impotente e admira o poder dele. Você se sentiu invisível e quer ser visto.

Picapes e suvs eram carros grandes. Ficavam mais altos na rua. Pastores-alemães também eram grandes. Eram inteligentes, fortes... e, muitas vezes, cães policiais.

Você não quer só poder. Quer autoridade, pensei. *Quer porque nunca teve. Porque as pessoas na sua vida que a têm fazem com que você se sinta fraco. Você não se sentiu fraco quando matou Emerson.*

Pensei no professor e desejei de novo saber como ele tinha morrido. *Se você era da turma do professor Fogle, você o admirava... no começo. Mas, depois, você se ressentiu dele por falar demais e não agir. Por não prestar atenção suficiente em você. Por prestar atenção demais em Emerson.*

Assassinos organizados costumavam escolher vítimas que não conheciam para reduzir as chances de o crime ser rastreado até eles. Mas meus instintos me diziam que não era coincidência Emerson ter um relacionamento com o professor e agora os dois estarem mortos. Essas vítimas não foram escolhidas aleatoriamente. Não foram escolhidas por um estranho.

— Ei, Sloane?

Ela não afastou o olhar do computador. Levantou o indicador da mão direita e continuou digitando rapidamente com a esquerda. Depois de alguns segundos, ela parou de digitar e ergueu o olhar.

— Você consegue comparar os horários dos outros alunos com os de Emerson pra ver quantos se sobrepõem? — pedi. — Estou achando que, se nosso unsub estava fixado na Emerson, essa pode não ser a única matéria dos dois juntos.

INSTINTO ASSASSINO 169

— Claro. — Sloane não se moveu para pegar nenhuma pasta. Continuou sentada, as mãos cruzadas no colo, um sorriso largo no rosto.

— Pode ser agora? — perguntei.

Ela ergueu o dedo indicador da mão direita de novo.

— Estou fazendo agora.

Sloane tinha uma memória incrível. A mesma habilidade que permitiu que ela reconstruísse a cena do crime aparentemente significava que ela não precisava repassar os dados para analisá-los.

— Emerson cursava inglês — disse ela. — Estava fazendo a matéria do professor Fogle como eletiva. Todas as outras matérias dela entravam como obrigatórias do curso dela, exceto geologia, que suponho que cumpra algum requisito de matéria de ciências naturais. A maioria dos outros alunos da turma do Fogle era de psicologia, direito ou sociologia, e, como resultado, tinha poucas matérias junto com Emerson, exceto dois alunos.

Se meus instintos estivessem certos, se Emerson não tivesse sido um alvo aleatório, eu estava muito interessada em saber quem eram esses dois alunos.

Sloane mexeu com habilidade nas pilhas de arquivos na bancada e me entregou duas.

— Bryce Anderson e Gary Clarkson.

Michael ergueu o olhar do que estava fazendo ao ouvir o nome Bryce.

— Bryce não comentou que ela e Emerson faziam outra matéria juntas.

Voltei para o meu computador e pesquisei o perfil de Gary Clarkson. Diferentemente da maioria dos colegas, o perfil estava privado, e eu só conseguia ver a foto de perfil.

— Gary Clarkson — falei, virando meu computador para os outros poderem ver. — Ele usa o nome Clark.

Clark conhecia Emerson. Sabia que ela estava dormindo com o professor. Estava com raiva. E nós estávamos olhando para uma foto dele usando um colete laranja de caça e segurando uma arma.

Capítulo 26

Você fazia grande parte das matérias com *Emerson.* Entrei na mente de Clark sem nem pensar. *Você gostava de observá-la. Ela era legal com você. Você a achava perfeita. E se você descobriu que ela não era...*

— Conseguiu alguma coisa? — perguntou Michael do outro lado da sala.

Mordi o lábio inferior.

— Talvez.

Eu via Clark mirando em Emerson, mas se foi ele quem a atacou, eu esperaria que tivesse havido mais sujeira. Eu mesma tinha pensado no dia anterior: se Clark fosse assassino, ele seria desorganizado. Emerson não foi morta por impulso. O UNSUB não perdeu o controle emocional.

Ainda assim...

Um telefone tocou, interrompendo meus pensamentos. Levei um segundo para me dar conta que era o meu toque. Fui pegar meu celular, mas Lia foi mais rápida. Ela o agarrou e o segurou fora do meu alcance.

— Me dá, Lia.

Fingindo não ouvir, ela virou o telefone para eu poder ver o nome de quem estava ligando. MONITOR GEOFF apareceu na tela. *Mas que...* Ele tinha me dado seu número. Eu salvei nos meus contatos, mas não tinha dado o meu para ele.

— Vocês dois andam se falando — Lia me informou, com atrevimento. — Vocês ficaram bem íntimos.

Tomei uma nota mental de mudar a senha do celular.

— Vamos ver o que ele tem a dizer?

Lia não esperou uma resposta e atendeu a ligação.

— Geoffrey. Eu estava falando de você *agorinha*.

Ela sorriu para o que ele disse em resposta, botou o celular no viva-voz e o colocou na mesa de centro entre nós, me desafiando a desligar.

Eu não desliguei.

— Você ouviu falar do professor? — perguntou Geoffrey, a voz grave. — Está no noticiário.

A história sobre a morte do professor tinha se espalhado.

— Deve ser tão difícil pra você — disse Lia, apoiando os pés na mesa de centro. O tom dela transbordava solidariedade, e ela revirou os olhos de forma exagerada.

— Você nem faz ideia — disse Geoffrey em resposta. — O professor não merecia isso.

E Emerson merecia? Eu segurei a pergunta.

— Primeiro aquela garota, agora o professor — disse Lia, como se fosse a maior fã de *true crime*, pronta para se agarrar a cada palavra de Geoffrey. — Quem você acha que foi?

— Nós estamos lidando com o que eu gosto de chamar de *assassino organizado* — declarou Geoffrey. — Altamente inteligente e difícil de pegar.

Eu não sabia o que era mais incômodo: Geoffrey agir como se tivesse inventado a expressão "assassino organizado" ao mesmo tempo que demonstrava uma pequena fração de entendimento do que isso realmente queria dizer ou o fato de que "altamente inteligente" devia ser uma expressão que ele usaria para descrever a si mesmo.

— Acho que vou ter que assumir a turma agora que Fogle se foi — acrescentou Geoffrey. — Não sei o que vai acontecer com o livro dele, *Amarrá-las, marcá-las, cortá-las, enforcá-las: A história de Daniel Redding.*

Geoffrey não conseguiu resistir a citar o título do livro. Enquanto o ouvia falar, pensei na cara de Dean dizendo as mesmas palavras: olhos vidrados, rosto pálido.

— Você acha que pode ser alguém da turma? — perguntou Lia. — Da *sua* turma?

Ela era tão boa em mudar a direção da conversa que Geoffrey nem percebeu que ela tinha feito isso.

— Se houvesse um aluno na turma com potencial pra esse tipo de coisa — disse ele, o tom carregado de arrogância —, acho que eu saberia.

Minha primeira reação a essas palavras foi que era *claro* que ele achava que reconheceria um assassino. Mas minha segunda reação pesou no meu estômago. Ele tinha usado a palavra *potencial*.

Potencial no sentido de *capacidade* ou potencial no sentido de *talento*?

— E o garoto que é o primeiro da turma? — Lia deu outro cutucão verbal em Geoffrey.

— Impossível. — Geoffrey fez um ruído debochado. — Gary qualquer coisa. Ele não faria mal a uma mosca.

Gary Clarkson. Clark. Eu não o veria como o tipo que é primeiro da turma e isso me incomodou. Talvez ele fosse mais do tipo que planeja, mais do tipo A, mais *organizado* do que eu tinha percebido.

Lia pegou o celular e desligou abruptamente. O movimento repentino me arrancou dos pensamentos, e segui o olhar dela. Dean estava parado no corredor atrás de mim.

Ele não comentou sobre o que tinha ouvido. Não ameaçou contar a Briggs que tínhamos violado as regras. De novo. Só se virou e saiu andando, os passos pesados, na direção da escada.

Peguei o celular de volta. Lia não me impediu. O aparelho tocou. Eu esperava que fosse Geoffrey retornando a ligação, mas não era.

— Tem uma pessoa que eu preciso que você pesquise — disse Briggs, pulando o cumprimento costumeiro.

— Digo o mesmo — falei. — Gary Clarkson. Ele está acostumado com armas, tinha uma porcentagem alta de matérias em comum com Emerson e era o melhor da turma do Fogle.

— Eu hesitei um segundo e segui em frente. — Você também devia verificar o monitor do professor.

O FBI não tinha nos dado o arquivo de Geoffrey, mas foi um vacilo da parte deles. Ele não era aluno da turma, mas *era* aluno da universidade... e seria a cara do pai de Dean se divertir contando para o FBI uma coisa que desviava do assunto, mas era verdade.

— Vou pesquisar — prometeu Briggs —, mas agora eu preciso que você veja o que consegue descobrir sobre um tal de Conrad Mayler. É um formando que fez a matéria do Fogle dois anos atrás.

— Por que vou pesquisar ele?

Houve silêncio do outro lado. Por um momento, achei que Briggs não responderia, mas depois de um segundo de hesitação, ele falou.

— Foi ele quem postou o vídeo da cena do crime.

Briggs tinha um jeito de pontuar as frases que fechava completamente a porta para mais conversas.

— Tudo bem — falei. — Conrad Mayler. Pode deixar.

Vinte minutos depois, eu tinha descoberto tudo que havia para se saber na internet sobre Conrad Mayler. Ele era estudante de jornalismo. Alegava só ouvir bandas indie. Seus filmes favoritos eram documentários. Tinha um blog onde escrevia resumos mordazes de vários reality shows. De acordo com o perfil, tinha estudado em escola particular e trabalhava em meio período na estação de rádio dos alunos.

O status de relacionamento dele era "É complicado". A garota envolvida no tal relacionamento era Bryce Anderson.

Esse nome vive aparecendo. Imaginei a garota loira. Eu já tinha cometido antes o erro de supor que um UNSUB era homem. Por mais que meus instintos estivessem me dizendo uma coisa desta vez, eu não podia correr o risco de cometer o mesmo erro duas vezes.

Ao passar pelas atualizações de status e perfis de Conrad, não foi difícil perceber que ele se achava jornalista. Ele provavelmente alegaria que tinha feito o vídeo do corpo de Emerson e postado de forma anônima porque era informação de interesse público. Fiquei um pouco surpresa de ele não ter postado no perfil dele.

Como uma resposta aos meus pensamentos, a página na minha frente se atualizou. Conrad tinha postado um vídeo novo. Preparando-me para o pior, cliquei no play, mas, em vez de um cadáver, vi fileiras de cadeiras de madeira cheias de alunos. A hora do vídeo dizia 7h34.

— O professor Fogle disse uma vez que marcava a aula dele para as 7h30 como forma de diferenciar os alunos que estavam fazendo a matéria dele de brincadeira dos que levavam o estudo de criminologia a sério. — A câmera percorreu a sala, e eu reconheci o auditório.

Eu já tinha estado lá.

— Três dias atrás, 307 alunos sérios fizeram a primeira de três provas da matéria Monstros ou homens. A trecentésima oitava aluna, Emerson Cole, foi encontrada morta naquela manhã.

— Não tem ruído de fundo — comentou Sloane, vindo para o meu lado. — Quem gravou a narração tem um equipamento bom. O vídeo, por outro lado, foi feito com algum smartphone. Com resolução de pelo menos 1080p, talvez mais alta.

O vídeo cortou a cena do auditório e foi para uma filmagem familiar, o clipe do corpo de Emerson. A narração continuou, mas eu tirei o som.

— Eu perguntaria se esse garoto estava falando sério — disse Michael, se juntando a nós —, mas eu percebo que está. Ele acha que isso é jornalismo ousado. Na página dele.

— Ele não matou Emerson — falei, cansada. Conrad não se encaixava no perfil. Nosso assassino não tinha um blog mordaz. Não tinha uma namorada como Bryce, mesmo se *fosse* complicado. E a pessoa que tinha matado Emerson, que a exibira como um cachorro largando um pássaro morto aos pés do dono, jamais teria começado essa "cobertura de vídeo" do evento com imagens da turma.

Para o UNSUB, o resto da turma não teria a menor importância.

— Bota de novo — ordenou Sloane. — Desde o começo.

Eu fiz isso. Sloane me afastou gentilmente e assumiu o lugar, usando atalhos no teclado para pausar o vídeo, botar de volta e pausar. Seus olhos percorreram a tela de um lado a outro.

— A narração estava certa — disse ela, por fim. — Tem 307 alunos naquela sala de aula fazendo a prova. Inclusive seu suspeito — disse ela, apontando para um rosto inconfundível, redondo com olhos tediosos, na terceira fileira. Clark. Ele estava a dois lugares de Bryce, uma fileira atrás de Derek.

— Quem está filmando a prova? — perguntei. — E por quê?

— Não sei. — A língua de Sloane apareceu entre os lábios em uma expressão de intensa concentração. — O relato do noticiário dizia que o corpo de Emerson tinha sido descoberto naquela manhã, cedinho — disse ela, por fim. — A pergunta é: que horas?

Eu segui a linha de pensamento dela. De acordo com o horário na tela, a filmagem tinha sido feita às 7h34.

— Hora da morte. — Falei o óbvio em voz alta. — Nós precisamos da hora da morte.

Sloane pegou meu celular e ligou para um número de cabeça. Como ninguém atendeu, ela ligou de novo. E de novo. E de novo.

— O quê? — A irritação deixou a voz de Briggs tão alta que consegui ouvir de longe.

— É considerado falta de educação falar acima de 75 decibéis. — Sloane fungou. — Acredito que se chama gritar.

Não consegui ouvir a resposta de Briggs.

— A autópsia de Emerson Cole chegou? — Sloane segurou o telefone junto à orelha com o ombro e usou as mãos livres para soltar o cabelo do rabo de cavalo e prendê-lo de novo. — Nós precisamos da hora da morte. A causa da morte também ajudaria.

Eu tinha quase certeza de que Briggs não ia querer compartilhar essas informações. Havia uma distância grande entre perfilar universitários por redes sociais e ter as informações detalhadas de uma autópsia confidencial.

— Você está em 78 decibéis — disse Sloane, inabalada pelas objeções de Briggs. — E nós ainda precisamos da hora da morte. — Ela fez outra pausa. — Porque — disse, arrastando as palavras como se estivesse falando com uma criança muito pequena e muito lenta — nós estamos aqui vendo um vídeo que foi feito às 7h34 daquela manhã. Se me lembro bem dos mapas do campus, e você sabe que eu lembro, o auditório Davies fica a uma caminhada de 25 minutos e um trajeto de dez de carro da casa do reitor. O que significa que, se a morte de Emerson Cole (a) precisava da presença do UNSUB e (b) aconteceu depois das 7h25 e antes do fim da prova, todos os alunos da turma têm um álibi.

Sloane ficou em silêncio por mais tempo dessa vez. E desligou o telefone.

— O que ele disse? — perguntou Michael.

Sloane fechou o notebook e o empurrou para longe.

— Ele disse que o corpo foi encontrado às 8h15 daquela manhã. A hora estimada da morte é 7h55.

Capítulo 27

A marcação de hora no vídeo foi verificada. Era oficial: Emerson Cole tinha sido estrangulada e morta enquanto os alunos da turma do professor Fogle estavam no auditório Davies fazendo a prova de metade de período.

O FBI rastreou o vídeo até nosso bom amigo monitor Geoff, que explicou que era política do professor Fogle ter um registro em vídeo das provas para desencorajar pessoas parecidas de fazerem a prova no lugar de outro aluno. O vídeo completo também incluía closes de cada aluno entregando a prova. Cada um de nossos 307 suspeitos em potencial, 308 se contássemos Geoffrey, estava presente e registrado.

No que dizia respeito a álibis, aquele era incontestável.

— Eu falei pra Briggs que ele devia ter me deixado ver a entrevista com Daniel Redding. — Lia bateu a porta do congelador e descontou a frustração na gaveta de talheres. Abriu-a com força, fazendo o conteúdo sacudir. — Nós estamos perseguindo uma pista inexistente porque ninguém quer me deixar dizer quando aquele desalmado e maquiavélico…

Lia tinha várias formas criativas de descrever o pai de Dean. Eu não discordava de nenhuma. Entrei na frente dela e tirei duas colheres da gaveta. Ofereci uma para ela. Depois de um bom tempo, ela a aceitou. Em seguida, olhou a colher na minha mão com desconfiança.

— Você vai dividir o sorvete — falei para ela. Ela girou a colher entre os dedos, e eu me perguntei se ela estava planejando minha partida deste plano. — Dean também não está falando comigo — contei. — E eu estou tão frustrada quanto você. Tudo que nós fizemos, tudo que tentamos fazer, foi por nada. O UNSUB não faz parte da turma. Não importa o fato de Geoffrey ter empatia mínima e uma fascinação pelo lado sombrio, nem Clark ter alguma coisa com Emerson e muita raiva acumulada. Nada disso importa, porque nenhum dos dois matou ela.

A única coisa que o FBI nos permitiu fazer foi uma caçada inútil, cortesia do pai psicótico de Dean. E eu não pude deixar de me sentir tão *burra* por achar que poderíamos entrar em um campus de faculdade ou olhar uns perfis de internet e encontrar um assassino. Dean ainda estava furioso conosco, e nós não tínhamos nada para oferecer em troca.

— Lia…

— Tudo bem, já chega — disse, me interrompendo. — Chega de chamego, Cassie. Eu divido o sorvete, mas vamos comer em outro lugar. Não estou no clima de fingir estar bem com os outros, e a próxima pessoa que me pedir pra dividir alguma coisa vai ter uma morte lenta e dolorosa.

— Tudo bem. — Lancei um olhar ao redor pela cozinha. — Você tem algum lugar em mente?

Primeiro achei que Lia estivesse me levando para o quarto dela, mas quando ela fechou a porta depois que entramos, percebi que ali não era o destino. Ela abriu a janela e, com um último olhar malicioso por cima do ombro, saiu para o telhado.

Que ótimo, pensei. Enfiei a cabeça pela janela a tempo de vê-la desaparecer em um canto. Hesitei por uma fração de segundo e subi cuidadosamente pela janela também. A inclinação do telhado era suave em frente ao quarto dela, mas mantive uma das mãos na lateral da casa por garantia. Segui na direção do canto onde vi Lia virar. Quando virei, soltei o ar com força.

O telhado se aplainava. Lia estava sentada com as costas na lateral, as pernas enormes esticadas quase até a calha. Andando com cuidado, segui na direção dela e me sentei. Sem dizer nada, Lia virou o pote de sorvete para mim.

Enfiei a colher e tirei uma colherada enorme.

Lia arqueou delicadamente uma sobrancelha.

— Alguém está querendo ativar dentes sensíveis.

Mordi a pontinha da colher.

— A gente devia ter trazido potinhos.

— Tem muitas coisas que a gente devia ter feito. — Lia se sentou perfeitamente imóvel, o olhar fixo no horizonte. O sol estava se pondo agora, mas tive a sensação clara de que, se eu não estivesse com ela, ela teria ficado ali a noite toda, dois andares acima do solo, os pés roçando a beirada. Lia era uma pessoa que detestava ficar confinada. Odiava ficar presa. Ela sempre tinha uma estratégia de saída.

Só não tinha precisado de uma em muito tempo.

— Dean vai superar. — Falei isso em vez das outras coisas em que eu estava pensando: sobre estratégias de saída, a infância de Lia e o jeito como ela provavelmente tinha aprendido a mentir. — Ele não pode ficar com raiva de nós para sempre — continuei. — Nós só estávamos tentando ajudar.

— Você não percebe? — Lia finalmente virou a cabeça para mim, os olhos escuros brilhando com lágrimas que ela nunca se permitiria derramar. — Dean não *fica* com raiva. Ele não se permite. Se nós fôssemos falar com ele agora, ele não ficaria com raiva de nós. Não ficaria *nada*. É isso que ele faz. Ele se fecha, fecha as pessoas e tudo bem. Eu entendo. Entre todas as pessoas, eu entendo. — Lia fechou os olhos e apertou os lábios. Respirou irregularmente várias vezes e os abriu de novo. — Mas ele não se fecha pra *mim*.

Dean conhecia Lia melhor do que qualquer um de nós, e isso queria dizer que ele sabia exatamente o efeito de se fechar para ela. Ele sabia que era a única pessoa em quem ela confiava, que o relacionamento deles era a única coisa que a impedia de se sentir presa o tempo todo. O mecanismo de defesa de Michael quando criança tinha sido reconhecer raiva, e, se não pudesse dissipá-la, ele a provocava. O de Lia tinha sido se esconder debaixo de tantas camadas de enganação que o que quer que fizessem com ela, não a abalava, porque não afetava a garota *real*.

Dean era a exceção.

— Quando eu vim pra cá, éramos só Dean, Judd e eu. — Lia largou a colher no pote de sorvete e deitou com a cabeça sobre as mãos. Eu não sabia por que ela estava me contando aquilo, mas, pela primeira vez, soube por instinto que tudo que ela estava falando era verdade. — Eu estava preparada pra odiar ele. Sou boa em odiar pessoas, mas Dean nunca forçou a barra. Nunca me fez uma única pergunta que eu não quisesse responder. Uma noite, depois de eu estar aqui por uns dois meses, fui sair escondida. Eu sou boa em fugir.

Arquivei isso na lista crescente de coisas que eu sabia do passado de Lia.

— Dean me pegou. Disse que, se eu fosse, ele ia junto. Peitei o blefe dele, mas ele não estava de brincadeira. Eu fugi. Ele foi atrás. Nós ficamos três dias fora. Eu já tinha morado nas ruas, mas ele, não. Ele ficava acordado à noite pra eu poder dormir. Às vezes, eu acordava e o via vigiando. Dean nunca me olhou do jeito que a maioria dos caras me olha. Estava cuidando de mim, não me olhando. — Ela fez uma pausa. — E nunca pediu nada em troca.

— Ele não pediria.

O sorriso de Lia foi frágil.

— Não — concordou ela. — Ele não pediria. No dia antes de voltarmos, ele me contou sobre o pai, como tinha vindo parar aqui e sobre Briggs. Dean é a única pessoa que eu conheço que nunca mentiu pra mim.

E, agora, ele não estava falando com ela.

— A agente Sterling foi uma das vítimas do pai dele — falei baixinho. Os olhos de Lia voaram na direção dos meus. Pela inspiração profunda que veio em seguida, percebi que ela tinha reconhecido minhas palavras como verdade e não soube como lidar com isso.

Contar para Lia não pareceu traição a Dean. Ela era a família dele. Tinha se aberto para mim de um jeito que não se abria para as pessoas, e isso me disse o quanto ela precisava saber que ele não estava se fechando para ela só porque ela tinha feito besteira. A vida de Dean era um campo minado agora.

— Sterling tem uma marca aqui. — Ergui as pontas dos dedos até o peito. — Ela conseguiu escapar. Acho que Dean ajudou.

Lia digeriu essa informação, o rosto ilegível.

— E agora ela voltou — disse ela finalmente, os olhos fixados ao longe. — E Dean só consegue pensar que não a ajudou o suficiente.

Eu assenti.

— Aí Emerson Cole aparece morta, e Dean acaba em uma sala de interrogatório com o pai. — Eu me inclinei e permiti que minha cabeça encostasse na lateral da casa. — Entrar naquela sala e ouvir o que Daniel Redding tinha a dizer foi o que fez Dean se fechar. Foi como se tivessem drenado a alma do corpo dele. Aí a agente Sterling contou que nós fomos investigar por nossa conta...

— Que *você* deixou escapar — interrompeu Lia.

— Sterling já sabia que eu tinha saído — falei. — Além do mais, eu não falei o que *nós* fizemos. Eu nem contei pra ela que você estava junto. Eu só falei o que descobrimos.

— E nem importa — disse Lia —, porque todos os alunos daquela turma, sem mencionar o monitor, têm um álibi inquestionável. E em vez de nos usar, como deveria, o FBI, com toda sua sabedoria gloriosa, nos deixa trancados aqui, onde não podemos fazer nada pra solucionar o caso nem ajudar Dean. — Lia enrolou uma mecha grossa de cabelo preto no dedo. — E aqui está nossa pessoa favorita agora.

Segui o olhar de Lia. Um carro escuro tinha embicado em frente à casa. A agente Sterling saiu.

— Aonde você acha que ela foi? — perguntou Lia.

Sterling tinha passado na casa mais cedo, por tempo suficiente para pegar os arquivos dos alunos, e foi embora. Eu tinha suposto que ela tinha ido se encontrar com Briggs, mas ele não estava com ela agora.

A porta do lado do passageiro abriu e o diretor saltou. Os dois pareciam pessoas que tinham acabado de enfrentar um trajeto de carro muito tenso e silencioso.

— Será que ele voltou pra ver a gente? — perguntei, baixando a voz, apesar de eles estarem tão longe que eu nem sabia se precisava.

Lia colocou a mão sobre a minha boca e me puxou para trás, para ficarmos parcialmente escondidas. Os olhos dela estavam semicerrados. Eu assenti para mostrar que entendia e, um momento depois, entendi por que Lia gostava tanto do telhado.

A acústica era excelente.

— Pode pegar o carro emprestado pra voltar pra casa — disse a agente Sterling. Ela estava usando a voz de interrogatório, implacável e firme.

— Eu pedi pra você me trazer aqui — respondeu o diretor. A voz dele era um barítono, e estava tão serena quanto a dela. — Eu gostaria de falar com o garoto.

— Você não precisa falar com Dean.

— Acho que você esquece qual de nós é o diretor aqui, agente.

— E eu acho que você está esquecendo que, depois do fiasco de Locke, eu não fui a única fazendo perguntas. — Ela fez uma pausa para esperar as palavras atingirem o alvo. — Eu tenho contatos na Inteligência Nacional. As pessoas em Washington estão comentando. O que você acha que aconteceria se escapasse a notícia de que o FBI consulta o filho adolescente de Redding sobre o caso?

— Esse é o único caso no qual a exposição não é uma preocupação. — O tom dele não mudou. — O FBI estaria falando com o garoto sobre o caso quer ele trabalhasse pra nós ou não. Se o diretor da Inteligência Nacional perguntasse, e ele não vai perguntar, seria fácil explicar. O filho de Redding estava lá na primeira vez. Ele conhece os detalhes psicológicos do pai melhor do que todo mundo, inclusive você.

— Eu aceitei vir aqui e avaliar esse programa porque você disse que denunciar o programa dos Naturais para Washington seria um erro. — Um toque de emoção surgiu na voz da agente Sterling, embora eu não soubesse se era frustração ou outra coisa. — Você me disse que eu precisava ver pessoalmente pra entender exatamente o que eu estaria encerrando.

Eu tinha me perguntado por que o diretor enviaria a filha para cá, sabendo que ela achava que o programa era um erro, e agora eu sabia.

— Então você me ouviu — retorquiu o diretor calmamente. — Você podia ter preenchido o relatório e não preencheu.

— Como se você tivesse deixado alguma escolha!

— Eu só falei a verdade. — O diretor olhou para o relógio, como se para marcar exatamente quanto tempo ele estava desperdiçando com aquela conversa. — Esse programa é a única coisa que impede *aquele garoto* de chegar ao limite. Você acha que ele ia ficar melhor num lar de acolhimento? Ou você quer que eu mande Lia Zhang de volta pras ruas? Ela acabaria sendo pega de novo, e, desta vez, eu te garanto que acabaria sendo julgada como adulta.

Senti Lia enrijecer ao meu lado.

— Você queria que eu viesse aqui — disse Sterling, triturando as palavras. — Eu vim. Mas, quando vim, você prometeu que ouviria as minhas recomendações.

— Se você estivesse sendo razoável, eu *ouviria*. Mas manter Dean Redding longe desse caso não é razoável. — O diretor deu um momento para ela responder, e, como não respondeu, ele continuou. — Você pode ficar aqui e me dizer como esse programa é *errado*, mas, por dentro, quer pegar esse assassino tanto quanto eu. Você pode fazer o que quiser pra não usar os Naturais pra isso e, mais cedo ou mais tarde, vai esquecer todos os seus princípios. Vai ser você quem vai *me* dizer que precisamos ultrapassar esse limite.

Eu esperava que Sterling dissesse que ele estava errado. Ela não disse.

— Claro que eu quero usá-los! — respondeu ela. — Mas a questão aqui não sou eu. Nem você. Nem o Bureau. A questão são os cinco adolescentes que moram naquela casa. Cinco pessoas de verdade cuja única proteção são regras que você cria e rompe repetidamente. Foi você quem deixou Cassie Hobbes trabalhar no caso da Locke. Foi você quem insistiu pra levarmos Dean pra falar com Redding. Você faz as regras e as quebra, enviando mensagens contraditórias…

— A questão não é essa — retrucou. Diferentemente da voz da filha, a dele permanecia completamente impassível. — Você não está aborrecida por causa das mensagens que acha que eu estou enviando. Cinco anos depois e você ainda está chateada de eu ter ficado do lado do seu marido nesse programa, e não do seu.

— Ex-marido.

— Você o abandonou. Abandonou o FBI.

— Anda, diz, pai. Abandonei *você*.

— Você sabe em que posição isso me coloca, Veronica? Como eu posso controlar a lealdade de todo o Bureau se minha única filha nem se deu ao trabalho de ficar? Depois do incidente com a garota Hawkins no caso Nightshade, a moral estava baixa. Nós precisávamos apresentar uma frente unida.

A agente Sterling deu as costas para o pai e, quando se virou, as palavras saíram como balas de uma arma.

— O nome dela era Scarlett e não foi um *incidente*. Um psicopata entrou nos *nossos* laboratórios e matou uma das *nossas*. Tanner e eu tínhamos uma coisa a provar... — Ela parou de falar, respirando com dificuldade. — Eu saí do Bureau porque não era o meu lugar.

— Mas você voltou — disse o diretor. — Não por mim. Você voltou pelo garoto. O que o Redding fez com você, o que aconteceu com Scarlett no caso Nightshade... tudo está misturado na sua cabeça. Você não tinha como salvar a garota, então decidiu salvar ele.

Sterling deu um passo na direção do pai.

— Alguém tem que fazer isso. Ele tem dezessete anos.

— E estava ajudando o papaizinho dele quando tinha doze!

Precisei me segurar para não voar do telhado e pular no diretor. Ao meu lado, toda a tensão derreteu do corpo de Lia. Ela pareceu relaxada. Simpática até. Para ela, isso significava que era quase certo que queria sangue.

Algumas pessoas sempre vão olhar pra Dean e ver o pai, pensei estupidamente. O diretor não só considerava Dean responsável pelos pecados do pai; ele considerava Dean cúmplice.

— Não vou mais falar sobre isso com você, Veronica. — O humor do diretor se suavizou. — Nós precisamos saber se algum visitante de Redding é um provável suspeito do caso. Eu preciso dizer quem são alguns dos alunos da Universidade Colonial? A pressão pra prender esse aí está altíssima, agente. — A voz dele se suavizou um pouco mais. — Eu sei que você não quer ver corpos se empilhando.

— Claro que eu quero pegar esse cara antes que mais alguém se machuque. — A agente Sterling tinha me avisado para não tornar aquele caso pessoal, mas aquele tinha se entranhado pelas fendas da armadura dela. — Foi por isso que eu fui ver Redding pessoalmente.

O diretor ficou paralisado.

— Eu te interceptei antes de você executar esse plano mal-elaborado.

A agente Sterling sorriu para ele, mostrando os dentes.

— Interceptou?

— Veronica...

— Agora, acho que prefiro *agente*. Você queria alguém para afetar Daniel Redding. Não precisa de Dean pra isso. Fui eu quem escapei, diretor. Você sabe o que isso significa pra um homem como Redding.

— Eu sei que não quero você chegando nem perto dele. — Pela primeira vez, o diretor falou como um pai.

— Me deixa falar com Dean. — A agente Sterling não era incapaz de aproveitar à vantagem, por menor que tivesse sido. — Me deixa mostrar a ele os registros de visita. Se souber de alguma coisa que possa ser relevante, ele vai me dizer. Dean confia em mim.

Depois de uns dez ou quinze segundos de silêncio, o diretor assentiu brevemente.

— Tudo bem. Mas se você e Briggs não conseguirem resultados pra mim, vou trazer alguém que consiga.

Capítulo 28

Lia e eu não dissemos nada até a agente Sterling e o diretor estarem longe.

— E eu achava que a minha família tinha problemas. — Lia se levantou e se alongou, arqueando as costas e girando de um lado a outro. — Ela estava falando a verdade quando disse que estava pensando no melhor pra gente. Não totalmente verdade, mas era verdade. Fofo, né?

Eu estava ocupada demais pensando nas implicações do que tínhamos ouvido para responder. Depois do verão passado, Sterling tinha ameaçado encerrar o programa. O diretor a impediu de passar por cima dele observando exatamente o que eu tinha dito para ela: normal não era mais opção para nenhum de nós. Pelo menos eu tinha para onde voltar. Dean não tinha. Lia não tinha. O pai de Michael era abusivo. Havia uma grande probabilidade de ter sido a família de Sloane que meteu na cabeça dela o fato de dizer que fazia a coisa errada 86,5% do tempo.

Minha mãe estava morta, meu pai mal se envolvia com a minha vida. E eu era a sortuda da história.

— O diretor chama Dean de *o garoto*. — Fiz uma pausa para pensar no significado disso. — Não quer ver ele como pessoa. *O garoto* é uma extensão do pai dele. *O garoto* é um meio pra um fim.

Isso do homem que se referia à própria filha como *agente*.

Foi ela quem seguiu seus passos. De todos os seus filhos, ela é a mais parecida com você. Ela era seu legado, mas aí foi embora.

— O diretor realmente acredita que Dean ajudou o pai. — Lia me deixou refletir sobre isso por alguns segundos antes de continuar. — O que exatamente ele acha que Dean ajudou o pai a fazer está no ar, mas não foi conjectura que eu ouvi na voz dele. Pra ele, a culpa de Dean é um fato.

— Dean tinha doze anos quando o pai foi preso! — A objeção saltou de dentro de mim. Ao perceber que eu estava ensinando o padre a rezar missa, segurei um pouco a indignação. — Eu sei que Dean sabia — falei calmamente. — Eu sei que ele acha que devia ter encontrado um jeito de pôr fim a tudo, que se ele tivesse feito as coisas de um jeito diferente, ele poderia ter salvado aquelas mulheres. Mas, de acordo com a aula do professor Fogle, Redding estava matando havia cinco anos antes de ser pego. Dean teria sete anos.

Ele tinha me dito uma vez que não sabia sobre o pai *no começo*. Mas depois...

Ele me fazia assistir. As palavras de Dean ficaram na minha cabeça, se fazendo notar como comida presa entre os dentes.

Forcei minha atenção para o presente, para Lia.

— Sterling, a nossa Sterling, estava falando a verdade quando disse que ia perguntar a Dean sobre o registro de visitantes? — perguntei.

— Estava — respondeu Lia. — Estava, sim.

— Pode ser que ela esteja começando a perceber que não pode proteger Dean disso — falei. — Ela só pode interferir e cuidar pra que ele não passe por tudo sozinho.

Minhas palavras pairaram no ar. Eu tinha pensado o tempo todo que Sterling e Briggs não estavam fazendo favor nenhum a Dean ao mantê-lo no escuro, mas, pela perspectiva dele, Lia, Michael e eu tínhamos feito exatamente a mesma coisa. *Quando eu estava no centro de um caso*, pensei lentamente, *se eu*

INSTINTO ASSASSINO 189

tivesse descoberto que os outros estavam investigando pelas minhas costas, eu não teria me sentido protegida.

Eu teria me sentido traída.

— Como quiser, Cassandra Hobbes. — Lia girou e foi na direção da janela do quarto. Ela andou na ponta dos pés, como se o telhado fosse uma corda bamba e estivesse a segundos de fazer um movimento de vida ou morte.

— Você esqueceu o sorvete — gritei para ela.

Ela olhou para trás.

— E você esqueceu a coisa mais interessante que descobrimos nessa pequena excursão.

Fiquei tão concentrada na sequência de eventos que tinha levado a agente Sterling até ali e nos comentários do diretor sobre Dean que não tinha me permitido pensar sobre o resto da conversa.

— Caso Nightshade? — Peguei o sorvete e fui me levantar, mas a resposta de Lia me deixou paralisada.

— O caso Nightshade, o que quer que seja, *e* a pessoa que pagou o preço para o rumo que o caso tomou.

— Scarlett — falei, pensando na minha percepção em frente à prisão que a agente Sterling tinha perdido alguém e que se culpava.

Lia virou na curva da casa. Eu não conseguia mais vê-la, mas não tive dificuldade para ouvi-la.

— Não só Scarlett — disse ela. — Scarlett *Hawkins*.

Capítulo 29

A pessoa que a agente Sterling tinha perdido porque se preocupou demais, porque estava disposta a fazer o que fosse necessário para salvar vidas, tinha o mesmo sobrenome que Judd.

Filha dele, supus. Judd tinha mais ou menos a mesma idade do diretor, e o jeito como ele tratava a agente Sterling não era só com familiaridade, era paternal. Agora os sentimentos de Judd pelo diretor faziam sentido. Judd tinha perdido uma filha, e a preocupação principal do diretor tinha sido a *moral*.

Juntei as peças que sabia. Scarlett Hawkins e a agente Sterling eram amigas. As duas trabalhavam no FBI. Scarlett foi assassinada. Briggs começou a procurar Dean para ter ajuda nos casos. A agente Sterling deixou o FBI... e o marido.

Quando o diretor descobriu o que Briggs estava fazendo, ele tornou tudo oficial. Dean foi morar naquela casa. Com Judd.

Fiquei tão absorta em pensamentos que quase não vi a figura se esgueirando pelo gramado. O sol tinha se posto totalmente, e demorei um momento para reconhecer o jeito como a pessoa andava, as mãos enfiadas nos bolsos, os ombros encolhidos. O moletom que a pessoa usava quase cobria o rosto. O cabelo, precisando desesperadamente ser cortado, dava o toque final.

Dean. Saindo escondido de casa. Eu estava na metade do caminho para a janela de Lia quando registrei o fato de que estava me movendo. Me obriguei a não olhar para baixo e terminei o trajeto. Agradecida por Lia ter deixado a janela aberta, voltei para o quarto dela e desci a escada correndo.

Pela primeira vez, não dei de cara com ninguém. Quando saí pela porta da frente, Dean já estava na metade do quarteirão. Eu corri para alcançá-lo.

— Dean!

Ele me ignorou e continuou andando.

— Desculpa — gritei para ele. Minhas palavras pairaram no ar da noite, insuficientes, mas sinceras. — Lia e eu devíamos ter te dito que íamos pra festa. Nós achamos que podíamos descobrir alguma coisa que o FBI tinha deixado passar. Só queríamos que o caso acabasse.

— Por mim. — Dean não se virou, mas parou de andar. — Vocês queriam que o caso acabasse por mim.

— Isso é ruim? — perguntei, parando ao lado dele. — As pessoas podem gostar de você, e não me diga que quando as pessoas gostam de você elas se machucam. Não é você falando. É algo que te disseram. É algo em que seu pai quer que você acredite, porque ele não quer que você seja próximo de ninguém. Sempre quis você só pra ele, e cada vez que você nos afasta, está dando pra ele *exatamente* o que ele quer.

Dean continuou sem se virar, então dei três passos, até estar na frente dele. A ponta do capuz caía na frente do rosto dele. Empurrei o capuz para trás. Ele não se mexeu. Botei as mãos uma de cada lado do rosto dele e o inclinei para cima.

Da mesma forma que Michael tinha inclinado meu rosto para o dele.

O que você está fazendo, Cassie?

Eu não podia me afastar de Dean, não agora. Não importava o que poderia significar. Dean precisava daquilo, contato físico. Precisava saber que eu não tinha medo dele, que ele não estava sozinho.

Afastei o cabelo de suas bochechas, e seus olhos escuros encontraram os meus.

— Alguém já te disse que você vê demais? — perguntou ele. Consegui abrir um sorrisinho.

— Já me disseram que eu devia guardar uma parte só pra mim.

— Você não pode. — Os lábios de Dean se curvaram para cima quase imperceptivelmente. — Você não planejava dizer nenhuma daquelas coisas. Eu não sei nem se pensou nelas antes de saírem da sua boca.

Ele tinha razão. Agora que eu tinha falado, eu via que era verdade: o pai de Dean não queria compartilhá-lo. *Eu o fiz*, ele dissera naquela entrevista com Briggs. Ele queria que Dean se culpasse por cada mulher que tinha matado, porque se Dean se culpasse, se achasse que não merecia ser amado, ele manteria o resto do mundo distante. Ele seria filho do pai dele... e mais nada.

— Aonde você vai? — perguntei a Dean. Minha voz saiu como um sussurro. Afastei as mãos do rosto dele, mas só desceram até o pescoço.

Isso é um erro.

Isso é certo.

Esses pensamentos vieram um atrás do outro, como se fossem audíveis. A qualquer momento, Dean ia se afastar do meu toque.

Mas ele não se afastou.

E eu também não.

— Eu não posso ficar parado aqui esperando o próximo corpo aparecer. O diretor acha que pode me enfiar numa gaveta e me pegar de volta quando eu sou *útil*. A agente Sterling tentou passar pano para o pai, mas eu sei o que ele pensa.

Ele pensa que você deve isso a ele, pensei, sentindo a pulsação de Dean pular na garganta sob meu toque. *Ele pensa que está fazendo um favor ao mundo ao te tornar uma ferramenta dele.*

— Aonde você vai? — repeti a pergunta.

— A agente Sterling me mostrou uma lista. — Dean botou as mãos nos meus punhos, afastando-os de seu pescoço.

INSTINTO ASSASSINO 193

Não soltou, só ficou parado na calçada, os dedos indo dos meus punhos para os meus dedos, até nossas mãos estarem entrelaçadas. — Ela queria saber se eu tinha reconhecido algum dos visitantes do meu pai, se algo chamava minha atenção.

— E alguma coisa chamou sua atenção?

Dean assentiu brevemente, mas não soltou as minhas mãos.

— Uma das visitas foi uma mulher da minha cidade.

Esperei que ele elaborasse.

— Daniel matou gente naquela cidade, Cassie. Minha professora do quarto ano. Viajantes que estavam de passagem. As pessoas daquela cidade, nossos amigos, nossos vizinhos... elas não suportavam me *olhar* quando a verdade foi revelada. Por que alguém o visitaria?

Não eram perguntas retóricas. Eram perguntas que Dean estava determinado a responder por conta própria.

— Você vai pra casa — falei. Eu sabia que era verdade bem antes de ele confirmar.

— Broken Springs não é minha casa há muito tempo. — Dean deu um passo para trás e soltou minhas mãos. Botou o capuz de volta na cabeça. — Eu conheço o tipo de mulher que visita homens como meu pai na prisão. Elas são fascinadas. Obcecadas.

— Obcecadas o suficiente pra recriar os crimes dele?

— Obcecadas o suficiente pra não colaborarem com o FBI — disse Dean. — Obcecadas a ponto de *adorarem* falar comigo.

Eu não contei para ele que todo mundo, de Briggs a Judd, o mataria por fazer aquilo. No entanto, impliquei com o horário.

— Que horas vão ser quando você chegar lá? E, falando nisso, *como* você vai chegar lá?

Dean não respondeu.

— Espera — falei para ele. — Espera até de manhã. Sterling vai sair com Briggs. Eu posso ir com você, ou Lia pode ir. Tem um assassino por aí. Você não deveria ir pra lugar nenhum sozinho.

— Não — disse Dean, o rosto se contorcendo como se tivesse sentido um gosto azedo. — Esse é trabalho da Lia.

Eu tinha pedido desculpas por ter entrado no caso com ele. Ela não tinha. Eu conhecia Lia bem o bastante para saber que não faria isso. Dean também sabia disso.

— Pega leve — falei. — O que quer que você diga, está sendo difícil pra ela.

— É pra ser difícil. — Havia uma tensão teimosa na mandíbula dele. — Eu sou o único que ela escuta. Sou quem se importa se ela sai com dois homens estranhos no meio de uma investigação de assassinato. Você acha que qualquer coisa que digam vai impedir que ela faça de novo?

— Já entendi — falei. — Mas você não é só a única pessoa que ela escuta. Você é a única em quem ela confia. Ela não pode perder isso. Nem você.

— Tudo bem — disse Dean. — Vou esperar até de manhã pra ir até Broken Springs e vou falar com Lia antes.

Quando Lia estivesse envolvida, eu duvidava que ela iria relaxar e deixar que fosse sozinho. Se ele não quisesse me levar ou levá-la junto, poderia ao menos levar Michael. Isso poderia ser a receita de uma viagem desastrosa, mas pelo menos Dean teria apoio.

Michael não odeia Dean. Ele odeia o fato de Dean sentir raiva e reprimir. Odeia que Dean saiba como foi a infância dele. Odeia a ideia de Dean comigo.

Eu me virei e saí andando na direção da casa, a mente uma confusão de pensamentos sobre mim, Michael e Dean. Já tinha percorrido um metro e meio quando Dean me alcançou. Eu não queria pensar no calor do corpo dele ao lado do meu. Não queria esticar a mão para pegar a dele.

Então me obriguei a permanecer em terreno mais seguro.

— Você já ouviu falar se Judd tinha uma filha chamada Scarlett?

Capítulo 30

Na manhã seguinte, acordei e descobri que Michael já estava lá fora, trabalhando no carro de novo. Parei na janela do quarto e fiquei vendo-o mexer no para-choque com a lixadeira, como se remover ferrugem fosse um esporte olímpico. *Ele vai destruir esse carro*, pensei. Restauração não era o forte de Michael.

— Você acordou.

Eu me virei da janela para olhar para Sloane, que estava sentada na cama dela.

— Acordei.

— O que você está olhando?

Procurei um jeito de evitar responder à pergunta, mas não consegui.

— Michael — falei.

Sloane me observou por um momento, do jeito que uma arqueóloga poderia olhar as pinturas na parede de uma caverna. Considerando a forma como o cérebro dela trabalhava, ela teria tido mais sorte lendo hieróglifos.

— Você e Michael — disse Sloane lentamente.

— Não tem nada acontecendo entre mim e Michael. — Minha resposta foi imediata.

Sloane inclinou a cabeça para o lado.

— Você e Dean?

— Não tem nada acontecendo entre mim e Dean.

Sloane me olhou por mais três segundos e disse:

— Eu desisto. — Claramente, ela tinha gastado toda a capacidade de conversa entre garotas. Graças a Deus. Ela desapareceu no armário, e eu já estava saindo pela porta quando me lembrei da minha promessa.

— Talvez eu vá a um lugar hoje — falei para ela. — Com Dean.

Sloane saiu do armário parcialmente vestida.

— Mas você disse...

— Não assim — corrigi rapidamente. — Tem a ver com o caso. Não sei bem qual é o plano, mas estou me preparando pra descobrir. — Fiz uma pausa. — Eu prometi que incluiria você na próxima vez. Estou fazendo isso agora.

Sloane vestiu uma blusa. Ficou quieta por vários segundos. Quando falou, foi com um sorriso largo.

— Me considere incluída.

Encontramos Dean na cozinha com Lia, que estava sentada na bancada usando um pijama branco e saltos vermelhos. O cabelo estava solto e despenteado. Os dois estavam conversando tão baixo que não consegui entender as palavras.

Lia me viu por cima do ombro de Dean e, com um brilho profano nos olhos, pulou da bancada. Os saltos nem balançaram quando ela tocou no chão.

— O bonitão aqui diz que você o impediu de fazer uma besteira ontem. — Lia abriu um sorrisinho. — Eu não quero saber como você *persuadiu* ele a segurar a onda. A onda foi segurada. Vamos poupar minhas orelhas sensíveis dos detalhes, certo?

— Lia — resmungou Dean.

Sloane levantou a mão.

— Eu tenho perguntas sobre os detalhes sensíveis.

— Mais tarde — disse Lia para Sloane. Ela esticou a mão e deu um tapinha na bochecha de Dean. Ele semicerrou os olhos, e ela levantou a mão e dobrou o polegar. — Eu vou me comportar — prometeu ela. — Palavra de escoteira.

Dean murmurou alguma coisa baixinho.

— Rubor. Careta. Sorrisinho debochado. — Michael entrou e rotulou cada um de nós ao passar. — E Sloane está perplexa. Eu perdi toda a diversão.

Eu conseguia praticamente senti-lo tentando não ler nada na careta de Dean e no meu rubor. Michael estava *tentando* me dar espaço. Infelizmente, ele não conseguia desligar sua habilidade, tanto quanto eu não conseguia desligar a minha.

— Townsend. — Dean pigarreou.

Michael voltou a atenção total para o outro garoto.

— Você precisa de alguma coisa — disse ele, estudando a tensão na mandíbula de Dean, a linha fina que formavam seus lábios. — Você odeia mesmo pedir. — Michael sorriu. — É como um Band-Aid, puxa de uma vez.

— Ele precisa de uma carona — disse Lia, para que Dean não precisasse falar. — E você vai dar isso a ele.

— Vou? — Michael fez uma imitação passável de surpresa.

— Eu agradeceria. — Dean lançou um olhar para Lia que parecia dizer *fique fora disso*.

— E, me conta, aonde nós vamos? — perguntou Michael.

— Falar com uma pessoa.

Dean não estava com vontade de compartilhar mais do que isso. Eu esperava que Michael se aproveitasse da situação, que fizesse Dean perguntar, mas Michael só ficou olhando para ele por vários segundos e assentiu.

— Sem comentários sobre como eu dirijo — disse Michael de modo gentil. — E você fica me devendo.

— Combinado.

— Excelente. — Lia pareceu muito satisfeita consigo mesma.

— Então Michael vai com Dean e Cassie, e Sloane e eu vamos ser a distração.

— Gostei desse plano — declarou Sloane com alegria. — Eu sei distrair muito bem.

Michael e Dean não estavam tão entusiasmados.

— Cassie não vai — falaram os dois em uníssono.

— Ué, que estranho — comentou Lia, olhando de um garoto para o outro. — Vocês vão começar a trançar o cabelo um do outro agora?

Um dia, eu tinha quase certeza de que Lia escreveria um livro intitulado *Como piorar uma situação constrangedora*.

— Cassie já é grandinha — continuou Lia. — Pode decidir sozinha. Se quiser ir, pode ir.

Eu não sabia por que ela estava tão empenhada para que eu os acompanhasse, nem por que estava se oferecendo para ficar em casa.

— Dean e eu somos perfiladores — observei. — Isso não me torna desnecessária? — A única coisa que eu acrescentaria àquela empreitada seria objetividade. A capacidade de Lia a tornava a escolha mais óbvia.

— Sem querer ofender — Lia começou a frase de uma forma que meio que garantia que o que sairia de sua boca a seguir ofenderia, sim —, mas você não sabe mentir, Cassie. A agente Sterling arrancou de você a verdade sobre a nossa última *aventura* tão rapidamente que chega a ser constrangedor. De verdade. Se você ficar aqui, nós vamos ser pegos. Além do mais — acrescentou ela, um sorrisinho surgindo no rosto —, o Bonito 1 e o Bonito 2 aqui vão ter menos chance de se matarem ou de matarem um ao outro se você estiver junto.

Pensei em Lia e Michael dançando juntos só para irritar Dean e na incapacidade de Michael de não cutucar a onça com vara curta. Michael, Lia e Dean trancados em um carro juntos seria um desastre.

— Eu sou o Bonito 1. Eu falei primeiro! — disse Michael com alegria.

INSTINTO ASSASSINO 199

— Tudo bem — falei para Lia. — Eu vou com eles.

Por um momento, pensei que Dean protestaria, mas ele apenas disse:

— Estou pronto quando vocês estiverem.

Michael sorriu, primeiro para Dean e depois para mim.

— Eu nasci pronto.

Passamos a viagem até Broken Springs, Virgínia, em um silêncio tenso e desconfortável.

— Tudo bem, já chega — anunciou Michael quando o silêncio passou do limite. — Vou ligar o rádio. Vai haver cantoria. Eu não me oporia a dançar no carro. Mas a próxima pessoa cuja expressão facial se aproximar de "sorumbática" vai levar um soco no nariz. A menos que seja Cassie. Se for Cassie, eu dou um soco no nariz de Dean.

Um som estrangulado veio da direção de Dean. Demorei um segundo para entender que era uma risada. A ameaça era muito a cara de Michael: completamente irreverente, apesar de eu não ter dúvida de que ele iria até o fim com ela.

— Tudo bem — falei —, nada de cara sorumbática, mas nada de rádio também. A gente devia conversar.

Os dois ocupantes do banco da frente pareceram meio alarmados pela sugestão.

— Sobre o caso — esclareci. — Nós devíamos falar sobre o caso. O que nós sabemos sobre essa mulher que vamos encontrar?

— Trina Simms — disse Dean. — De acordo com o registro de visitantes que a agente Sterling me mostrou, ela visitou meu pai com frequência crescente nos últimos três anos. — Ele trincou os dentes. — Há motivo para acreditar que pode haver algo de romântico, ao menos da parte dela.

Não pedi para Dean elaborar qual era o motivo. Michael também não.

— Duvido que ela o conhecesse antes de ele ser preso — continuou Dean, dizendo cada palavra como se não importasse... porque, se ele permitisse, importaria demais. — Ela tem uns quarenta e poucos anos. Provavelmente se convenceu de que ele é inocente ou de que as mulheres que ele matou mereceram morrer.

A verdadeira pergunta não era como Trina Simms tinha justificado o interesse dela por um homem que a maioria das pessoas considerava um monstro. A verdadeira pergunta era se ela era ou não uma assassina. Se sim, ela tinha considerado os assassinatos um gesto romântico? Tinha achado que o pai de Dean teria orgulho dela? Que os aproximaria?

Eu soube por instinto que Daniel Redding não se importava com aquela mulher. Não se importava com pessoas, ponto. Ele era insensível. Desprovido de emoções. O mais perto que ele conseguia chegar de amar era o que ele sentia por Dean, e isso era mais narcisismo do que qualquer outra coisa. Dean merecia ser amado só porque era *dele*.

— Qual é nosso plano? — perguntou Michael. — Vamos simplesmente bater na porta dela?

Dean deu de ombros.

— Você tem alguma ideia melhor?

— Esse show é seu — disse Michael para ele. — Eu sou só o motorista.

— Seria melhor se eu fosse sozinho — concluiu Dean.

Abri a boca para dizer que ele não ia a lugar nenhum sozinho, mas Michael falou primeiro.

— Não vai rolar, bonitão. Existe um motivo pra isso se chamar trabalho em equipe. Além do mais, Cassie tentaria ir atrás de você, eu iria atrás dela e assim por diante... — Michael parou de falar de forma ameaçadora.

— Tudo bem — disse Dean, capitulando. — Nós vamos em grupo. Vou dizer pra ela que vocês são meus amigos.

— Uma enganação inteligente — comentou Michael.

INSTINTO ASSASSINO 201

Passou pela minha cabeça que Michael não tinha aceitado levar Dean até lá por mim, nem por Lia. Apesar de tudo que tinha me contado sobre a história deles, ele tinha feito por Dean.

— Eu que falo com ela — disse Dean. — A ideia é que ela fique tão fixada em mim que não vai conseguir prestar atenção em nenhum de vocês. Se vocês conseguirem ler alguma coisa nela, ótimo. Nós entramos. Nós saímos. Com sorte, vamos estar em casa antes de se darem conta de que saímos.

A princípio, o plano parecia simples, mas *sorte* não era uma palavra que eu teria usado com nenhuma das pessoas naquele carro. Esse pensamento estava na minha cabeça quando Michael passou por uma placa onde se lia: BEM-VINDOS A BROKEN SPRINGS, POPULAÇÃO 4.140.

Capítulo 31

Trina Simms morava em uma casa verde-abacate de apenas um andar. A grama estava alta, mas os canteiros de flores estavam bem-cuidados. Havia um capacho de boas-vindas de cor pastel na varanda. Dean tocou a campainha. Nada aconteceu.

— A campainha está quebrada.

Um rapaz de corte militar contornou a lateral da casa. Tinha cabelo loiro e pele clara e andava como se estivesse com pressa. À primeira vista, eu diria que ele tinha a nossa idade, mas, quando ele chegou mais perto, percebi que era pelo menos alguns anos mais velho. O sotaque dele era parecido com o de Dean, mas mais forte. Ele nos deu um sorriso educado, mais por um costume regional do que uma cortesia.

— Vocês estão vendendo alguma coisa?

O olhar dele percorreu Dean e Michael e parou em mim.

— Não — respondeu Dean, chamando a atenção do homem de volta para ele.

— Estão perdidos? — perguntou o homem.

— Nós estamos procurando Trina Simms. — Os olhos de Michael estavam grudados no homem. Dei um passinho para o lado, para poder olhar melhor o rosto de Michael. Ele seria o primeiro a saber se o sorriso educado estava escondendo outra coisa.

— Quem são vocês? — perguntou o cara loiro.

— Nós somos as pessoas que estão procurando Trina Simms — disse Dean. Não houve nada de agressivo na forma como ele falou, mas o sorriso evaporou do rosto do estranho.

— O que vocês querem com a minha mãe?

Então Trina Simms tinha um filho… um filho que era significativamente mais alto e maior do que Michael e Dean.

— Christopher! — Um grito anasalado cortou o ar.

— É melhor vocês irem — disse o filho de Trina. A voz dele soou baixa, grave e calma, mesmo as palavras dele não sendo. — Minha mãe não gosta de visitas.

Olhei para o capacho de cor pastel. A porta da frente se abriu subitamente, e quase perdi o equilíbrio saindo da frente.

— Christopher, onde está meu… — A mulher que tinha saído pela porta parou. Observou nós três por um momento com os olhos semicerrados. E abriu um sorriso. — Visita! O que vocês estão vendendo?

— Nós não estamos vendendo nada — disse Dean. — Viemos falar com a senhora… supondo que seja Trina Simms.

O sotaque de Dean saiu mais pronunciado do que eu já tinha ouvido. A mulher sorriu para ele, e lembrei do que Daniel Redding tinha dito sobre Dean ser o tipo de criança que as pessoas adoravam assim que viam.

— Eu sou Trina — disse a mulher. — Pelo amor de Deus, Christopher, ajeita essa postura. Você não está vendo que temos visita?

Christopher não se mexeu para se empertigar. Da minha perspectiva, ele não estava curvado para a frente. Voltei minha atenção para a mãe dele. O cabelo dela estava modelado, como se tivesse passado a manhã com bobes. O batom vermelho era a única maquiagem que estava usando.

— É exagero meu esperar que vocês sejam amigos do Christopher? — disse ela para nós. — Ele tem um monte de amigos, mas nunca traz nenhum em casa.

— Não, senhora — respondeu Dean. — Nós acabamos de nos conhecer.

Por "conhecer" Dean quis dizer "avaliar silenciosamente um ao outro".

— Você é bonita. — Demorei um momento para perceber que Trina estava falando comigo. — Olha quanto cabelo.

Meu cabelo era um pouco mais longo e um pouco mais denso do que a média, mas nada que valesse comentar.

— E esses sapatos — continuou Trina —, eles são um escândalo!

Eu estava usando tênis de lona.

— Eu sempre quis uma menina — confessou Trina.

— Vamos convidá-los pra entrar ou não, mãe? — A voz de Christopher estava meio tensa.

— Ah — disse Trina, enrijecendo de leve. — Não sei se devemos.

Se seu filho não tivesse dito nada, você teria nos convidado, pensei. Havia algo na dinâmica entre os dois que me deixou desconfortável.

— Você perguntou por que eles estão aqui? — As mãos de Trina se apoiaram nos quadris. — Três estranhos aparecem na porta da sua mãe e...

— Ele perguntou, mas eu não tive chance de me apresentar ainda — interrompeu Dean. — Meu nome é Dean.

Um brilho de interesse surgiu nos olhos de Trina.

— Dean? — repetiu ela. Ela deu um passo para a frente e me empurrou para o lado. — Dean de quê?

Ele não se moveu, não piscou, não reagiu de forma nenhuma ao escrutínio dela.

— Redding — disse. Ele olhou para Christopher e de volta para Trina. — Acho que você conhece o meu pai.

Capítulo 32

A parte de dentro da casa dos Simms contrastava intensamente com a grama alta na frente. O piso estava imaculadamente limpo. Havia bonecos de porcelana em todas as superfícies disponíveis. Dezenas de fotografias ocupavam as paredes do corredor: Christopher em uma foto de escola atrás da outra, o mesmo olhar solene em cada uma. Só havia uma foto de homem. Olhei melhor e fiquei paralisada. O homem estava sorrindo calorosamente. Havia algumas rugas perto dos cantos dos olhos. Eu o reconheci.

Daniel Redding. Que tipo de mulher gosta de paninhos de crochê e pendura a foto de um assassino em série na parede?

— Você tem os olhos dele. — Trina nos levou até a sala. Ela se sentou de frente para Dean. Ela não tirava os olhos dele, como se estivesse tentando memorizá-lo. Como se estivesse morrendo de fome e ele fosse comida. — Já o resto... Bem, Daniel sempre disse que você tinha muito da sua mãe. — Trina fez uma pausa, os lábios repuxados. — Não posso dizer que a conheci. Ela não passou a infância aqui, sabe. Daniel fez faculdade. Sempre tão inteligente. Ele voltou com ela. E havia você, claro.

— Você conheceu meu pai quando era criança? — perguntou Dean. A voz dele saiu perfeitamente educada. Parecia completamente à vontade.

Aquilo estava doendo nele.

— Não — disse Trina, que repuxou os lábios de novo e deu uma explicação em seguida. — Ele era alguns anos mais novo do que eu... mas uma dama não revela a idade.

— O que você está fazendo aqui?

Christopher lançou a pergunta da porta do quarto, os braços cruzados sobre o peito. O rosto estava tomado de sombras, mas a voz não deixou dúvida quanto aos sentimentos dele sobre aquele acontecimento. Ele não queria Dean na casa dele. Não queria a foto do pai de Dean na parede.

Não que eu o julgasse por isso.

— Dean é bem-vindo aqui — disse Trina rispidamente. — Se as coisas forem bem na apelação, aqui pode vir a ser a casa dele.

— Apelação? — perguntou Dean.

— Apelação do seu pai — respondeu ela pacientemente. — As provas que plantaram.

— As provas que *quem* plantou? O FBI? — perguntou Michael. Trina balançou a mão na direção dele como se estivesse espantando uma mosca.

— Nenhuma daquelas buscas foi legal — disse Trina. — Nenhuma.

— Meu pai matou aquelas mulheres. — Dean fez uma pausa. — Mas você sabe disso, né?

— Seu pai é um homem brilhante — disse Trina. — Todo homem brilhante precisa de válvulas de escape. Não se pode esperar que ele viva como os outros homens. Você sabe disso.

A familiaridade com que Trina falava me embrulhou o estômago. Ela achava que conhecia Dean. Achava que ele a conhecia.

Mas ela matou Emerson Cole? Matou o professor? Era por isso que tínhamos ido lá. Era o que precisávamos saber.

— Deve ser difícil pra um homem como o Daniel — falei. A mão de Dean encontrou a minha. Ele a apertou em sinal de alerta, mas eu já tinha capturado a atenção de Trina. — Ficar enjaulado como um animal, como se ele fosse *menos*, quando na verdade...

INSTINTO ASSASSINO 207

— Ele é *mais* — concluiu Trina.

— Já chega — disse Christopher, atravessando a sala. — Vocês têm que ir.

Ele esticou a mão para o meu cotovelo e me puxou do sofá. Eu tropecei, tentando olhar nos olhos de Christopher, saber o que ele estava pensando, se tinha *pretendido* me segurar com tanta força...

Em um segundo Dean estava do meu lado e, no seguinte, tinha prendido Christopher na parede, o antebraço pressionando o pescoço do filho de Trina. O contraste dos tons de pele era impressionante: Dean bronzeado de sol e Christopher, pálido.

— Christopher! — disse Trina. — Essa jovem é nossa *convidada*. — O peito dela subiu e desceu com agitação. *Não, não agitação*, percebi. Ao ver a expressão nos olhos de Dean, o jeito como ele tinha se movido, ela ficou *empolgada*.

Michael foi até Dean e o tirou de cima da presa. Dean resistiu a Michael por um segundo e ficou imóvel. Michael o soltou e bateu de leve na frente da camiseta de Christopher, como se estivesse tirando o pó das lapelas de um terno, apesar de o garoto estar usando uma camiseta gasta e surrada.

— Se você tocar nela de novo — disse Michael para Christopher em tom casual —, é Dean quem vai ter que tentar me tirar de cima de você.

Michael me falou uma vez que quando ele perdia a cabeça, ele perdia *de verdade*. Eu ouvi por baixo do tom agradável: se Christopher encostasse um dedo em mim, Dean talvez não conseguisse tirar Michael de cima dele.

As mãos de Christopher se fecharam em um punho.

— Vocês não deviam ter vindo aqui. Isso é doentio. Vocês são todos doentes. — Os punhos continuaram ao lado do corpo e, um momento depois, ele saiu da sala e da casa batendo os pés. A porta da frente bateu.

— Infelizmente, Christopher não entende minha relação com o seu pai — confidenciou Trina a Dean. — Ele só tinha nove anos quando o pai dele foi embora e, bem… — Trina suspirou. — Uma mãe solo faz o que pode.

Dean voltou a se sentar ao meu lado. Michael ficou de pé, e percebi que ele estava observando Trina de um ângulo que diminuía as chances de ela reparar na atenção dele.

— Há quanto tempo você e Daniel estão juntos? — perguntei. *Vocês não estão juntos*, pensei. *Ele está te usando*. Com que objetivo eu não tinha certeza.

— Nós estamos saindo há uns três anos — respondeu Trina. Ela pareceu feliz de responder, e claro que esse foi o motivo de eu ter escolhido aquela pergunta. Se ela acreditasse que estávamos de acordo com o relacionamento, a imagenzinha feliz que ela tinha criado na mente seria alimentada. Dean estava *fazendo uma visita*. Aquilo não era um interrogatório. Era uma conversa.

— Você acha que esse caso novo vai afetar a chance dele de conseguir uma apelação? — perguntei.

Trina franziu a testa.

— Que caso novo? — perguntou ela.

Eu não respondi. Trina olhou de mim para Dean.

— Do que ela está falando, Dean? — perguntou ela. — Você sabe que agora é um momento crucial na situação legal do seu pai.

A situação legal dele é que ele é um assassino em série condenado, pensei. Com base nas minhas interações com Briggs e Sterling (e com o próprio Dean), eu tinha quase certeza de que a apelação dele era tão fictícia quanto a crença torta de Trina de que, se o Redding mais velho fosse solto, Daniel e Dean se mudariam para lá.

— É por isso que estou aqui — disse Dean, me olhando de soslaio enquanto seguia minha deixa. — Sabe aquela garota que foi morta na Colonial? E depois o professor que estava escrevendo o livro?

— O FBI tentou falar comigo sobre *isso*. — Trina fungou. — Eles sabem que eu sou o apoio do seu pai. Acham que podem me virar contra ele.

— Mas não podem — falei em tom tranquilizador. — Porque o que vocês têm é real. — Engoli a culpa que senti por brincar com as ilusões daquela mulher. Me obriguei a lembrar que ela sabia o que Daniel Redding era: um assassino. Só não ligava.

— Esse caso não tem nada a ver com Daniel. *Nada.* O FBI adoraria atribuir outra coisa a ele. Largada em um gramado público? — Trina fez um ruído de deboche. — Daniel nunca faria uma coisa tão imprudente, tão descuidada. E pensar que tem outra pessoa por aí... — Ela balançou a cabeça. — Alegando crédito, usando a reputação dele. É um crime, isso, sim.

Assassinato é um *crime*, pensei, mas não falei em voz alta. Nós tínhamos conseguido o que queríamos ali. Trina Simms não estava preocupada em dar continuidade ao trabalho de Daniel Redding; para ela, o imitador era um plagiador, um falsificador. Ela era mulher, obcecada por arrumação e controladora. Nosso UNSUB não era nada disso.

Nosso UNSUB era homem, estava na casa dos vinte anos e era subjugado por outros.

— Nós temos que ir — disse Dean.

Trina estalou a língua e protestou, mas seguimos para a porta.

— Se você não se importar de eu perguntar — falei quando estávamos saindo —, qual é o carro do Christopher?

— É uma picape. — Se Trina achou a pergunta estranha, ela não demonstrou.

— De que cor é a picape? — perguntei.

— É difícil dizer — disse Trina, a voz assumindo o tom que ela tinha usado repetidamente com Christopher. — Ele nunca lava. Mas, na última vez que eu olhei, era preta.

Eu tremi ao pensar no perfil que a agente Sterling tinha nos dado e senti os resquícios do aperto de Christopher no meu braço.

— Obrigada por nos receber — consegui dizer.

Trina esticou a mão e tocou no meu rosto.

— Um amor de garota — disse ela para Dean. — Seu pai aprovaria.

Capítulo 33

— **Aqui.** — Michael jogou a chave para Dean, que a pegou. — Você dirige — disse Michael, indo para o lado do passageiro. — Parece que você está precisando.

Dean apertou a chave, e eu me perguntei qual era o jogo de Michael. Ele nunca deixava ninguém dirigir o carro dele, e Dean era a *última* pessoa para quem ele abriria exceção. Dean devia estar pensando a mesma coisa, mas aceitou a oferta com um movimento de cabeça.

Michael sentou ao meu lado no banco traseiro.

— Então — disse ele quando Dean se afastou da casa —, Christopher Simms: compreensivelmente chateado porque a mãe tem uma queda por assassinos em série ou um psicopata em formação?

— Ele segurou Cassie. — Dean deixou a declaração no ar por um momento. — Poderia ter vindo pra cima de mim. Poderia ter ido pra cima de você. Mas escolheu Cassie.

— E quando você o ameaçou — acrescentei —, ele foi embora.

Vocês não deviam ter vindo aqui. Repensei as palavras de Christopher. *Isso é doentio. Vocês são doentes.*

— O que foi? — perguntou Michael. Por um segundo, achei que ele estivesse falando comigo, mas aí percebi que o comentário era para Dean. O carro não estava se movendo. Nós estávamos parados ao lado de uma placa de pare.

INSTINTO ASSASSINO 211

— Nada — respondeu Dean, mas seus olhos estavam grudados na estrada, e de repente percebi que Michael não tinha deixado Dean dirigir por impulso. Aquela era a cidade onde Dean tinha passado a infância. Era o passado dele, um lugar aonde ele nunca teria escolhido ir se não fosse aquele caso.

— O que tem naquela rua? — perguntei a Dean.

Michael me olhou e balançou a cabeça de leve. Em seguida, se encostou.

— E aí, Dean? Nós vamos voltar pra casa ou vamos pegar um desvio?

Depois de um longo momento, Dean entrou na rua. Vi os dedos dele apertando o volante. Olhei para Michael. Ele deu de ombros, como se não tivesse planejado aquilo. Como se não tivesse visto algo no rosto de Dean a caminho da cidade que o tivesse feito querer deixar Dean dirigir na hora de ir embora.

Fomos parar no asfalto ao lado de uma estrada de terra que serpenteava pelo bosque. Dean desligou o carro e saiu. Vi uma caixa de correspondência. Em algum lugar no meio da floresta, no fim daquela estradinha, havia uma casa.

A antiga casa de Dean.

— Você queria que ele viesse aqui — sussurrei furiosamente para Michael, observando Dean de dentro do carro. — Deu a chave pra ele...

— Eu dei uma escolha — disse Michael, me corrigindo. — Eu já vi Dean com raiva. Já o vi repugnado e afogado em culpa, com medo dele mesmo e do que é capaz de fazer, com medo de *você*. — Michael deixou que eu absorvesse isso por um momento. — Mas, até hoje, eu nunca o tinha visto vulnerável. — Michael fez uma pausa. — Não são as lembranças ruins que destroem uma pessoa assim, Cassie. São as boas.

Nós caímos em um silêncio momentâneo. Do lado de fora, Dean seguiu pela estradinha de terra. Eu o observei e me virei para Michael.

— Você deu a chave pra ele porque ele precisava ir até lá ou porque houve uma época em que ele jogou o *seu* passado na sua cara?

Ir até lá poderia ajudar Dean... mas sem dúvida também o machucaria.

— Você é a perfiladora — respondeu Michael. — Me diz você.

— As duas coisas — falei. *Pseudorrivais. Pseudoirmãos. Pseudo outra coisa.* Michael e Dean tinham um relacionamento complicado, que não tinha nada a ver comigo. Michael tinha planejado aquilo para ajudar Dean *e* para magoá-lo.

— Quer ir atrás dele? — A pergunta de Michael me pegou de surpresa.

— Você é o leitor de emoções — retorqui. — Me diz você.

— Esse é o problema, Colorado — respondeu ele, se inclinando na minha direção. — Você quer que eu te diga o que você sente. Eu quero que você *saiba*.

Lentamente, levei a mão até a maçaneta. Michael se inclinou no banco na minha direção.

— Você ia atrás dele de qualquer jeito — disse ele, os lábios tão perto dos meus que eu achei que a qualquer minuto ele pudesse acabar com a distância. — O que você precisa descobrir é *por quê*.

Eu ainda sentia o hálito de Michael no rosto quando ele se inclinou pela minha frente e abriu a porta do carro.

— Vai. Vou ficar esperando.

Mas, desta vez, ouvi uma coisa escondida na voz dele. Uma coisa que me disse que Michael não esperaria muito tempo.

Alcancei Dean em frente a uma cerquinha. Talvez já tivesse sido branca, mas agora estava suja e gasta pelo tempo. A lateral da casa atrás dela era da mesma cor. Um triciclo amarelo estava caído de lado no jardim, um contraste de cor com tudo ao redor. Segui o olhar de Dean para uma área de grama logo depois da cerca.

— Tiraram o barracão de ferramentas — comentou Dean, como se estivesse falando sobre o clima, e não sobre o local onde o pai dele tinha torturado e matado todas aquelas mulheres.

Olhei para o triciclo no gramado e tentei imaginar as pessoas que tinham comprado o local. As pessoas deviam saber a história. Deviam saber o que já tinha sido enterrado naquele jardim.

Dean saiu andando de novo até a metade da lateral da casa. Ajoelhou-se ao lado da cerca, os dedos procurando alguma coisa.

— Aqui — disse ele. Eu me ajoelhei ao seu lado. Tirei as mãos dele para poder ver. Iniciais. As dele e de outra pessoa.

MR.

— Marie — disse Dean. — O nome da minha mãe era Marie.

A porta da frente da casa se abriu. Uma criança saiu andando na direção do triciclo. A mãe do garotinho ficou na varanda, mas, quando nos viu, semicerrou os olhos.

Adolescentes. Estranhos. Na propriedade dela.

— Melhor a gente ir — disse Dean baixinho.

Nós estávamos na metade da estradinha de terra quando ele falou de novo.

— Nós jogávamos Go Fish. — Ele ficou olhando para a frente enquanto falava, andando no mesmo ritmo regular. — Old Maid, Uno, War... qualquer coisa com cartas.

Nós. Dean e a mãe.

— O que aconteceu com ela? — Essa era uma pergunta que eu nunca tinha feito. Daniel Redding tinha dito para Briggs que a esposa tinha ido embora... mas eu não tinha me tocado do fato de que ela não tinha abandonado só Redding. Ela tinha abandonado Dean também.

— Ela ficou cansada. — Dean andava como um soldado, os olhos voltados para a frente, sem hesitar. — Cansada dele. Cansada de mim. Ele a trouxe pra essa cidadezinha, cortou todo o contato com a família dela. — Ele engoliu em seco. — Um dia, eu voltei pra casa e ela tinha ido embora.

— Você já pensou…

— Que ele pode tê-la matado? — Dean parou e se virou para me olhar. — Eu achava isso. Quando o FBI desenterrou os corpos, fiquei esperando que eles me contassem que ela não tinha ido embora. Que ela ainda estava ali, debaixo da terra. — Ele voltou a andar, mais devagar agora, como se o corpo estivesse pesado de cimento. — E aí a minha assistente social a encontrou. Viva.

— Mas… — Essa palavra fugiu da minha boca antes que eu conseguisse interromper a pergunta na ponta da minha língua. Eu me recusava a dizer o que estava pensando: que, se a mãe de Dean estava viva e sabiam onde ela estava, como Dean tinha ido parar em lares de acolhimento? Por que o diretor tinha alegado que, se não fosse aquele programa, ele não teria para onde ir?

— Ela estava namorando outra pessoa. — Dean arrastou um dos pés na terra. — Eu era filho de Daniel Redding.

Ele parou aí: onze palavras que explicavam uma coisa que eu nem conseguia imaginar.

Você também era filho dela, pensei. Como uma pessoa podia olhar para o próprio filho e dizer "Não, obrigada"? *Go Fish e Old Maid e iniciais entalhadas na cerca*. Percebi naquele momento que Marie Redding era o motivo de Dean ter voltado ali.

Não são as lembranças ruins que destroem uma pessoa assim. São as boas.

— Como ela era? — A pergunta pareceu uma lixa na minha boca, mas, se foi esse o motivo de ele ter ido ali, eu podia ouvir. Eu me forçaria a ouvir.

Dean só respondeu à pergunta quando já tínhamos chegado no carro. Michael estava no banco do motorista. Dean foi para o lado do passageiro. Botou a mão na porta e me olhou.

— Como ela era? — repetiu ele baixinho. E balançou a cabeça. — Nem um pouco parecida com Trina Simms.

Capítulo 34

Quando voltamos, Judd estava sentado na varanda, nos esperando. *Deu ruim.* Passei uns cinco segundos me perguntando se poderíamos alegar ter passado o dia na cidade. Judd levantou a mão e me cortou antes que eu pudesse dizer qualquer coisa.

— Eu sempre acreditei que quando se dá espaço para as crianças e os jovens, eles cometem seus próprios erros. Eles aprendem. — Judd não disse nada por vários segundos. — Aí, uma vez, quando minha filha tinha uns dez anos, ela e a melhor amiga meteram na cabeça que iam fazer uma *expedição científica*.

— Você tem uma filha? — perguntou Michael.

Judd continuou como se ele não tivesse falado nada.

— Scarlett sempre tinha ideias assim. Ela enfiava na cabeça que ia fazer uma coisa e não havia como convencê-la do contrário. E a amiguinha dela... bom, se Scarlett fazia por causa da *ciência*, a amiga era do tipo que gostava de expedições. Do tipo que gostava de escalar pela encosta de um penhasco pra pegar uma *amostra*. Elas quase morreram. — Ele ficou em silêncio de novo. — Às vezes alguns jovens e crianças precisam de ajuda pra aprender.

Judd não ergueu a voz em nenhum momento. Nem pareceu zangado. Mas, de repente, eu tive certeza absoluta de que não queria a "ajuda" de Judd.

— Foi culpa minha. — A voz de Dean foi um complemento perfeito à de Judd, e percebi que alguns dos maneirismos dele eram os mesmos que o mais velho tinha. — Eles só foram comigo pra eu não ir sozinho.

— É mesmo? — perguntou Judd, encarando os três com um daqueles olhares que só alguém com filhos sabia fazer, o que, vindo dos pais, lembrava a você que eles tinham trocado suas fraldas e reconheciam suas merdas mesmo agora.

— Eu precisava fazer isso. — Dean não disse nada além.

Judd cruzou os braços.

— Talvez precisasse — admitiu ele. — Mas eu pensaria em uma desculpa melhor nos próximos cinco segundos, meu filho, porque você vai precisar.

Ouvi o som de saltos no piso. Um instante depois, a agente Sterling apareceu na porta atrás de Judd.

— Pra dentro — rugiu ela. — Agora.

Nós entramos. A ideia de não sermos descobertos já tinha ido por água abaixo. Sterling nos levou para a sala de Briggs. Ela fez um gesto para o sofá.

— Sentem.

Eu me sentei. Dean se sentou. Michael revirou os olhos, mas se sentou no braço do sofá.

— Foi culpa de Dean — anunciou Michael solenemente. — Ele precisava fazer isso.

— Michael! — repreendi.

— Vocês sabem onde Briggs está agora? — A pergunta da agente Sterling não foi a que eu esperava. Minha mente começou a procurar motivos para a localização dele ser relevante para aquela discussão, para o que tínhamos feito. Ele estava nos procurando por aí? Em reunião com o diretor para fazer controle de danos?

— Briggs — disse a agente com a voz tensa — está na delegacia do condado de Warren, em reunião com um homem que acha que tem informações sobre o assassinato de Emerson Cole. É que o filho de um assassino em série fez uma visita à mãe dele esta tarde, e o sr. Simms acredita que o garoto talvez seja violento. — Ela fez uma pausa. — O cavalheiro está com um hematoma no pescoço para reforçar a alegação.

Christopher Simms tinha denunciado Dean para a polícia? Por essa eu não esperava.

— Por sorte — continuou, fazendo as palavras parecerem mais uma acusação do que uma expressão de sorte —, Briggs tinha pedido à polícia local para o comunicarem de qualquer coisa relevante sobre o caso, e por isso foi ele quem recebeu a denúncia. Ele ainda está lá, ouvindo o depoimento. No fim das contas, Christopher Simms tem muita coisa a dizer... sobre Dean, sobre vocês, sobre o relacionamento da mãe dele com Daniel Redding. Ele é uma *fonte* de informações.

— Ele dirige uma picape preta. — Olhei para as minhas mãos, mas não consegui deixar de falar. — Tem conexão com Daniel Redding. A mãe o repreende constantemente. Ele se descontrolou quando eu estava lá e me segurou com força, então temos impulsividade, mas os movimentos e maneirismos dele também são controlados.

— Você empurrou Christopher na parede quando ele segurou Cassie? — perguntou Sterling para Dean. De tudo que eu tinha dito, achava que ela ia se apegar a isso.

Dean deu de ombros sem arrependimento. A agente interpretou isso como um sim.

Sterling se virou para Michael. Eu esperava que ela perguntasse alguma coisa a ele, mas só esticou a mão.

— Chave.

— Espátula — respondeu Michael. Ela semicerrou os olhos para ele. — Nós não estamos dizendo substantivos aleatórios? — perguntou ele maliciosamente.

— Me dá sua chave. Agora.

Michael tirou a chave do bolso e jogou para ela. Ela se voltou para Dean.

— Eu falei para o meu pai que confiava em você — disse ela. — Falei que podia lidar com isso.

As palavras dela cutucaram Dean. Ele reagiu.

— Eu nunca pedi pra você lidar comigo.

Sterling chegou a se encolher ao ouvir.

— Dean… — Ela parecia estar prestes a pedir desculpas, mas se segurou. A expressão em seu rosto ficou mais rígida. — A partir de agora, você não está sozinho — disse ela para Dean rispidamente. Ela indicou Michael. — Vocês dois vão dividir quarto. Se você não estiver com Michael, vai ter que estar com outra pessoa. Agora que se meteu no radar da polícia, se e quando nosso UNSUB atacar de novo, pode ser que você precise de um álibi.

A agente Sterling não poderia ter elaborado punição melhor para Dean. Ele era uma pessoa solitária por natureza e, depois dos eventos do dia, ele ia querer ficar sozinho.

— Vocês estão dispensados. — A voz dela estava seca. Nós três nos levantamos em um instante. — Você não, Cassie. — Sterling me fixou no lugar com o olhar. — Vocês dois — disse para os garotos —, pra fora!

Michael e Dean lançaram um olhar um para o outro, e depois para mim.

— Não vou pedir de novo.

Sterling esperou até a porta se fechar para falar.

— O que você e Dean fizeram na antiga casa dos Redding?

Abri a boca, mas desisti de falar. Não havia *nada* que ela não soubesse?

— Christopher Simms não foi o único que chamou a polícia — disse Sterling. — A polícia local ouve falar de "adolescentes xeretas" na antiga propriedade de Redding meros minutos depois de fazerem uma denúncia sobre Dean, e adivinha o que pensam?

Até eu tinha que admitir que não parecia bom.

— Ele precisava voltar — falei, a voz suave, mas sem falhar. — Só pra ver.

Sterling tensionou a mandíbula, e me perguntei se ela estava pensando no tempo que tinha passado naquela proprieda-

INSTINTO ASSASSINO 219

de, com as mãos e os pés presos dentro de um barracão que não existia mais.

— Dean precisava voltar lá, não tinha a ver com o pai. — Fiz uma pausa para deixar que isso fosse absorvido. — Essa visita não teve nada a ver com Daniel Redding.

Sterling repassou isso na mente.

— Com a mãe dele? — perguntou ela.

Eu não respondi. Não precisei. Depois de outro momento tenso de silêncio, uma pergunta escapou da minha boca.

— Alguém falou com ela? — Tudo que pensei foi que minha mãe tinha muitos defeitos, mas ela nunca teria me *abandonado*. E a mãe de Dean não tinha só ido embora. Tinha tido a chance de recuperá-lo, mas não quis. — Se nosso UNSUB é obcecado por Redding, a mãe de Dean pode ser um alvo — continuei. Havia motivos para falar com Marie que não tinham nada a ver com querer enfiar bom senso nela... ou, no mínimo, fazê-la encarar o que tinha feito.

— Eu falei com ela — disse Sterling secamente. — E ela não é um alvo.

— Mas como você...

— A mãe dele mora em Melbourne — disse Sterling. — Na Austrália, do outro lado do mundo e bem longe do alcance desse assassino. Ela não tinha informações relevantes sobre o caso e pediu que a deixássemos pra lá.

Como ela deixou Dean?

— Ela ao menos perguntou sobre ele? — perguntei.

Sterling repuxou os lábios.

— Não.

Considerando o que eu sabia sobre a agente Sterling e o relacionamento dela com Dean, eu apostava que ela tinha feito a ligação do mesmo jeito que eu faria: odiando Marie pelo que causou, mas meio convencida de que, se ela dissesse a coisa certa ou fizesse a pergunta certa, ela poderia resolver tudo. Sterling nunca quis acreditar que o programa dos Naturais fosse a melhor opção para Dean, mas agora eu praticamente a ouvia pensando: *Se não fosse esse programa, ele não teria para onde ir.*

— Você devia acrescentar Christopher Simms à lista de suspeitos — falei. Como ela não me cortou imediatamente, continuei: — Ele não é uma pessoa pequena, mas não tem o tipo de presença que se esperaria de alguém do tamanho dele. Se mexe devagar, fala devagar, não por não ser inteligente ou por não ter coordenação, mas porque ele é cuidadoso. Inibido. Não tímido, não constrangido, só guarda alguma coisa.

— Cassie… — Ela ia me mandar parar, mas não dei oportunidade.

— Christopher estava do lado de fora quando nos aproximamos da casa. Se eu fosse tentar adivinhar, diria que ele faz todas as tarefas externas. A grama estava alta. Esse talvez seja o jeito dele de atingir a mãe, apesar de fazer o que ela manda em todo o resto. Ele resiste, mas tem idade para sair de casa se quisesse de verdade. — As palavras estavam saindo da minha boca cada vez mais rápido. — A mãe mencionou que ele tem muitos amigos, e não vi nada que me fizesse pensar que ele fosse antissocial ou particularmente incapaz. Então por que ele não sai da casa da mãe? — Eu respondi à minha própria pergunta. — Talvez ache que ela precisa dele. Talvez queira a aprovação dela. Talvez ela use culpa pra que ele fique. Não sei. Mas sei que, quando ele surtou, foi do nada, e ele não foi pra cima de Michael nem de Dean. Ele foi pra cima de mim.

Eu finalmente parei para respirar. Por alguns segundos, Sterling ficou imóvel.

— Você disse que o UNSUB ficava à vontade com armas de fogo, mas menos seguro de si quando o assunto era confrontos não armados. Eu era o alvo fácil naquela sala e foi pra cima de mim que ele veio.

Talvez Christopher tivesse se voltado para mim porque era eu quem estava falando. Talvez estivesse tentando ativamente *não* começar uma briga e achou que eu fosse a única dos três que não reagiria com um soco.

Ou talvez ele fosse o tipo de cara que gostava de se impor a mulheres.

— Havia armas de fogo na casa? — perguntou Sterling. Tive a sensação de que a pergunta escapou. Ela não pretendia fazê-la.

— Eu não vi nenhuma arma.

O celular da agente Sterling tocou e ela levantou a mão, me colocando em modo de espera.

— Sterling — atendeu. O que quer que a pessoa do outro lado da linha teve para dizer, não foi uma notícia boa. Ela parecia uma mola bem apertada, com todos os músculos contraídos. — Você está de brincadeira. Quando? — Ela ficou em silêncio por tempo suficiente para eu pensar que "quando" não era a única pergunta sendo respondida. — Posso pegar a estrada em cinco minutos.

Ela encerrou a ligação abruptamente.

— Más notícias? — perguntei.

— Cadáver.

Essa palavra devia ter sido dita para encerrar a conversa, mas eu tive que perguntar.

— Nosso unsub?

Sterling apertou o telefone.

— É agora em que você me diz pra ficar fora disso? — perguntei.

Ela fechou os olhos e respirou fundo antes de abri-los novamente.

— A vítima é Trina Simms, e os vizinhos ouviram gritos e ligaram para a emergência *enquanto* o filho dela estava na delegacia com Briggs. — Sterling passou a mão pelo cabelo. — Então, sim, é agora que eu digo pra você ficar fora disso.

Quer ela quisesse ou não, tinha ouvido o que eu tinha a dizer sobre Christopher. A ligação de Briggs foi como um balde de água fria na cara dela.

Eu estava errada, pensei. O pouco que captei na minha visita a Broken Springs… nada importava agora. Trina estava morta e Christopher estava com Briggs quando aconteceu.

Ele é só um cara. Um cara com uma picape de cor escura e uma mãe que é uma peça. Que era *uma peça.*

Visualizei Trina, que achou meus sapatos um escândalo, e pensei no fato de que Daniel Redding seria liberto da prisão depois de uma apelação.

— O pai de Dean tem alguma apelação em andamento? — perguntei.

A agente Sterling nem piscou com a mudança de assunto.

— Nenhuma. — Ela andou até a mesa de Briggs e tirou alguma coisa de uma gaveta. Fechou a gaveta e andou até mim. — Coloca o pé no sofá — ordenou ela.

Foi nessa hora que eu lembrei. *Na próxima vez que derem um passo para fora de Quantico sem a minha permissão, vou mandar botar uma tornozeleira eletrônica em vocês.*

— Você não pode estar falando sério — falei.

— Eu pareço estar brincando? — perguntou Sterling. Ela estava igual a Judd quando voltamos para casa. — Eu fiz uma promessa, e eu sempre cumpro as minhas promessas. — Eu não me mexi, e ela se ajoelhou e prendeu a tornozeleira no lugar. — Se você sair do jardim, eu vou saber. Se tentar tirar a tornozeleira, eu vou saber. Se violar a área delimitada nessa tornozeleira, um alarme silencioso vai disparar e enviar uma mensagem de texto direto para o meu telefone e de Briggs. O GPS da tornozeleira vai nos permitir identificar seu paradeiro, e vou te arrastar de volta esperneando e gritando.

Ela se levantou. Eu estava com a boca seca. Não consegui forçar um protesto.

— Você tem bons instintos — disse Sterling. — Tem um bom olho. Um dia, pode vir a ser uma agente muito boa.

A tornozeleira era mais leve do que parecia, mas o peso acrescentado, por menor que fosse, fez meu corpo todo parecer pesado. Saber que eu não podia sair, saber que não podia fazer nada... eu odiei tudo. Me senti inútil, fraca e muito, muito infantilizada.

Sterling se empertigou.

— Mas esse dia, Cassandra, não é hoje.

Você

Você consegue ver os últimos momentos de Trina Simms com perfeição na sua mente. Na verdade, agora que está feito, você não consegue parar de visualizar.

Mãos amarradas. Plástico cortando a pele dos pulsos. Faca. Sangue.

Seu cérebro recria o momento em detalhes intensos e coloridos. A pele dela não é imaculada. Não é lisa. A marca afunda, afunda...

Pele queimando tem o mesmo cheiro, quer seja viçosa ou não, quer seja jovem ou não. Só de pensar na marca afundando você já sente o cheiro. A cada respiração você visualiza...

Uma corda em volta do pescoço dela. Os olhos baços, sem vida.

Trina Simms sempre foi estridente, iludida, exigente. Ela não está mais tão exigente agora.

Capítulo 35

Todas as pistas que tínhamos conseguido do caso tinham ido parar em uma parede de tijolos. Nós tínhamos descoberto que Emerson estava tendo um caso com o professor, e aí ele apareceu morto, como ela. Tínhamos revirado os perfis de rede social dos alunos só para descobrir que todos tinham um álibi. Michael, Dean e eu tínhamos ido falar com Trina Simms. Conseguimos descartá-la como suspeita, mas não tínhamos nos dado conta de que o assassino estava de olho nela.

Se meus instintos são tão bons, eu me perguntei, *por que eu não previ isso? Por que estava tão concentrada em Christopher Simms?*

Supostamente, eu era uma Natural. Supostamente, era boa nisso. *Ah, tá.* Tão boa que não tinha percebido que Locke era uma assassina. Tão boa que, até onde eu sabia, enquanto estava perfilando Christopher e me convencendo das suspeitas, o UNSUB podia estar por perto, só esperando que fôssemos embora.

Nada que fizemos nesse caso tinha sido como deveria ser, e agora eu estava com uma tornozeleira eletrônica. Como uma criminosa.

— No que diz respeito a acessórios, deixa um tanto a desejar. — A reação de Lia ao rastreador no meu tornozelo foi previsivelmente blasé. — Se bem que esse tom exato de plástico preto destaca a cor dos seus olhos.

— Cala a boca.

— Que irritadinha. — Lia balançou um dedo na minha direção. Eu bati na mão dela. — Você precisa admitir que isso é deliciosamente irônico — disse ela, afastando o dedo para se proteger de mim.

Eu não *precisava* admitir nada.

— De todos nós — continuou Lia —, você é quem tem menos chance de ser presa. Na verdade, você talvez seja a única de nós que *não foi* presa. Ainda assim… — Ela indicou meu tornozelo.

— Pode rir — falei. — Você pode ser a próxima. A agente Sterling deve encomendar isso aos montes.

— São dois pesos e duas medidas, você não acha? Os meninos saem escondido e são sentenciados a fazer companhia um ao outro. Você sai escondido e…

— Chega — falei para Lia. — Ficar falando disso não vai mudar nada. Além do mais, esse não é nosso maior problema.

Alguém ainda tinha que contar a Dean o que havia acontecido com Trina Simms.

— Nós fomos ver Trina e agora ela está morta. — Dean resumiu toda a situação em uma única frase.

— Proximidade temporária não implica em causa — disse Sloane, dando um tapinha no ombro dele. Era a versão dela de um reconfortante *vai ficar tudo bem*.

— Essa é a pergunta, né? — interrompeu Michael. Nós cinco estávamos reunidos no quarto em que os garotos estavam agora aparentemente dividindo. Michael se encostou no batente da porta e cruzou um tornozelo na frente do outro.

— Trina já estava na mira do assassino ou nossa visita atiçou o unsub de alguma forma?

Dean pensou na pergunta.

— O assassinato de Emerson foi bem planejado. — Entrar no modo perfilador o impediu de ser arrastado para um lugar sombrio, mas mesmo com Dean tentando se distanciar do que tinha acontecido, ele não parava de chamar Emerson pelo nome. — A apresentação do corpo foi precisa. Com base nas nossas interações com Sterling e Briggs nos últimos dias, estou supondo que eles não têm muitas provas físicas. Estamos atrás de alguém com alto nível de atenção a detalhes, o que sugere que nosso assassino seria metódico na seleção de vítimas.

Fechei os olhos e mandei o emaranhado de pensamentos na minha mente se organizar.

— Se o UNSUB estiver fazendo isso porque se identifica com Daniel Redding — falei, trabalhando pela lógica enquanto falava —, faz sentido que ele procurasse alguém que realmente conhece Redding pra ser a vítima número dois.

— Vítima número três — lembrou Sloane. — Você esqueceu o professor.

Ela tinha razão. Eu deixei o professor de fora porque apesar de Briggs e Sterling não terem dito nada sobre como ele tinha morrido, meus instintos não acreditavam que o UNSUB tivesse torturado o professor como ele tinha feito com as mulheres. As vítimas originais de Daniel Redding foram todas mulheres. Amarrar mulheres, marcá-las... Tinha a ver com propriedade. Um UNSUB que se identificava com o método e a brutalidade desse *modus operandi* em particular não teria prazer com a morte de um homem mais velho da mesma forma. As mulheres eram o evento principal; Fogle só estava atrapalhando.

Algumas coisas você faz porque você quer, pensei, *e outras coisas você faz porque* precisa.

Dean não disse nada sobre minha omissão do professor da lista de vítimas. Ele tinha uma visão própria alheia ao que o cercava.

— Emerson tinha vinte anos, era loira, simpática e os colegas de faculdade gostavam dela. Trina tinha quarenta e tantos anos, era morena, neurótica e, com base na reação dela ao receber visita, não tinha uma vida muito social, exceto por duas pessoas: meu pai e o filho dela.

A maioria dos assassinos tinha um tipo. O que Trina Simms e Emerson Cole tinham em comum?

— Emerson era jovem. Bonita. — A voz de Dean assumiu um tom estranho. — Estava dormindo com um homem que se considerava especialista em Daniel Redding. Talvez tenha sido por isso que eu a escolhi.

Quando eu perfilava um UNSUB, usava a palavra *você*. Quando Dean perfilava assassinos, ele dizia *eu*.

— Ou talvez — disse Dean, as pálpebras pesadas, os olhos quase fechados — eu tenha escolhido uma garota que não quis dormir comigo, depois uma que *estava* dormindo com o homem que eu estou emulando. — A voz de Dean soou bizarramente reflexiva. Eu o sentia afundando cada vez mais nas possibilidades. — Se Redding não estivesse na prisão, ele teria matado Trina Simms ele mesmo. Ele a teria cortado e enforcado e rido cada vez que ela gritasse.

Dean abriu os olhos. Por alguns segundos, não tive certeza se ele estava nos vendo. Eu não tinha ideia do que ele estava pensando, mas sabia que algo tinha mudado: o clima no ambiente, a expressão no rosto dele.

— Dean? — falei.

Ele pegou o celular.

— Pra quem você vai ligar? — perguntou Lia.

Dean mal ergueu os olhos.

— Briggs.

Quando Briggs atendeu, Dean estava andando de um lado para o outro.

— Sou eu — disse ele. Briggs começou a dizer alguma coisa, mas Dean o cortou. — Eu sei que você está em uma cena de crime. É por isso que estou ligando. Preciso que você procure uma coisa. Não sei bem o que exatamente. — Ele se sentou. Era o único jeito de parar de andar de um lado para o outro. — Grita comigo depois, Briggs. Agora, eu preciso saber se tem qualquer outra coisa além de paninhos de crochê e bonequinhos de porcelana nas mesinhas de canto ou na mesa de centro da casa dos Simms. — Dean apoiou os antebraços nos joelhos e apertou a cabeça entre os braços. — *Só olha e me diz o que você vê.*

O silêncio se espalhou pelo ambiente por um minuto, talvez mais. Lia me lançou um olhar interrogativo, mas balancei a cabeça. Eu estava tão perdida sobre o que estava acontecendo quanto ela. Em um segundo, ele estava perfilando nosso UNSUB e, no seguinte, estava no telefone, gritando ordens.

— Nada? — disse Dean. Ele expirou e se sentou mais ereto.

— Nada de cards de beisebol, carrinhos Matchbox nem iscas de pesca. — Dean pareceu estar tentando convencer a si mesmo, mais do que qualquer outra coisa. — Nada de livros. Nada de jogos. — Ele assentiu em resposta a alguma pergunta que o resto de nós não conseguiu ouvir e pareceu perceber que Briggs não conseguiria ver o movimento de cabeça. — Não. Eu estou bem. Só pensei uma coisa. Não é nada. Tenho certeza de que não é nada. — Eu conseguia vê-lo tentando parar aí, tentando não dizer mais nada. Mas fracassou. — Você pode olhar nos bolsos dela?

Outro longo silêncio. Mas, desta vez, vi o exato momento em que Briggs respondeu. O corpo de Dean ficou tenso. Não havia mais energia nervosa. Não havia mais perguntas.

— Olha, isso não é bom — murmurou Michael ao meu lado.

— Nós temos um problema. — A voz de Dean soou rígida, a postura a mesma. — Eu não acho que nosso UNSUB seja um imitador. — Ele fez uma pausa e se obrigou a dar uma explicação. — Eu acho que meu pai tem um parceiro.

Capítulo 36

Briggs e Sterling chegaram à casa tarde naquela noite. Nenhum de nós estava dormindo. Tínhamos nos reunido na cozinha, primeiro para comer e depois para esperar. Por volta da meia-noite, Judd tinha nos mandado ir para a cama, mas acabou preparando um bule de café. Quando os agentes Briggs e Sterling abriram a porta da cozinha e nos viram aglomerados em volta da mesa, Sloane estava começando a se acalmar. O resto de nós estava em silêncio... como tínhamos ficado na maior parte da noite.

— O conteúdo dos bolsos de Trina Simms. — Briggs jogou um saco plástico transparente na mesa na nossa frente. Dentro do saco havia uma única carta de baralho: o rei de espadas.

— Eu queria estar errado. — Isso foi tudo que Dean disse de primeira. Ele arrastou o saco de provas até a beira da mesa, mas não o pegou. — Eu devia estar errado.

— O que botou a ideia na sua cabeça? — A agente Sterling estava com voz rouca. Eu me perguntei se ela e Briggs tinham passado a noite gritando ordens para outras pessoas ou se descobrir que o homem que a tinha sequestrado e torturado agora tinha um parceiro em liberdade tinha sido um baque grande.

— Eu estava perfilando nosso UNSUB. — Dean não estava rouco. Ele falou em um tom lento e firme, os dedos brincando com a borda da carta pelo plástico. — Achei que nosso sujeito podia ter mirado em Trina Simms porque, se meu pai não estives-

INSTINTO ASSASSINO 231

se na prisão, ele mesmo a teria matado. Fazia sentido o UNSUB acreditar que matar Trina era um passo na direção de se tornar meu pai. Mas aí — Dean afastou a mão da carta — eu pensei no fato de que nós tínhamos ido vê-la, Cassie, Michael e eu.

Eu não sabia por que isso fazia diferença, por que nossa visita tinha levado Dean de pensar que era uma imitação a pensar que o pai dele estava envolvido, mas ele explicou para nós, com termos brutais e inflexíveis.

— Eu a conheci. Não gostei dela. Ela morreu.

Como Gloria, a mulher que Daniel Redding tinha apresentado ao filho ainda criança. *Eu falei que não queria uma nova mãe. E ele olhou para Gloria e disse: "Que pena".*

— Eu queria que fosse coincidência — continuou Dean. As mãos dele se fecharam no colo, as unhas afundando nas palmas das mãos. — Mas aí pensei no fato de que quando eu estava na sala de interrogatório com meu pai, ele sabia onde procurar o professor. — Dean deu de ombros. — Isso fez sentido. O professor tinha entrevistado ele várias vezes. Estava escrevendo um livro. Claro que podia ter mencionado o chalé onde escrevia. — Dean se virou para dirigir as palavras seguintes ao agente Briggs. — A gente devia ter percebido.

Lia seguiu a linha de pensamento de Dean.

— Ele te contou a verdade sobre a localização do professor, mas não toda a verdade. É isso que ele faz. Ele trabalha com tecnicalidades e meias verdades e, ao que parece, mentirinhas menores.

Dean não se virou para olhar para Lia, mas, por baixo da mesa, vi a mão dele encontrar brevemente a dela. Ela segurou a dele e apertou com tanta força que eu não sabia se soltaria.

— Eu sempre soube que ele estava mexendo com a nossa cabeça — disse Dean. — Sabia que ele estava nos manipulando, mas devia pelo menos ter considerado a possiblidade de que ele estava manipulando nosso UNSUB também. As pessoas não passam de marionetes pra ele, atores no seu palco.

— Você falou pra Briggs olhar no bolso da vítima. — Tentei fazer Dean se concentrar em coisas específicas. Falar sobre detalhes concretos era a única coisa em que eu conseguia pensar para ajudá-lo a manter a imagem do todo distante. — Como você sabia que haveria alguma coisa lá?

— Eu não sabia. — Dean ergueu os olhos para os meus. — Mas sabia que, se meu pai estivesse envolvido, se Trina tivesse morrido porque eu fui vê-la, ele ia querer que eu soubesse.

Ele ia querer mandar uma mensagem. De que Dean era *dele*. De que Dean sempre tinha sido *dele*. Ele não era da mãe. Não pertencia ao FBI. Não pertencia nem a si mesmo. Essa era a mensagem que Daniel Redding tinha enviado ao filho só com uma cartinha de baralho.

— Não é só pra você, Dean. — A agente Sterling tinha ficado calada o tempo todo. — É pra nós também, Briggs e eu. Ele quer que a gente saiba que estamos jogando o jogo dele. — Ela repuxou os lábios, algo entre uma careta e um sorriso duro. — Quer que a gente saiba que ele está ganhando.

Ela apertou os lábios e, depois, mostrou os dentes.

— A gente devia ter percebido. — As palavras que a agente Sterling estava segurando durante toda a conversa saíram. — *Eu* devia ter percebido. O primeiro assassinato mostrou todas as marcas de um assassino organizado: o planejamento, a falta de provas físicas, os suprimentos que o UNSUB levou para a cena. Mas havia coisas que não encaixavam. O uso da antena do carro para estrangular a garota. O fato de que o UNSUB tinha atacado por trás. Largar o corpo em um local público. Isso é impulsividade, é desvio de um plano e mostra sinais de autoconfiança. — Sterling inspirou e expirou devagar, tentando acalmar a irritação. — Organizado. Desorganizado. Quando uma cena de crime tem marcas das duas coisas, ou estamos lidando com um UNSUB inexperiente que está refinando a técnica... ou estamos lidando com dois UNSUBs.

Dean soltou o ar também.

— Um dominante, que faz os planos, e um subordinado, que ajuda a executar.

A agente Sterling tinha determinado a idade do UNSUB como sendo entre 23 e 28 anos, mas ela tinha chegado àqueles números com base na suposição de que o UNSUB estava agindo sozinho. Colocar Redding na equação mudava as coisas. Ainda era uma aposta segura que nosso UNSUB idolatrava Redding, que desejava poder, autoridade e controle. A falta de uma figura paterna nos anos de adolescência do UNSUB ainda devia ser certa. Mas se era esse o papel que Redding desempenhava para o UNSUB, o que o pai de Dean estava querendo tirar daquilo?

A mesma coisa que Locke queria de mim.

De repente, eu estava de novo na casa segura. Dean estava caído no chão, inconsciente. Michael tinha levado um tiro. E Locke queria de uma forma desesperada, louca, que eu pegasse a faca. Ela queria que eu fosse como ela. Queria que eu fosse *dela*. Pelo menos, ela me via como uma pessoa. Para Daniel Redding, Dean era um objeto. Uma criação maravilhosa, puramente dele, de corpo e alma.

Talvez Redding estivesse querendo recriar aquilo com nosso UNSUB. Ou talvez aquele caso todo fosse apenas um jeito de lembrar ao filho afastado quem estava no comando, de forçar Dean a ir vê-lo cara a cara.

— Nós devíamos ajustar a idade mínima do nosso UNSUB — falei com calma, como sempre fazia quando aquela parte do meu cérebro assumia o controle, convertendo até as situações mais horripilantes e pessoais em um enigma a ser decifrado. — Pra dezessete.

Não expliquei meu raciocínio, mas vi o segundo em que o significado dessas palavras ficou claro para Dean. *Ele* tinha dezessete anos.

Briggs me encarou por alguns segundos.

— No que você está pensando?

Ele poderia ter me dito que esse não era o *nosso* UNSUB. Mas não fez isso. Esperei que a agente Sterling protestasse. Ela não protestou.

Esse era um ponto de virada. Nós não estávamos lidando com um imitador. Estávamos lidando com o homem que tinha mantido a agente Sterling presa e a torturado. Redding estava fazendo jogos mentais com ela por trás das grades.

Estava jogando com Dean.

Não fiquei pensando nisso, nem pensei em como a agente Sterling se sentiria sobre aquilo tudo dali a um dia, uma semana, um mês. Eu me voltei para o agente Briggs e respondi à pergunta dele.

— Nosso UNSUB e Redding não são parceiros — falei. — Homens como Daniel Redding não têm *parceiros*. Não acham que existe alguém que se *iguale* a eles. — Eu procurei a palavra certa. — A pessoa que estamos procurando não é um parceiro — falei, por fim. — É um aprendiz.

Capítulo 37

Na manhã seguinte, o agente Briggs levou um DVD para Lia.

— Gravações de todos os encontros que tivemos com Redding desde que esse caso começou — disse ele. — São todas suas.

Lia pegou o DVD antes que Briggs pudesse repensar na oferta. Ao lado dele, Sterling pigarreou.

— Você não precisa fazer isso — disse ela. — O diretor aprovou seu envolvimento no caso, mas você pode dizer não.

— Você não quer que a gente faça. — Michael observou a forma como ela estava de pé, a expressão no rosto dela. — Você odeia estar pedindo, mas espera de coração que a gente diga sim.

— Estou dentro. — Lia interrompeu Michael antes que ele pudesse ler mais a agente. — Cassie e Sloane também estão.

Sloane e eu não a contradissemos.

— Eu não tenho nada melhor pra fazer — observou Michael. O tom dele foi casual, mas os olhos estavam cintilando com a mesma emoção que eu tinha visto quando ele tirou Dean de cima de Christopher Simms. Ninguém fazia joguinhos com as poucas pessoas no mundo de quem ele gostava.

— Lia, Michael e Cassie, vocês vão pra sala de mídia, pra passar o pente fino nessas entrevistas. — Briggs deu as ordens de forma breve e eficiente. — Redding acha que tem vantagem aqui. Isso muda *hoje*.

A agente Sterling concentrou a atenção em Dean.

— Se você topar — disse ela, a voz mais baixa do que quando falou com o resto de nós —, Briggs vai ver seu pai.

Dean não disse nada. Só colocou um casaco leve sobre a camiseta branca surrada e foi na direção da porta.

Sterling se virou para Briggs.

— Acho que isso significa que ele topa.

Pedir a Dean para fazer aquilo devia fazer mal a ela, mas não fazer nada ou fazer qualquer coisa que fosse menos do que *tudo que ela pudesse* para botar fim naquilo teria a feito sentir ainda pior. Sterling não estava maquiada. A blusa não estava para dentro da calça. Havia uma energia nela, uma determinação pura que me disse que eu estava olhando para a Veronica Sterling que Dean tinha conhecido.

A que fazia a agente Sterling se lembrar de mim.

— Tudo bem por aqui? — perguntou Briggs a ela.

— Você me conhece. — Sterling sorriu, sem dentes à mostra. — Eu sempre caio de pé.

Briggs a observou por um momento e seguiu Dean até a porta.

— E eu? — disse Sloane para ele.

Foi a agente Sterling quem respondeu.

— O quanto você é boa em geografia?

Sloane desapareceu no porão com uns mapas para trabalhar no perfil geográfico do parceiro de Redding. O resto de nós se isolou na sala de mídia. Michael e eu nos sentamos em extremidades opostas do sofá. Lia colocou no aparelho o DVD que Briggs tinha dado a ela e se sentou entre nós, uma perna dobrada até o peito e a outra esticada. A agente Sterling ficou na porta e nos viu assistir ao DVD quando começou a passar.

Daniel Redding estava sentado de um lado de uma mesa comprida. As mãos estavam algemadas e acorrentadas à mesa, mas, pela postura, parecia que ele estava em uma entrevista de emprego. Uma porta à esquerda se abriu e o agente Briggs entrou, carregando uma pasta fina de arquivo. Ele se sentou em frente a Redding.

— Agente Briggs. — Havia algo de musical na voz do monstro, mas eram os olhos dele que chamavam atenção: escuros, profundos, com suaves rugas nos cantos. — A que devo esse prazer inestimável?

— Nós precisamos conversar. — Briggs estava todo profissional. Ele não apressou as palavras. Não as arrastou. — Eu soube que você anda recebendo uma quantidade incomum de correspondência ultimamente.

Redding sorriu. A expressão pareceu modesta, quase infantil.

— Eu sou um homem incomum.

— A prisão monitora e cataloga suas cartas, mas não guarda cópias.

— É um descuido da parte deles — opinou Redding. As mãos dele estavam cruzadas sobre a mesa. Ele se inclinou para a frente, só um pouco. — Nunca é demais ter cuidado com os... *registros*.

Algo na forma como ele disse *registros* me fez pensar que ele estava pensando em outra coisa... algo com a intenção de irritar o agente Briggs.

Redding tinha registro das mulheres que ele tinha matado?

Briggs não mordeu a isca.

— Você recebeu alguma carta que classificaria como de fã? — perguntou ele, a voz assumindo um leve tom de deboche, como se Daniel Redding fosse membro de uma *boy band* esquecida e não um predador inquieto trancado em uma jaula.

— Ora, agente Briggs, acho que você precisa de alguma coisa. — Redding fingiu surpresa, mas a vibração de prazer no tom dele era real. — Por que um homem como você estaria interessado nas cartas recebidas por um homem como eu? Por que você ia querer saber que mulheres me escrevem pra dizer que *me amam*, que todos os dias o meu legado vive, que as ovelhas solitárias, de coração partido e deliciosa e sombriamente perdidas deste mundo derramam a alma com tinta no papel, suplicando, me chamando na direção delas, de tão desesperadas que estão por um pastor.

A voz de Redding estava sedosa, a mensagem das palavras era impossível de ignorar.

— Por que estou fazendo essas perguntas não importa. O importante é que eu posso tornar sua vida significativamente menos agradável se você não as responder. O que você acharia de uma transferência? Sei de algumas instituições federais que são *ótimas* nesta época do ano.

— Ora, ora, agente Briggs. Não há necessidade de recorrer a ameaças. Acho que nós dois sabemos que à menor oportunidade você me jogaria no buraco mais fundo e escuro que pudesse encontrar. O fato de ainda não ter feito isso significa que você não pode. — Redding se inclinou para a frente, os olhos nos de Briggs. — Eu me pergunto... você se cansa das coisas que não consegue fazer? Você não consegue pegar todos os assassinos. — A voz de Redding assumiu um tom enfadonho, mas a expressão me lembrava a de um falcão de olhar aguçado e impiedoso, concentrado em uma única coisa. — Não consegue manter uma esposa. Não consegue evitar de voltar aqui. Não consegue me tirar da cabeça.

— Eu não vim fazer joguinhos com você, Redding. Se você não puder me dar alguma coisa, eu não tenho motivo pra ficar. — Briggs se inclinou para a frente. — Talvez você preferisse que eu fosse embora — disse, a voz grave e sedosa como a de Redding.

— Vá em frente — respondeu Redding. — Vá embora. Acho que nós dois sabemos que você não faz meu tipo. Agora, a deleitável agente Sterling, por outro lado...

Um músculo no pescoço de Briggs se contraiu visivelmente, mas ele não reagiu. Só tirou uma foto da pasta e a colocou na mesa. Empurrou a foto para a frente, deixando-a fora do alcance de Redding.

— Bem — disse Redding, vidrado —, essa é uma virada interessante nos eventos.

Ele estendeu a mão para pegar a foto, e Briggs a puxou de volta. Colocou-a novamente na pasta e se levantou. Levei um momento para entender o que tinha acontecido. Aquela entrevista tinha sido feita logo depois que a primeira vítima tinha aparecido morta. Eu estava pronta para apostar uma boa quantia que Briggs tinha mostrado a Redding uma fotografia do corpo de Emerson.

Vi nos olhos do assassino que ele não conseguiria amansar o desejo de vê-la de novo.

— Dizem que imitação é a forma mais sincera de lisonja. — O olhar de Redding não estava mais no rosto de Briggs. Estava na pasta. — Onde ela foi encontrada?

Briggs não se apressou para responder, mas acabou dando a resposta só o suficiente para atiçar o apetite de Redding por mais.

— Universidade Colonial. No gramado do reitor.

Redding deu uma risada debochada.

— Exibido — disse ele. — Descuidado.

Os olhos dele ainda estavam fixos na pasta. Ele queria ver a foto. Queria estudá-la.

— Me conta o que eu quero saber — disse Briggs com tom firme —, e eu te conto o que você quer saber.

Briggs estava contando com o narcisismo de Redding. Ele supôs que o homem ia querer saber tudo que pudesse sobre o imitador. O que Briggs não sabia, mas nós sabíamos agora, era que Redding não estava fazendo a crítica do trabalho de um imitador. Não estava olhando para ver sua fama refletida no corpo daquela garota.

Ele era um professor avaliando o desempenho de um aluno talentoso.

— Eu não estou interessado em nada que você tenha a dizer. — Redding conseguiu afastar o olhar da pasta. Encostou-se na cadeira de metal até onde podia com os pulsos acorrentados à mesa. — Mas é possível que eu tenha algumas informações que possam ser relevantes pra você.

— Prove. — Briggs lançou o desafio... mas não deu em nada.

— Eu quero falar com meu filho — disse o assassino secamente. — Você o manteve longe de mim por cinco anos. Que motivo eu poderia ter pra te ajudar?

— Decência humana básica? — sugeriu Briggs secamente. — Se houvesse algo de humano ou decente em você, talvez seu filho fosse querer te ver.

— "Duvide que as estrelas sejam fogo" — respondeu Redding em tom cantarolado. — "Duvide que o sol se mova. Duvide que a verdade seja mentirosa..."

Briggs concluiu a citação por ele.

— "Mas nunca duvide que eu amo." Shakespeare. — Ele se levantou, recolheu as coisas, encerrando a conversa. — Você não é capaz de amar ninguém além de si mesmo.

— E você não é capaz de deixar isso pra lá. — Redding sorriu de novo, igualmente sereno e arrogante. — Você quer que eu fale? Vou falar. Vou te contar quem está me escrevendo e quem tem sido um menino muito, muito travesso. Vou te dar tudo que você quer saber... mas a única pessoa com quem vou falar é Dean.

A tela ficou preta. Redding e Briggs sumiram, substituídos um momento depois por uma cena sinistramente similar, só que, desta vez, era Dean sentado em frente ao pai, e Briggs ao lado de Dean.

— Dean. — Redding se deleitou com a palavra. — Você me trouxe um presente, agente Briggs — disse, sem tirar os olhos do filho. — Um dia, vou retribuir o favor.

Dean olhou para um ponto acima do ombro do pai.

— Você me queria aqui. Eu estou aqui. Agora, fale.

Redding fez o que ele pediu.

— Você é parecido com a sua mãe — disse ele, se inebriando com as feições de Dean como um homem morrendo no deserto. — Exceto pelos olhos. Esses são meus.

O jeito como Redding disse a palavra *meus* embrulhou meu estômago.

— Eu não vim aqui pra falar da minha mãe.

— Se ela estivesse aqui, mandaria você cortar esse cabelo. Se sentar direito. Sorrir de vez em quando.

O cabelo de Dean caiu na cara, e os olhos, escondidos, estavam semicerrados.

— Eu não tenho muito motivo pra sorrir.

— Não me diga que você já perdeu o gosto pela vida, Dean. O garoto que eu conhecia tinha tanto *potencial*.

Um músculo na mandíbula de Dean tensionou. Ele e Redding estavam se encarando. Depois de um minuto de silêncio, Dean cerrou mais ainda os olhos e disse:

— Me conta sobre as cartas.

Era aí que eu e a agente Sterling tínhamos chegado e começado a assistir. Foi mais difícil na segunda vez: Dean tentando fazer o pai entregar uma migalha de informação, Daniel Redding lutando com ele verbalmente, levando o assunto de volta a Dean repetidamente.

— Eu quero saber sobre você, Dean. O que essas mãos têm feito nos últimos cinco anos? Que coisas esses olhos viram?

Você sabia que Briggs o procuraria assim que o primeiro corpo aparecesse. Sabia que Dean iria se você se recusasse a falar com outra pessoa. Você planejou isso, passo a passo.

— Eu não sei o que você quer que eu diga. — Na tela, a voz de Dean estava ficando mais alta, mais intensa. — Não há nada a conversar. É isso que você quer ouvir? Que essas mãos, esses olhos… não são *nada*?

— São tudo. — Desta vez, vi uma intensidade maníaca nos olhos de Redding. Ele olhava para Dean e a única coisa que via era a si mesmo: um deus, não sujeito às leis do homem, acima

242 JENNIFER LYNN BARNES

de coisas como empatia e culpa. Pensei na carta que Briggs tinha encontrado no bolso de Trina, o rei de espadas.

Redding queria a imortalidade. Queria poder. Mas, mais do que tudo, ele queria um herdeiro.

Por que agora?, pensei. *Por que ele está fazendo isso tudo agora?* Ele tinha ficado naquela prisão por cinco anos. Tinha levado tanto tempo para encontrar alguém para fazer o que ele queria do lado de fora ou tinha acontecido alguma coisa que o levou a fazer aquilo?

Na tela, o pai de Dean tinha acabado de perguntar se havia uma garota. Dean negou. Redding o chamou de "filho" e Dean disse as cinco palavras que fizeram o homem reagir.

— Eu não sou seu filho.

Mesmo sabendo o que estava por vir, a disparada súbita de violência me pegou desprevenida. Os punhos de Redding estavam enfiados na camisa de Dean. O prisioneiro o puxou para perto e disse a Dean que ele era e sempre seria filho de seu pai.

— Você sabe. Você teme.

Desta vez, vi o instante em que Dean chegou ao limite, o momento em que a raiva que Michael tinha me dito que estava sempre presente sob a superfície borbulhou e transbordou. O rosto de Dean parecia pedra, mas havia algo selvagem em seus olhos quando ele agarrou o pai e o puxou por cima da mesa até onde as correntes do prisioneiro permitiram.

Desta vez, quando Briggs separou a briga, eu vi o sorriso de Redding. Ele tinha conseguido o que queria. Um sinal de violência. Um gostinho do *potencial* de Dean.

Meus olhos estavam grudados na tela. Aquela tinha sido a última coisa que eu tinha visto. Briggs esperou um momento para ter certeza de que Dean tinha terminado antes de recuar... mas reparei desta vez que ele não se sentou, se posicionou logo atrás de Dean.

— Onde fica o chalé do professor? — perguntou Briggs.

O pai de Dean sorriu.

INSTINTO ASSASSINO 243

— Catoctin — disse ele. — Não sei nada mais específico do que isso.

Dean fez mais duas ou três perguntas, mas seu pai não tinha mais nada de útil para dizer.

— Acabamos aqui — disse Briggs. Dean se levantou. O pai dele continuou sentado, perfeitamente relaxado. Briggs colocou a mão no ombro de Dean e começou a guiá-lo para fora da sala.

— Você já contou a Briggs o que exatamente fez com a esposa dele, Dean? — Daniel Redding não ergueu a voz, mas a pergunta pareceu sugar todo o oxigênio da sala. — Ou ele ainda acha que fui eu quem passei a faca lentamente pelos ombros e coxas dela, que fui eu quem fiz a marca na pele dela?

Briggs apertou mais o ombro de Dean. Se antes o estava guiando para a porta, agora ele o estava empurrando; qualquer coisa para tirar Dean dali. Mas de repente os pés de Dean ficaram grudados no chão.

Vai, falei silenciosamente para Dean. *Só vai.*

Mas ele não foi.

Redding se deleitou com o momento.

— Conta para o seu amigo agente o que você fez, Dean. Conta que foi ao celeiro onde eu estava com Veronica Sterling presa pelas mãos e pelos pés. Conta que quando eu fui cortá-la… que você pegou a faca da minha mão não pra salvá-la, mas pra você mesmo fazer. Conta que você a fez sangrar. Conta que ela gritou quando você queimou um *R* na pele dela. Conta que você me pediu por ela. — Redding fechou os olhos e inclinou a cabeça na direção do teto, como um homem oferecendo agradecimento aos deuses. — Conta que ela foi sua primeira.

Primeira vítima. Para Redding, essa era a única *primeira* que importava, por mais que ele pudesse inserir insinuação na palavra.

Briggs abriu a porta com força.

— Guarda!

Um guarda, o que tinha dado a mim e à agente Sterling um lugar na primeira fila para a primeira metade daquele show, apareceu, a repulsa incontida no rosto. Ele foi prender Redding.

— Mesmo que você encontre o professor no chalé — gritou o pai de Dean para ele, a voz ecoando, cercada de paredes de metal —, não vai achar o que está procurando. As cartas mais interessantes que eu recebi, as que mostram uma *atenção a detalhes* um tanto impressionante... essas cartas não vieram do professor. Vieram de um dos alunos dele.

Capítulo 38

A sala ficou em silêncio. Lia pausou o DVD. Eu me levantei e andei até a porta, de costas para Michael e Lia. Na porta, a agente Sterling me encarou calmamente. Não comentou sobre o conteúdo das entrevistas.

Dean te marcou mesmo?, perguntei silenciosamente. *Dean, o nosso Dean, te torturou mesmo?*

Ela não tinha respostas para mim.

— Peguei só uma mentira no que Redding falou.

Eu me virei para Lia, torcendo para ela me dizer o que eu queria ouvir: que Redding tinha mentido sobre Dean.

— Quando ele disse a Briggs que não estava interessado em nada que ele tivesse pra dizer, não foi verdade. Ele queria saber tudo sobre o assassinato de Emerson Cole. Estava sedento por mais informações, o que significa que não as tinha ainda. Seja quem for o protegido dele, nosso UNSUB não registrou exatamente os detalhes e mandou para o querido mestre.

— Só isso? — perguntei a Lia. — Todo o resto que ele disse era verdade?

Lia olhou para o chão.

— Tudo.

— Isso significa que ele recebeu cartas impressionantes de um aluno da turma de Fogle — falei. — Pra um homem como Redding, "atenção a detalhes" deve querer dizer descrições bem explícitas de violência.

— Por outro lado — declarou Michael —, todos os alunos da turma têm um álibi.

— Desorientação. — Lia disse a palavra com leveza, mas ouvi a mordacidade escondida no tom de voz. — Dá pra enganar pessoas sem mentir. Mentirosos são como mágicos: enquanto você olha pra assistente bonita, eles estão tirando o coelho de uma manga.

Ver aquelas entrevistas, especificamente a com Dean, tinha sido quase fisicamente doloroso. Eu me recusava a acreditar que não tínhamos descoberto nada sobre o caso.

— Então vamos supor que tudo sobre as cartas e o professor eram a assistente bonita — falei. — O que sobra? O que descobrimos? — *Fora o fato de que Redding alega que foi Dean quem torturou a agente Sterling.*

— As emoções de Daniel Redding são inertes. — Michael balançou as pernas na lateral do sofá e percebi que, como eu, ele estava evitando o elefante branco. — Ele não sente medo nunca. Consegue sentir prazer, mas não felicidade. Nem arrependimento. Nem remorso. Na maior parte do tempo, a expressão dele é dominada por emoções mais cerebrais: satisfação consigo mesmo, curiosidade, diversão, um desejo de girar a faca. É calculista, controlado, e a única coisa que arranca emoção de verdade dele é Dean.

Todas as minhas impressões do pai de Dean tinham sido confirmadas. Redding era possessivo. Tinha surtado todas as vezes que o filho negou a relação deles. Tinha feito tudo que podia para fazer Dean pensar que eles eram iguais, para separá-lo de todo mundo, começando com o agente Briggs.

— Briggs sabia? — perguntei. — Sobre... o que Redding disse no final? Sobre Dean?

Não consegui falar mais do que isso.

— Ele sabia. — A agente Sterling falou pela primeira vez desde que tínhamos começado a ver os vídeos. Sem explicar melhor, ela foi até Lia, pegou o controle remoto e apertou o play. Uma terceira entrevista começou um momento depois.

Um guarda, um que eu ainda não tinha visto, levou Sterling até a sala. Em vez de se sentar em frente a Redding, ela ficou de pé.

— Veronica Sterling. — O pai de Dean disse como se estivesse conjurando um tipo de encantamento. — Preciso dizer que estou surpreso por seu querido marido... perdão, *ex*-marido, ter permitido que você ficasse numa salinha fechada com o diabo encarnado.

Sterling deu de ombros.

— Você é só um homem. Um cara patético vivendo enjaulado.

— Briggs não sabe que você está aqui, sabe? — perguntou Redding. — E seu pai? Não, ele também não sabe, né? Então me diz, sra. Sterling, por que você está aqui?

— Você sabe por que eu estou aqui.

— Aquele seu casinho chato? — disse Redding. — Já contei ao seu agente Briggs e ao meu Dean tudo que sei.

— Mentiroso. — Sterling disse a palavra na tela na mesma hora em que Lia murmurou a palavra ao meu lado.

Redding reagiu.

— Estou magoado. E eu achando que nós tínhamos um relacionamento especial.

— Porque eu fui a que escapou? — perguntou Sterling. Um músculo na bochecha de Redding tremeu.

— Direto ao ponto — murmurou Michael.

Redding se recuperou rapidamente.

— As cicatrizes se apagaram? Os cortes de faca foram bem rasos... Era a primeira vez do garoto tomando a atitude, você sabe. Mas a marca... a marca não vai sumir, vai? Você vai ter uma das minhas iniciais estampada na pele pelo resto da vida. Você ainda sente o cheiro da pele queimando? Hein?

— Não — disse a agente Sterling, se sentando. Para minha surpresa, ela ergueu a mão e abaixou a blusa para expor a cicatriz. Os lábios de Redding se abriram.

— Correção — comentou Michael. — Duas coisas despertam emoção de verdade em Daniel Redding.

Eu não era especialista em emoções como Michael, mas também via como o assassino condenado estava glorificando com os olhos.

A agente Sterling deixou os lábios se entreabrirem e passou o dedo pela letra no peito. Pela primeira vez, ela estava com controle firme da entrevista. Ele deveria ter visto a dureza na expressão dela, mas não viu.

— Essa não é sua inicial — disse ela, baixando a voz para um pouco mais de um sussurro. — É a inicial de *Dean*. Nós sabíamos que você estava ouvindo. Sabíamos que você voltaria pra verificar o trabalho dele, e a única forma de você acreditar que ele não tinha outros motivos era se houvesse uma prova. — O dedo dela passou pela curva do *R*. — Eu mandei que ele fizesse. Implorei, fiz com que *prometesse*, e ele fez... mesmo fazendo mal a ele, mesmo o assombrando desde então, *ele fez*. E deu certo.

— Não.

— Você acreditou no ato. Confiou nele porque queria acreditar que era *seu* filho, que não havia nada da mãe nele. Se ferrou. — Sterling ajeitou a blusa. — Eu não *escapei*, Daniel. Dean me soltou. Ele me deu cobertura.

— Você está mentindo. — Redding mal conseguiu dizer as palavras com os dentes trincados.

— Ele me avisou pra ficar longe de você. Eu não ouvi. Não entendi, e quando voltei sem reforço, quando você pulou em mim... ele estava vendo. Ele tinha um plano e executou esse plano a todo custo. — Ela sorriu. — Você deveria sentir orgulho. Ele é tão brilhante quanto você, é inteligente a ponto de pregar uma peça no papaizinho querido.

Redding pulou na agente Sterling, mas ela se inclinou para trás, e a corrente o segurou.

— Como um cachorro numa coleira — disse ela.

INSTINTO ASSASSINO 249

— Eu vou te matar. — A voz de Redding saiu sem emoção, mas as palavras não pareceram vazias... nem um pouco. — Você não tem ideia do que eu sou capaz. Nenhuma.

Sterling não respondeu. Ela saiu da sala e a tela ficou preta.

— Você pediu a Dean pra te *marcar*? — Lia foi a primeira a recuperar a voz.

— Precisávamos que ele acreditasse que Dean ia me matar e que não precisava de supervisão. — Sterling encarou Lia. — Às vezes, a gente faz o que precisa pra sobreviver.

Lia sabia disso... da mesma forma que Dean sabia, da mesma forma que Michael sabia. Eu pensei em Sloane contando buracos em um ralo de chuveiro e trabalhando obsessivamente madrugada adentro e em mim contando para Locke que eu tinha matado a minha própria mãe... enrolando para que Michael pudesse matar a agente.

A gente faz o que precisa pra sobreviver.

— Se você diz — disse Lia. — Vou ver como a Sloane está indo. — Ela não queria falar sobre sobrevivência, e guardei isso para futura referência. Precisando me afastar, segui Lia até o porão. Encontramos Sloane sentada no meio de um saguão cênico, rodeada por mapas e pesquisas geográficas.

— Descobriu alguma coisa? — perguntei.

Sloane ergueu o rosto dos mapas, mas seus olhos não focaram em nós. Ela ainda estava no mundinho dela, calculando alguma coisa, os pensamentos altos ao ponto de o resto do mundo desaparecer.

Lia a cutucou com a ponta do pé. Sloane saiu do transe e encarou Lia.

— Perfilamento geográfico é surpreendentemente insatisfatório — disse ela, parecendo meio incomodada. Ela rearranjou os papéis à sua frente e fez sinal para olharmos melhor. Eu me ajoelhei.

— A maioria dos assassinos mira em vítimas em um raio determinado de onde mora. — Sloane indicou três conjuntos de círculos no mapa, cada um com um centro diferente. — Emerson Cole. O professor Fogle. Trina Simms. O chalé de Fogle fica a três horas de carro da Colonial, o que é tão distante quanto Broken Springs. — Juntos, os três pontos no mapa pareciam um pedaço de torta. — Mesmo que estabeleçamos o raio como um trajeto de duas a três horas de carro, a sobreposição é mínima.

— Isso não é bom? — arrisquei. — Quanto menor a sobreposição, menos lugares temos que olhar.

— Mas essa é a questão — disse Sloane. — Só tem uma coisa que se destaca nessa fatia pequena do mapa.

Lia viu antes de mim.

— A prisão onde o pai de Dean está.

— Faz sentido — falei. — Redding dá as ordens. Redding é o ponto focal.

— Mas nós já *sabíamos* disso! — Sloane estava quase gritando. Ela mordeu o lábio inferior, e eu percebi como ela se sentia impotente lá embaixo: sozinha, sem conseguir fazer diferença, por mais que fizesse as contas.

— Vem — falei, passando o braço pelo dela e fazendo com que ela se levantasse. — Vamos contar pra agente Sterling.

Sloane pareceu que ia discutir, mas Lia a fez parar.

— São sempre as pequenas coisas — disse ela para Sloane com gentileza. — Um décimo de segundo, uma única informação… nunca se sabe o que vai fazer diferença.

Assim que chegamos ao térreo, a porta da frente bateu. Por um momento, Lia, Sloane e eu ficamos paralisadas, mas em seguida fomos direto até a entrada. Sterling e Michael nos encontraram no caminho. Nós todos paramos ao mesmo tempo.

Dean estava tirando o casaco. Briggs estava com os braços cruzados, esperando. Ficou claro que ele esperava nossa chegada.

— Alguma coisa? — perguntou ele a Lia.

— Nada além do óbvio: ele está dançando uma valsa longa e lenta em torno da verdade.

— E você? — Sterling perguntou a Briggs.

INSTINTO ASSASSINO 251

— Quer primeiro a boa ou a má notícia?

— Faz surpresa — disse Sterling secamente.

— Nós temos DNA. — Briggs se permitiu abrir um sorrisinho, a versão do agente do FBI de uma dancinha. — Trina Simms conseguiu arranhar o nosso UNSUB.

Era normal um UNSUB não deixar provas nas duas primeiras cenas de crime e permitir que a vítima o arranhasse na terceira? Afinal, a prática levava à perfeição... e Daniel Redding me parecia do tipo que valorizava perfeição, planejamento e atenção a detalhes.

— O DNA não nos ajuda muito sem um suspeito pra comparação — disse Dean num sussurro.

Michael arqueou uma sobrancelha.

— Isso significa que vocês dois não arrancaram nada daquele velho gênio?

Essa era a primeira vez que via Michael não se referir a Daniel Redding como pai de Dean ou pelo nome. Era uma gentileza sutil vinda de um garoto que costumava chamar Dean pelo sobrenome que ele compartilhava com o monstro, só para irritá-lo.

— Meu pai — disse Dean, renegando os esforços de Michael — se recusou a nos ver. Nós forçamos um encontro, mas ele não falou nada.

— Não é verdade. — Lia lançou um olhar de desculpas para Dean, mas descartou qualquer protesto. — Ele disse alguma coisa.

— Nada que mereça ser repetido. — Dean encarou Lia, desafiando-a a chamá-lo de mentiroso de novo.

— Nada que você queira repetir — corrigiu ela baixinho.

Briggs pigarreou.

— Redding disse que não estava com vontade de falar hoje. Disse que talvez tenha vontade de falar amanhã. Nós o colocamos em isolamento total, sem visitas, sem ligações, sem cartas, sem contato com outros prisioneiros. Mas não temos ideia de que instruções ele já passou para o parceiro.

Ele talvez tenha vontade de falar amanhã. As palavras de Briggs ecoaram na minha mente, e virei a cabeça para olhar para Dean.

— Você acha que outra pessoa vai morrer amanhã.

Esse era o estilo de Redding, se recusar a falar até ter algo de que se gabar. Mas a recusa de ver Dean… isso teria me surpreendido se eu não tivesse acabado de ver a agente Sterling contando ao assassino o fato de que o filho o tinha traído. Ele ia querer puni-lo por isso, quase tanto quanto queria punir Sterling por ter a pachorra não só de viver, mas de roubar dele a coisa que mais importava.

O filho dele.

— O que mais? — perguntei. Eu sabia que Dean e Briggs estavam deixando alguma coisa de fora. Redding não teria deixado o filho sair daquela sala sem fazer alguma coisa para restabelecer seu poder… para magoar Dean, para fazê-lo sofrer por traí-lo.

Briggs expirou alto. Virou-se para mim.

— Teve uma outra coisa.

— *Não.* — A objeção de Dean foi imediata e absoluta.

— Dean…

— Eu falei *não.*

— Essa decisão não é sua — disse Briggs para Dean. — A parte mais difícil desse trabalho não é estar disposto a se colocar em risco: sua segurança, sua sanidade, sua reputação. A parte mais difícil é deixar as pessoas de quem você gosta fazer o mesmo.

Dean se virou para a cozinha. Achei que ele sairia andando, mas não fez isso. Ele ficou parado, as costas viradas para nós enquanto o agente Briggs nos contava sobre o golpe de despedida de Redding.

— Ele disse que, se quiséssemos falar com ele cedo e não tarde demais, Dean não poderia ir sozinho na próxima vez.

— Ele não estava sozinho — respondi, me perguntando se Redding estava querendo outra visita de Sterling.

INSTINTO ASSASSINO 253

— Se você vai contar pra eles, melhor você contar exatamente o que ele disse. — Dean se virou de volta. Tentou olhar para Michael, Sterling, Briggs... para qualquer lugar, menos para mim.

Fracassou.

— Ele disse: *Na próxima vez, traz a garota.*

Você

Um erro.

Isso é um erro. Não o fato de Trina Simms estar morta. Isso era parte do plano. Mas deixar provas?

Descuido. Burrice. Indignidade.

Não vai acontecer de novo. Você vai cuidar disso. Não vai haver mais nenhum erro.

Escondendo-se nas sombras, você passa o dedo pelo dorso da faca. Corta o pedaço perfeito de corda. O ferrete pesa na sua mão. Você o balança uma vez pelo ar, como um bastão de beisebol. Você imagina o som satisfatório de metal acertando crânio...

Não.

Não é assim que se faz. Não é isso que você vai fazer em cinco... quatro... três... dois...

— *O que você está fazendo aqui?*

Você dá um golpe com o ferrete. Sua presa cai, e você não se arrepende.

Amarrá-las. Marcá-las. Cortá-las. Enforcá-las.

Ninguém disse que você não podia nocauteá-las primeiro.

Você joga o ferrete no chão e pega os lacres. Emerson Cole foi uma tarefa, mas aquilo... aquilo vai ser divertido.

Capítulo 39

— **Como Redding sabe** que *tem* uma garota?

O diretor Sterling andou pela cozinha, passando por Briggs, passando pela filha, passando por todos nós até parar na frente de Dean.

— Ele perguntou — respondeu Dean secamente. — Eu falei que não havia ninguém.

Da mesa da cozinha, Judd ficou vigiando o diretor Sterling, que lançou um olhar pesado para Dean.

— Então Redding não acreditou em você. Ele sabe alguma coisa ou está jogando verde. — O diretor considerou as possibilidades. — Não gosto da ideia de levar nenhum dos outros pra um interrogatório. Se as pessoas erradas ficarem sabendo… — Ele parou de falar.

Você já levou Dean para um interrogatório, pensei, *mas se alguém descobrisse que você tinha usado ele para obter informações do pai, você poderia explicar.*

— Também não posso dizer que gosto da ideia de colocar qualquer um de vocês numa sala com um assassino em série — comentou Judd, bebericando uma xícara de café. — Não que tenham me perguntado.

— *Entretanto* — continuou o diretor, ignorando Judd —, eu poderia fazer outra ligação para o diretor da prisão. Se pudermos colocar nossa equipe como segurança e esvaziar o bloco de prisioneiros e guardas, estou disposto a considerar a ideia de mandar uma das garotas.

— Eu — falei, me manifestando pela primeira vez desde que Briggs tinha nos contado sobre o pedido de Redding. — Tem que ser eu.

Era eu quem tinha ido com Dean para Broken Springs. Se o UNSUB tinha conseguido contar isso para Redding, era eu quem ele queria.

— Eu poderia ir. — Lia não se deu ao trabalho de introduzir o assunto antes de falar. — Daniel disse que falaria se você levasse a garota. Não disse qual.

— Lia. — Dean disse o nome dela baixinho. Ela se virou para olhar para ele. — Se eu não quero Cassie em uma sala com ele, o que te faz pensar que eu ficaria mais feliz de colocar você na mira?

— Eu sei me cuidar. — Lia falou de um jeito muito parecido com Dean: as palavras eram simples e suaves, sem o rompante de sempre dela.

— E eu não? — perguntei, insultada.

— Acho que eu devia ir — disse Sloane, pensativa.

— Não — disseram todos, em uníssono, inclusive o diretor.

— Eu sei lutar jiu-jitsu — gabou-se Sloane. — Além do mais, pelo que eu sei, essa testemunha em particular é especialista em jogos mentais e sugestões sutis, e isso não vai funcionar comigo. Eu entendo números e fatos e o significado literal das palavras. A sutileza se perde na tradução.

Ninguém podia discutir com a lógica de Sloane.

— Acho que consigo ofendê-lo sem nem tentar! — Sloane estava bem entusiasmada agora. — Se as coisas ficarem intensas demais, vou falar algumas estatísticas sobre furões domesticados.

— É… hã… uma oferta muito generosa, Sloane, mas eu prefiro que você fique nos bastidores. — A voz do diretor saiu meio engasgada. — Lá tem um espelho falso. Quando a área estiver segura, não há motivo para o resto de vocês não poder observar.

— Consigo pensar em alguns. — Judd colocou a xícara na mesa.

— Com todo respeito, Judd — respondeu o diretor com voz firme —, isso é coisa do FBI. — E Judd não era do FBI. Depois de um momento tenso de silêncio, nosso cuidador se levantou e saiu do aposento.

— Cassie, Dean e Briggs vão entrar — declarou o diretor em meio ao silêncio.

— Por quê? — Dean deu um passo na direção do diretor. — Por que mandar alguém? Nós não conseguimos tirar nada dele, nem vamos conseguir. Ele vai fazer joguinhos conosco e outra pessoa vai morrer. Nós estamos perdendo tempo. Estamos fazendo exatamente o que ele quer.

— Ele está tenso — interrompeu Sterling, antes do diretor. — Ele é narcisista. Se dermos corda, ele vai se enforcar, Dean.

— Acho que foi por isso que foi tão fácil pegá-lo da primeira vez — retorquiu Dean.

— Eu fui vê-lo. Consegui irritá-lo, e isso vai funcionar a nosso favor. — A agente Sterling deu um passo na direção de Dean. — Ele não quer só ganhar esse jogo. Ele quer ganhar de um jeito que nos assombre... e isso quer dizer que, se ele achar que tem vantagem, *vai* nos contar alguma coisa. *Vai* haver pistas, porque ele vai querer que eu fique acordada à noite daqui a cinco anos me perguntando por que eu não vi.

— Você não vai precisar ver — interrompeu Michael. Ele olhou para Lia. — Se nós estivermos do outro lado do espelho, *nós* vamos ver.

— O que aconteceu com nos deixar de fora do caso? — Dean apelou para a agente Sterling, a voz dura. — Não era isso que você queria? Que nós fossemos *normais* e estivéssemos *em segurança*?

Foi um golpe baixo.

— Se eu pudesse te dar uma vida *normal*, eu daria. — A voz da agente Sterling soou intensa. — Mas eu não posso,

Dean. Não posso apagar as coisas que aconteceram com vocês. Não posso fazer vocês, nenhum de vocês, *querer* uma vida normal. Eu tentei deixá-los de fora. Tentei tratar vocês como adolescentes, mas *não funciona*. Então, sim, eu sou uma grandessíssima hipócrita, mas se vocês cinco puderem nos ajudar a impedir que aquele homem tire a vida de mais alguém, eu não vou lutar com vocês. — Ela olhou para o pai. — Estou *cansada* de lutar com vocês.

A sala de interrogatório era menor do que parecia na tela e mais claustrofóbica do que parecia do outro lado do espelho. Dean, Briggs e eu chegamos primeiro. Uma pessoa da equipe do agente Briggs, que reconheci como o agente Vance, foi buscar o pai de Dean com os oficiais da prisão. Quando o diretor Sterling tinha observado que o envolvimento de Redding naquele caso havia acontecido debaixo do nariz do diretor da prisão, o sujeito acabou aceitando. Foi um grande contraste com o que a agente Sterling e eu tivemos que enfrentar na nossa *última* visita.

Eu me sentei à mesa e esperei que Dean e Briggs se sentassem ao meu lado.

Eles ficaram de pé, ao lado do meu ombro como dois agentes do Serviço Secreto ladeando o presidente. A porta da sala se abriu com um rangido, e precisei de toda a minha força de vontade para não me virar e acompanhar o progresso de Daniel Redding da porta até a mesa. O agente Vance prendeu as correntes, testou-as e deu um passo para trás.

— Ah — disse Redding, com olhos só para mim. — Então você é a garota.

Havia uma qualidade musical na voz dele que não havia ficado clara nas gravações.

— Você é calada — comentou Redding. — E bonita. — Ele abriu um sorriso sutil.

— Não tão bonita — falei.

Ele inclinou a cabeça para o lado.

— Sabe, eu acho que você acredita nisso. — Ele fez uma pausa. — A modéstia é um traço tão revigorante em alguém da sua geração. Na minha experiência, a maioria dos jovens *super*estima suas qualidades e habilidades. Ficam confiantes rápido demais.

O DNA debaixo das unhas de Trina Simms, pensei. Não havia como Redding saber sobre isso... mas eu estava ciente de que havia duas camadas naquela conversa: a óbvia e a que ficava por baixo.

O agente Briggs colocou a mão no meu ombro e voltei a aten-ção para a lista de perguntas na minha frente. A lista da agente Sterling.

— Eu tenho algumas perguntas — falei. — Se eu as fizer, você vai responder?

— Vou fazer melhor ainda — disse Redding. — Eu vou falar a verdade.

Isso nós veríamos. Ou melhor, *Lia* veria por trás do espelho falso.

— Vamos falar sobre seu parceiro — falei.

— *Parceiro* não é a palavra que eu teria escolhido.

Eu sabia disso e a tinha usado de propósito. A agente Sterling tinha sugerido que iria nos beneficiar se Redding achasse que estava no comando. Ele que me achasse uma garota comum, não uma adversária.

— Que palavra você usaria?

— Vamos de *aprendiz*.

— Seu aprendiz é universitário? — perguntei.

Redding não hesitou nem por um segundo.

— É.

— Seu aprendiz é alguém que nunca foi à faculdade?

Se Redding achou estranho eu estar fazendo duas versões da mesma pergunta, ele não deu indicação nenhuma.

— É.

— Seu aprendiz tem menos de 21 anos?

— Tem.

— Seu aprendiz tem mais de 21 anos?

Ele sorriu.

— Tem.

— Seu aprendiz é alguém que você conheceu por correspondência?

— É.

— Seu aprendiz é alguém que você conheceu pessoalmente?

— É.

Havia mais perguntas. Eu as fiz. Ele respondeu de forma similar. Quando cheguei ao fim das perguntas de Sterling, passei um segundo torcendo para que Lia conseguisse nos dizer quais respostas de cada par tinham sido verdade e quais tinham sido mentira.

— Mais alguma pergunta? — perguntou Redding.

Eu engoli em seco. Era para eu dizer não. Era para eu me levantar e sair daquela sala, mas não consegui.

— Você está tentando substituir Dean? — perguntei. Foi difícil olhar para ele e não ver Locke e o jeito como ela tinha se fixado em mim.

— Não. Um homem não simplesmente *substitui* seu melhor trabalho. — Redding sorriu. — Minha vez: você gosta do meu filho?

— Gosto. — Mantive minha resposta curta. — Por que você quis que eu viesse aqui?

— Porque se você é parte da vida de Dean, você é parte da minha. — Havia algo na expressão nos olhos de Redding que me causou um arrepio. — Você sabe o que ele fez? O que ele é?

Senti Dean enrijecendo atrás de mim, mas não cedi à vontade de me virar.

— Eu sei sobre Veronica Sterling. Sei sobre Gloria e todas as outras.

INSTINTO ASSASSINO 261

Não era exatamente verdade, mas deixei que Redding pensasse que Dean tinha me contado tudo.

— E você não se importa? — perguntou Redding, inclinando a cabeça para o lado e me encarando, olhando *dentro* de mim. — Você é atraída pelo sombrio.

— Não — falei. — Sou atraída por Dean, e eu me importo porque gosto dele. Minha vez, e você me deve duas perguntas.

— Pode fazer.

Meus instintos estavam me dizendo que Briggs não deixaria que aquilo continuasse por muito tempo. Eu tinha que escolher minhas perguntas com cuidado.

— Como você escolhe quem morre? — perguntei.

Redding apoiou as mãos abertas na mesa.

— Eu não escolho.

Ele estava mentindo. Tinha que estar. A única conexão entre Trina Simms e Emerson Cole era que as duas tinham ligação com Redding.

— Acredito que te devo mais uma resposta.

— Tudo bem — falei. — Me diga alguma coisa que eu não sei.

Redding deu uma risadinha.

— Gostei de você — disse ele. — Gostei mesmo.

Eu esperei. *Se dermos corda pra ele*, pensei, *ele vai se enforcar.*

— Uma coisa que você não sabe — refletiu Redding. — Tudo bem. Vamos tentar isto: você nunca vai encontrar o homem que matou sua mãe.

Não consegui responder. Não consegui respirar. Minha boca estava seca como um algodão. Minha mãe? O que ele sabia sobre a minha mãe?

— Já chega — disse Dean severamente.

— Ah, mas nós estávamos tendo uma conversinha tão boa — disse Redding. — Nós prisioneiros fazemos muito isso, sabe. Conversar.

Ele queria que eu acreditasse que ele tinha ouvido alguma fofoca de prisão sobre o que tinha acontecido com a minha mãe. Isso significava que ele sabia quem eu era... ou pelo menos sabia o suficiente sobre mim para saber que eu tinha uma mãe desaparecida, supostamente morta.

Apesar de como meu coração estava disparado, fui tomada subitamente por uma calma nada natural.

— Me conta alguma coisa que eu não sei sobre esse caso — falei.

— Me permita compartilhar meu plano de mestre — disse Redding ironicamente. O tom dele era jocoso, mas os olhos estavam sérios. — Vou ficar na minha cela esperando, e, enquanto eu espero, mais duas pessoas vão morrer. O agente Briggs vai receber a ligação sobre uma delas a qualquer momento, e a outra vai morrer em algum momento amanhã. Aí as vítimas vão começar a se acumular. Corpos e mais corpos e mais corpos, porque Briggs e Sterling não são bons o suficiente. — Redding desviou o olhar do meu rosto para Briggs. — Porque você não é inteligente o suficiente. — Ele deixou o olhar ir até Dean. — Porque você é fraco.

Empurrei a cadeira para trás e esbarrei em Dean no processo. Ele manteve o equilíbrio, e eu me levantei.

Nós acabamos aqui, pensei, mas não falei em voz alta. Em fila indiana, Briggs, Dean e eu saímos da sala, deixando o pai de Dean acorrentado à mesa sozinho.

Capítulo 40

Nós nos juntamos ao resto do grupo na sala de observação. Sloane estava sentada de pernas cruzadas em cima de uma mesa próxima, o cabelo loiro mal contido em um rabo de cavalo bagunçado, a postura ereta, nada natural. A agente Sterling estava ao lado dela, um pouco atrás de Lia, que ainda estava olhando para Redding pelo espelho falso, os braços cruzados, as unhas pintadas apoiadas nos cotovelos. Do outro lado do espelho, o agente Vance entrou para transferir o prisioneiro de volta para a cela.

Uma mão tocou meu ombro, e eu me virei. Michael não disse nada, só observou meu rosto.

Não consegui afastar o rosto do dele. Não falei que estava bem nem que Redding não tinha me abalado. Qualquer coisa que eu estivesse ou não sentindo, Michael já sabia. Não adiantava tentar discutir.

— Você está bem? — A agente Sterling verbalizou a pergunta. Eu não sabia se ela estava falando comigo ou com Dean.

Desviei da pergunta por nós dois.

— Ignora a parte da minha mãe — falei para Lia. — Se concentra no caso. O quanto do que Redding me contou lá dentro era verdade?

Lia conseguiu afastar o olhar do espelho. Por alguns segundos, achei que ela ignoraria minhas instruções. Desejei que não fizesse isso. Ela mesma tinha dito: os melhores mentirosos eram mágicos. Quer o pai de Dean estivesse mentindo ou contando a verdade quando falou que eu nunca encontraria o assassino da minha mãe, eu não queria saber. *Desorientação*. O caso da minha mãe tinha cinco anos. Nosso UNSUB estava por aí matando *agora*.

— E aí? — falei. — Sobre o que o psicopata favorito de todo mundo estava mentindo?

Lia atravessou a sala e se sentou em uma cadeira, deixando uma mão de cada lado do corpo.

— Nada.

— Nada? — repeti.

Lia bateu com a palma da mão na lateral da cadeira.

— Nada. Eu nem sei como ele faz isso. — Ela ficou de pé de novo, vibrando de raiva e inquieta demais para ficar parada. — Houve duas versões de cada pergunta. Era para eu poder contrastar as respostas. Isso deveria ter facilitado as coisas, mas eu *juraria* que cada resposta era verdade. — Ela falou um palavrão, usando muita criatividade e com um entusiasmo impressionante. — O que tem de *errado* comigo?

— Ei. — Dean segurou seu braço quando ela passou por ele. — Não é culpa sua.

Ela se soltou da mão dele.

— Então é culpa de quem? Do outro especialista em enganação presente que parece ser *completamente inútil*?

— E se você não for? — interrompeu Sloane. Os olhos dela não estavam totalmente focados aqui e agora. Eu praticamente ouvia as engrenagens na cabeça dela girando. — Inútil, no caso — continuou, afastando de qualquer jeito a franja loira platinada dos olhos com a mão. — E se ele *estava* falando a verdade em todas as vezes?

Lia balançou a cabeça com tanta força que o rabo de cavalo sacudiu.

— Isso não é possível.

— É, sim — disse Sloane —, se houver mais de um aprendiz. *Seu aprendiz é universitário?*

INSTINTO ASSASSINO **265**

Seu aprendiz é alguém que nunca foi à faculdade?
Seu aprendiz tem mais de 21 anos?
Seu aprendiz tem menos de 21 anos?
Meu Deus.

Sloane tinha razão. Redding podia ter respondido a todas as perguntas com a verdade se estivesse trabalhando com *duas* pessoas do lado de fora. Pessoas muito diferentes no papel, mas igualmente fáceis de Redding manipular, com gosto igual por violência e controle.

Briggs avaliou a possibilidade.

— Então Redding nos dá respostas elaboradas especificamente pra nos fazer pensar que ele está brincando quando, na verdade, está nos contando exatamente por que nada bate nesse caso.

Por que o assassinato de Emerson Cole tinha parecido ser trabalho de um criminoso primariamente organizado e extremamente preciso que não deixava prova nenhuma enquanto Trina Simms tinha sido morta perto dos vizinhos e o assassino deixado o DNA na cena.

O celular de Briggs tocou. O resto de nós fez silêncio. A promessa de Redding de que os corpos iam começar a se empilhar ecoava na minha mente. *O agente Briggs vai receber a ligação sobre uma delas a qualquer momento.*

Ao meu lado, Michael observou Briggs de soslaio, até o agente virar as costas para nós. Eu arqueei uma sobrancelha para Michael. Ele balançou a cabeça.

O que quer que Briggs estivesse sentindo, não era bom.

Mantendo a voz baixa, Briggs saiu para o corredor e deixou a porta bater. No silêncio que se espalhou, nenhum de nós quis botar o provável em palavras.

Houve outro assassinato.

Eu não podia ficar ali parada, esperando que Briggs voltasse e contasse que outra pessoa estava morta. Ficava me lembrando dos rostos das vítimas: os olhos sem vida de Emerson, os de Trina se arregalando quando ela se deu conta de quem era Dean.

Dois assassinos, pensei, me concentrando nos UNSUBS e não nas vítimas. Deixei o pensamento firmar. *Um assassino que deixava provas. Um que não deixava. Ambos sob o controle de Redding.*

Briggs voltou para a sala. Ele devia ter desligado, mas ainda se agarrava ao telefone.

— Nós temos outro corpo.

— Onde? — perguntou a agente Sterling.

A expressão no rosto de Briggs era sombria.

— Na Universidade Colonial.

Minha mente foi direto para as pessoas que tínhamos conhecido lá, as outras da turma do professor Fogle.

— Alguém que a gente conheça? — Michael conseguiu manter o tom neutro.

— A vítima tinha dezenove anos. — Briggs estava totalmente no modo FBI, todo profissional. — Do sexo masculino. De acordo com o colega de quarto que encontrou o corpo, o nome dele era Gary Clarkson.

A respiração entalou na minha garganta. Lia se apoiou no espelho.

Clark.

Briggs e Sterling não nos levaram para a cena do crime. Eles nos deixaram em casa e foram. Por mais que limites fossem ultrapassados, alguns eram instransponíveis. Eles não correriam o risco de que alguém, inclusive o assassino, nos visse na cena do crime. Não se eles podiam, ao menos teoricamente, levar fotos que funcionariam da mesma forma.

Nós esperamos. Quando Briggs e Sterling voltaram, um torpor inquieto tinha se espalhado pela casa.

Eles não vieram trazendo fotos. Vieram trazendo notícias.

— A perícia ainda está avaliando as provas, mas não vão encontrar sinal do assassino — disse a agente Sterling. — Esse UNSUB bateu na vítima com um ferrete, mas seguiu o resto do *modus operandi* de Redding até os menores detalhes. Ele estava confiante, não frenético. Ele se divertiu.

Ele está aprendendo, pensei.

— Parece mais o UNSUB que matou Emerson Cole do que o que matou Trina Simms — falei em voz alta, minha mente entrando em ritmo frenético. *Dois UNSUBS. O UNSUB 1 era organizado. Tinha matado Emerson e Clark... e possivelmente o professor. O UNSUB 2 era desorganizado. Tinha assassinado Trina Simms logo depois que fomos visitá-la.*

— Qual é a conexão? — perguntou Dean. — Como alguém vai de Emerson para Clark?

— Eles eram do mesmo grupo na turma de Fogle — sugeriu Lia. — Clark estava doidinho pela garota.

— O quarto dele no alojamento estava cheio de fotos dela — confirmou Briggs. — Milhares de fotos embaixo da cama.

— E as outras duas pessoas do grupo? — perguntei. — Derek e Bryce. Será que o UNSUB 1 pode ir atrás deles agora?

Primeiro Emerson. Depois, Clark. Enquanto isso, o UNSUB 2 mata Trina Simms...

Meus pensamentos foram interrompidos pelo toque de mensagens de texto chegando, uma no celular de Sterling e outra no de Briggs.

— Perícia? — arriscou Michael.

Sloane discordou.

— É cedo demais. Mesmo se os resultados estiverem sendo apressados, não dá pra ter feito mais do que um ou dois testes...

— Os testes *foram* apressados — interrompeu Briggs. — Mas a única coisa que conseguiram até agora foi tirar uma amostra do DNA da nossa vítima.

— Por que isso mereceu mensagens de texto simultâneas? — perguntou Lia com desconfiança.

— Porque o sistema encontrou uma correspondência. — Briggs tirou o paletó e o dobrou sobre o braço. Era uma ação controlada, que não combinava nadinha com a expressão nos olhos dele. — O DNA de Clark bate com a amostra encontrada debaixo das unhas de Trina Simms.

Levei um momento para absorver a implicação. Sloane fez questão de colocar em palavras.

— O que você está dizendo — respondeu ela — é que Gary Clarkson não é só a vítima número quatro. Ele também é nosso segundo UNSUB.

Você

Você ainda vê a expressão daquele puxa-saco gorducho e patético quando enfiou a ponta da faca no peito dele.

— É assim *que se faz* — você disse para ele, descendo em ziguezague pela carne abundante. — A cada momento, controle perfeito. Sem provas. Sem riscos.

Depois de saber que Trina Simms estava morta, você tinha imaginado como deveria ter acontecido. Você visualizou cada detalhe, como você teria feito. O prazer que teria tido ao ouvi-la gritar.

Mas esse imitador, esse fingidor... ele tinha feito errado.

Ele tinha que pagar.

Suor e lágrimas se misturavam no rosto dele. Ele tinha lutado, mas você não se apressou. Você foi paciente. Explicou para ele que conhecia Trina Simms e que ela merecia coisa melhor.

Ou pior, dependendo da sua perspectiva.

Você tinha mostrado para aquela imitação fraca, para aquela cópia da cópia, o que era paciência de verdade. A única pena foi que você precisou amordaçá-lo; não dava para correr o risco de que o Zé Universitário do quarto ao lado fosse ver por que o porquinho estava gritando.

Você sorri com a lembrança enquanto limpa as ferramentas do seu ofício. Redding não te mandou matar o imitador. Não precisou. Você não é da mesma espécie do garoto que você acabou de despachar para o inferno.

Ele era fraco.

Você é forte.

Ele estava seguindo as linhas pontilhadas e nem assim conseguiu fazer direito.

Você é um artista em desenvolvimento. Com improvisação. Inovação. Uma onda de poder percorre seu corpo só de pensar nisso. Você achava que queria ser como Redding. Que queria ser Redding.

Mas, agora, você está começando a ver: você poderia ser muito mais.

— Ainda não — você sussurra. Tem mais uma pessoa que tem que ir primeiro. Você cantarola uma música e fecha os olhos.

O que tiver que ser, será... mesmo que você precise dar uma ajudinha.

Capítulo 41

Se desse para acreditar nas provas, Clark era um assassino…
e o outro aprendiz de Redding o tinha matado.

Rivalidade entre irmãos. O pensamento não era adequado,
mas eu não conseguia tirá-lo da cabeça. Dois jovens que idolatra-
vam Redding, que tinham de alguma forma desenvolvido relacionamentos com ele. O quanto eles sabiam um do outro?

O suficiente para nosso UNSUB restante matar Clark.

— Clark matou Trina? — Michael não conseguia afastar a
descrença na voz. — Eu sabia que havia raiva lá, de Emerson,
do professor, mas mesmo assim.

Tentei imaginar. Clark tinha entrado à força na casa de
Trina? Ela tinha permitido? Ele tinha mencionado Redding?

— Clark era solitário — falei, pensando em voz alta. — Ele
nunca se encaixou. Não era agressivo, mas também não era o
tipo de pessoa de quem você ia querer ficar perto.

Dean lançou um olhar de soslaio para a agente Sterling.

— Qual foi o nível de desorganização do assassinato de Trina
Simms?

Vi a lógica da pergunta de Dean imediatamente: Clark se encaixava quase exatamente no perfil de assassino desorganizado.

— Ele seguiu o *modus operandi* — disse a agente Sterling.
— Só não fez isso muito bem.

Foi por isso que você o matou, pensei, dirigindo as palavras
ao nosso UNSUB restante. *Vocês dois estavam fazendo o mesmo*

jogo, mas ele fez besteira. Ele acabaria sendo descoberto. Talvez fizesse com que você também fosse descoberto.

— Eles se conheciam? — perguntei. — Clark e nosso UNSUB... Aposto que eles sabiam um *sobre* o outro, mas será que já se conheciam?

— Ele ia querer mantê-los o mais separados possível. — Dean não especificou quem era *ele*. Naquelas circunstâncias, não precisava. — Quanto menos interação eles têm um com o outro, mais controle ele tem sobre a situação. Esse jogo é dele, não dos dois.

Não era suficiente perfilar Clark ou nosso UNSUB. No fim das contas, a questão era Redding. Imaginei-o sentado do outro lado da mesa, na minha frente. Ouvi minhas perguntas, ouvi as respostas dele. Repassei cada uma, passo a passo, pensando o tempo todo que eu estava deixando alguma coisa passar.

Você mandou Clark atrás de Trina, pensei. *Quem você mandou atrás de Emerson?*

A sensação irritante de que havia algo que eu não estava vendo se intensificou. Fiquei imóvel e, de repente, todos os detalhes inconsequentes se desfizeram até que só sobrou uma coisa. Um detalhe.

Uma pergunta.

— Lia — falei com urgência —, você tem certeza de que Redding não mentiu nas respostas das minhas perguntas?

Ela inclinou a cabeça de leve; claramente não achava que a pergunta merecesse uma resposta verbal.

— Eu perguntei como ele escolhia as vítimas. — Olhei em volta para ver se o raciocínio de alguém seguiria o meu. — Eu falei: *Como você escolhe quem morre...* e você se lembra do que ele disse?

— Ele falou: *Eu não escolho.* — Foi Dean quem respondeu. Eu duvidava que ele tivesse esquecido alguma palavra que o pai dele disse naquele encontro, nem em qualquer outro deles.

— Se ele não escolhe as vítimas — elaborei, olhando de Dean para Sterling, e depois para Briggs —, quem escolhe?

Houve um momento de silêncio.

— Eles escolhem.

Eu não esperava que a resposta viesse de Michael, mas talvez devesse ter esperado. Ele e Lia tinham conhecido Clark, e foi ele quem reconheceu a raiva no outro garoto.

Ela não era assim, dissera Clark quando surgiu o assunto de que Emerson dormia com o professor... mas ele não tinha acreditado no que disse. E isso significava que ele acreditava que Emerson *era* assim. Que ela era indigna e merecedora de desprezo. Que ela merecia ser degradada.

Ele tinha fotos dela escondidas embaixo da cama.

Clark era obcecado por Emerson. Ele a amava e a odiava, e ela tinha aparecido morta. O único motivo para ele não ter sido um suspeito viável no assassinato dela era por ter um álibi.

— Redding faz os UNSUBS escolherem a vítima um do outro. — Michael ainda estava falando... e os pensamentos dele estavam sincronizados com os meus. — Clark escolheu Emerson, mas outra pessoa a matou. É como em *Pacto Sinistro*.

— Alfred Hitchcock — contribuiu Sloane. — Filme de 1951. Com uma hora e 41 minutos de duração. O filme diz que a forma mais perfeita de se safar de um assassinato é se dois estranhos forem atrás do alvo um do outro.

— Assim — disse Briggs baixinho —, cada assassino tem um álibi quando seu alvo morre.

Assim como Clark estava em uma sala com centenas de outros fazendo uma prova quando Emerson tinha sido morta.

As peças pareceram se encaixar em minha mente.

Como Christopher Simms estava em uma reunião com Briggs quando mataram a mãe dele.

Capítulo 42

Fiquei sentada na escada esperando. O FBI estava tentando localizar Christopher Simms havia catorze horas. Daniel Redding tinha prometido outro corpo hoje, e eu só podia esperar... para ver se estávamos certos, para ver se o pegariam a tempo. Eu não podia subir a escada. Não podia descer. Não podia fazer nada além de ficar sentada no meio, repassando obsessivamente as provas e rezando para que, quando o telefone tocasse, fosse para nos contar que eles tinham apreendido o suspeito, não para nos informar que tínhamos uma quinta vítima.

Por mais vezes que eu repassasse o caso, os detalhes permaneciam os mesmos. Clark tinha escolhido Emerson e outra pessoa a matou em uma hora em que o álibi de Clark era inquestionável. Essa pessoa tinha então escolhido uma vítima: Trina Simms.

Eu ainda via a expressão nos olhos de Christopher quando ele segurou meu braço e me puxou do sofá. Ele estava cansado de obedecer a mãe. Que vingança melhor poderia haver do que vê-la morta, e de um jeito nada direto, pelo homem por quem ela se julgava apaixonada?

Tudo tinha a ver com Daniel Redding. Christopher podia ter escolhido Trina para morrer, mas foi Redding quem escolheu Christopher como aprendiz. O pai de Dean devia ter usado Trina para chegar ao filho dela. Era quase certo que tinha dito para

INSTINTO ASSASSINO **275**

Clark só matar Trina depois que ela tivesse recebido uma visita de Dean.

Há quanto tempo ele esteve planejando isso? Quantas peças botou em movimento antes de o corpo de Emerson ser encontrado no gramado? Virei para a esquerda e olhei para a parede. A escada era cheia de retratos, assassinos em série que decoravam nossas paredes como se fossem da família.

A ironia não passou despercebida.

Na mão, eu segurava o batom Rosa Vermelha. Tirei a tampa e girei a parte de baixo até a cor vermelho-escura aparecer na borda da embalagem de plástico.

Você nunca vai encontrar o homem que matou sua mãe. As palavras de Redding estavam no fundo da minha mente, debochando de mim.

— Posso te fazer companhia enquanto esperamos?

Olhei para Dean por cima do ombro. Ele estava no alto da escada.

— Fica à vontade — falei. Em vez de se sentar em um dos degraus acima, ele desceu até chegar ao meu e se sentou ao meu lado. A escada era larga o suficiente para ainda haver espaço entre nós, mas não muito. Ele olhou para o batom nas minhas mãos.

Ele sabe, pensei. *Ele sabe que era da Locke e sabe por que eu guardei.*

— Eu não consigo parar de pensar neles — disse Dean depois de um momento. — Gary Clarkson. Christopher Simms. Eles nunca foram o objetivo final do meu pai.

Girei o batom para baixo e botei a tampa.

— Era você — falei, sabendo que era verdade, sabendo que, de alguma forma, o ponto daquilo tudo sempre fora Dean.

Dean fechou os olhos. Eu o senti ao meu lado, senti cada inspiração e expiração.

— Não consigo decidir se meu pai elaborou essa coisa toda só pra eu ser obrigado a ir vê-lo ou se estava apostando as fichas que um dos alunos dele acabaria tentando se provar como melhor me matando.

As pálpebras de Dean subiram, e pensei nas palavras dele. O assassino de Emerson tinha matado Clark. Isso era trabalho de um UNSUB que queria ser o único aprendiz de Redding. Seu único herdeiro. Seu único *filho*.

— Seu pai não quer você morto — falei. Para Redding, isso seria um último recurso. Ele só mataria Dean se acreditasse que o tinha perdido de verdade... e Daniel Redding era incapaz de acreditar que tinha perdido alguma coisa.

— Não — concordou Dean —, ele não me quer morto, mas se um dos UNSUBS tivesse ido mais longe, se um deles tivesse vindo aqui me matar, eu teria me defendido.

Talvez, na mente de Redding, era assim que tudo tinha que terminar, com Dean matando os outros. Redding via Dean como uma extensão de si. Claro que ele achava que Dean ganharia; e, se não ganhasse, bom, talvez Daniel Redding acreditasse que ele merecia morrer. Por ser fraco.

Por não ser filho do pai dele.

O telefone tocou. Meus músculos se contraíram. Fiquei paralisada, incapaz de me mexer, incapaz de respirar. Dois segundos depois, parou de tocar. Alguém tinha atendido.

Por favor, que ele tenha sido encontrado a tempo. Por favor, que ele tenha sido encontrado a tempo.

— Dean. — Consegui forçar o nome dele pela minha boca subitamente seca. Ele ficou sentado, tão imóvel quanto eu, ao meu lado. — No verão passado, depois que tudo aconteceu, Michael me mandou decidir o que eu sentia. Por você.

Eu não sabia por que estava dizendo isso agora, mas eu *precisava*. A qualquer momento alguém apareceria com notícias. A qualquer momento as coisas poderiam mudar. Senti como se houvesse um trem disparado por um túnel.

Por favor, que não haja outro corpo.

— O Townsend é importante pra você — disse Dean, a voz tão rouca quanto a minha. — Ele te faz sorrir. — *E você merece sorrir*. Eu podia praticamente ouvi-lo pensando, podia senti-lo lutando contra as palavras que disse depois, sem conseguir segurá-las. — O que você decidiu?

Ele estava perguntando. E, se estava perguntando, era porque ele queria saber, era porque a resposta *importava* para ele. Eu engoli em seco.

— Você... Dean, eu preciso saber o que você sente. Por mim. *A qualquer momento as coisas poderiam mudar.*

— Eu sinto... *alguma coisa*. — As palavras de Dean saíram de forma irregular. Ele se virou para mim e a perna roçou na minha. — Mas não sei se consigo... não sei se é suficiente. — Ele fechou minha mão em volta do batom que eu estava segurando e a dele cobriu a minha. — Eu não sei se *consigo*...

Consegue o quê? Se abrir? Se soltar? Correr o risco de deixar alguma coisa importar tanto que perdê-la poderia levá-lo ao seu limite?

Michael apareceu no pé da escada. Dean soltou minha mão.

— Encontraram ele — disse Michael, parando e nos olhando. — A equipe de Briggs encontrou Christopher Simms.

Christopher Simms foi apreendido em frente a uma cafeteria, esperando uma garota. Na picape dele, encontraram lacres, uma faca de caça, um ferrete e uma corda preta de náilon.

Corpos e mais corpos e mais corpos, prometera Redding. *Porque você não é inteligente o suficiente. Porque você é fraco.*

Mas nós não fomos, e, desta vez, tínhamos vencido. Aquela faca de caça não cortaria a pele de mais nenhuma garota. As mãos dela não seriam presas nas costas. Ela não sentiria o metal quente derretendo sua pele.

Nós tínhamos salvado aquela garota na cafeteria da mesma forma que tínhamos salvado a pequena Mackenzie McBride.

Outra vítima estaria morta agora se eu não tivesse me sentado em frente a Daniel Redding. Se Sterling não o tivesse irritado o suficiente a ponto de levá-lo a nos torturar com a verdade. Se Lia não estivesse atrás do espelho procurando as mentiras em Redding sem encontrar nenhuma. Se Sloane não tivesse descoberto que a habilidade de Lia *não* estava quebrada.

Se Michael e eu não tivéssemos conhecido Clark, se Dean não tivesse ido visitar Trina, como aquilo teria se desenrolado?

Dean estava lidando com a notícia do jeito dele. Michael tinha se retirado para trabalhar no carro. Eu estava no quintal, olhando a lata de lixo, com o batom Rosa Vermelha na mão.

Eu tinha entrado no programa dos Naturais com a esperança de poder impedir alguma outra garotinha de ter que entrar em uma sala banhada em sangue. Era isso que estávamos fazendo. Nós estávamos salvando pessoas. Ainda assim, eu não conseguia jogar fora o batom, não conseguia fechar a porta do meu passado.

Você nunca vai encontrar o homem que matou sua mãe. Como Redding podia saber disso? Ele não podia. Ainda assim, eu não conseguia calar a parte do meu cérebro que pensava: *Prisioneiros conversam.* Como o pai de Dean sabia que eu tinha uma mãe morta?

— Não faz isso. — Michael apareceu atrás de mim. Enfiei o batom no bolso da frente da calça jeans.

— Não faz o quê?

— Não pensa em uma coisa que faz você se sentir pequena e com medo, como se estivesse presa em um túnel sem uma luz no final.

— Você está atrás de mim — falei sem me virar. — Como pode ler minhas emoções desse jeito?

Michael foi para a minha frente.

— Eu poderia te contar — declarou ele —, mas aí eu teria que te matar. — Ele fez uma pausa. — Cedo demais?

INSTINTO ASSASSINO 279

— Pra fazer piadas sobre me matar? — perguntei secamente.
— Nunca.

Michael esticou a mão e tirou uma mecha de cabelo do meu rosto. Fiquei paralisada.

— Eu sei — disse ele. — Sei que você gosta dele. Sei que sente atração por ele. Sei que quando ele sofre, você sofre. Sei que ele nunca olha pra você do jeito que olha pra Lia, que você não é uma *irmã* pra ele. Sei que ele te quer. Ele está doidinho por você. Mas também sei que na metade do tempo ele *odeia* o fato de te querer.

Pensei em Dean na escada, me dizendo que sentia alguma coisa, mas sem ter certeza de que era *suficiente*.

— Essa é a diferença entre nós dois — disse Michael. — Eu não só quero você. — Agora, as duas mãos dele estavam no meu rosto. — Eu *quero* te querer.

Michael não era o tipo de pessoa que se permitia querer coisas. Não admitia querê-las, com certeza. Não deixava que nada o afetasse. Esperava se decepcionar.

— Eu estou aqui, Cassie. Sei o que sinto e sei que, quando você baixa a guarda, quando se permite, você também sente. — Ele passou os dedos de leve pela minha nuca. — Eu sei que você sente medo.

Meu coração bateu com tanta força que o senti no estômago. Um caos de lembranças passou pela minha cabeça, como água explodindo de uma torneira quebrada.

Michael entrando na lanchonete onde eu trabalhava, no Colorado. Michael na piscina, levando os lábios até os meus durante um mergulho de madrugada. Michael se sentando ao meu lado no sofá. Michael dançando comigo no gramado. Michael trabalhando naquela cilada de carro.

Michael dando um passo para trás e tentando ser um cara legal. Por mim.

Mas não havia só Michael na minha cabeça; também havia Dean.

Dean sentado ao meu lado na escada, o joelho roçando no meu. Minha mão limpando seus dedos sujos de sangue. Os segredos que tínhamos trocado. Ele ajoelhado na terra ao lado da cerca velha de sua antiga casa.

Michael tinha razão. Eu *estava* com medo. Com medo das minhas próprias emoções, com medo de querer e desejar e *amar*. Com medo de machucar algum deles.

Com medo de perder uma pessoa de quem eu gostava depois de já ter perdido tanto.

Mas Michael estava ali, me dizendo o que *ele* sentia. Estava abrindo o jogo. Estava me pedindo para escolher.

Estava dizendo: *Me escolhe.*

Michael não me puxou na direção dele. Não se inclinou para a frente. A decisão foi minha, mas ele estava tão perto, e, aos poucos, as minhas mãos foram até seus ombros.

Até o rosto.

Ainda assim, ele esperou. Esperou que eu dissesse as palavras ou que diminuísse o espaço entre a minha boca e a dele. Eu fechei os olhos.

Na próxima vez que meus lábios tocarem os seus, pensei, me lembrando das palavras dele, *a única pessoa em quem você vai estar pensando sou eu.*

A agitação na minha cabeça se silenciou. Abri os olhos e...

Uma música de estilo mariachi começou a tocar ao redor. Dei um pulo de meio metro no ar, e Michael quase perdeu o equilíbrio por causa da perna ruim. Nós nos viramos ao mesmo tempo e vimos Lia brincando com um conjunto de alto-falantes.

— Espero não estar interrompendo nada — gritou ela por cima do som da música.

— "Feliz Navidad"? — disse Michael. — Sério, Lia? *Sério?*

— Tem razão — disse ela, parecendo tão ponderada e repreendida quanto uma pessoa poderia enquanto gritava para ser ouvida em meio ao som de uma música de Natal tocando num momento extremamente inadequado. — Mal entramos em outubro. Vou mudar a música.

Sloane enfiou a cabeça pela porta dos fundos.

— Ei, pessoal — disse ela, parecendo mais animada do que nos últimos dias. — Sabiam que uma serra elétrica produz um barulho de 110 decibéis?

Dava para ver no rosto de Michael todas as maneiras em que ele estava planejando um assassinato, mas nem ele teve coragem de fazer cara feia para Sloane.

— Não — disse ele, suspirando. — Eu não sabia.

— Uma moto chega perto de cem — declarou Sloane alegremente, aos berros. — Aposto que essa música está a 103 decibéis. E meio. Cento e três e meio.

Lia finalmente mudou a música para outra mais dançante.

— Vamos — disse ela, arriscando-se a chegar perto o suficiente de ser alcançada por uma porrada para me segurar por uma das mãos e Sloane pela outra. — Nós pegamos o vilão. — Ela puxou nós duas para o gramado, movendo os quadris com a batida da música, os olhos me desafiando a protestar. — Acho que isso pede uma comemoração. Vocês não acham?

Capítulo 43

Acordei suando frio no meio da noite. Eu devia ter esperado os pesadelos. Tinham me atormentado de tempos em tempos por cinco anos. Claro que os jogos mentais de Redding tinham trazido isso de volta.

Não é só isso, pensei em um momento de honestidade brutal comigo mesma. *Eles voltam quando eu estou estressada. Quando as coisas estão mudando.*

Não era só por causa de Redding. Era por causa de Michael e de Dean, mas, além disso tudo, por minha causa. Sloane tinha me perguntado uma vez, em um jogo de Verdade ou Consequência, quantas pessoas eu amava. Não só amor romântico, qualquer tipo de amor. Na ocasião, eu tinha me perguntado se crescer só com a minha mãe de companhia e depois perdê-la como aconteceu tinha atrapalhado minha capacidade de amar outras pessoas.

Minha resposta tinha sido *uma*.

Mas agora…

Quer saber por que você, em particular, me preocupa, Cassie? A voz da agente Sterling ecoou nos meus ouvidos. *É você que sente as coisas de verdade. Você nunca vai conseguir parar de se importar. Sempre vai ser pessoal.*

Eu me importava com as vítimas pelas quais nós lutávamos: as Mackenzies McBrides e as garotas sem nome das cafeterias. Eu me importava com as pessoas daquela casa: não só

Michael e Dean, mas Sloane e Lia. Lia, que teria se jogado no fogo por Dean.

Lia, que tinha se jogado no meio do meu momento com Michael com a mesma determinação.

Tentei silenciar minha mente e voltar a dormir.

Mackenzie McBride. A garota da cafeteria. Meus pensamentos circularam de volta. *Por quê?* Virei a cabeça para o lado no travesseiro. Meu peito subiu e desceu com a respiração firme e regular.

O FBI tinha entendido o caso de Mackenzie McBride errado. Tinham deixado passar o vilão escondido a olhos vistos. Mas nós não tínhamos deixado passar nada naquele caso. Christopher Simms *era* o vilão. Ele tinha sido pego no ato. Tinha os suprimentos na picape: lacres para prender os tornozelos e pulsos da garota, uma faca, o ferrete.

A garota da cafeteria. Era a isso que eu ficava voltando. Quem era a vítima que Christopher tinha em vista? Redding sabia que tinha alguém marcado para morrer. Tinha nos dito para esperar.

Como você escolhe quem morre?

Eu não escolho.

Clark tinha escolhido Emerson.

Christopher tinha escolhido a mãe.

Fogle não tinha passado de uma complicação que precisava ser resolvida.

Quem escolheu a garota então?

Não havia como escapar dessa pergunta. Talvez não fosse nada, mas saí da cama e do quarto. A casa estava silenciosa, exceto pelo som dos meus passos leves quando desci a escada. A porta do escritório, moradia temporária da agente Sterling, estava com uma fresta aberta. Um brilho suave de abajur lá dentro me avisou que ela também não estava dormindo.

Parei junto à porta. Não consegui bater. De repente, a porta se abriu. A agente Sterling estava do outro lado, o cabelo castanho solto e desgrenhado, o rosto sem maquiagem e a arma na mão. Quando me viu, ela soltou o ar e abaixou a arma.

— Cassie — disse ela. — O que você está fazendo aqui?

— Eu moro aqui — respondi automaticamente.

— Você mora do lado de fora da minha porta?

— Você também está tensa — falei, interpretando o comportamento dela pelo fato de ela ter aberto a porta com uma arma em mãos. — Não está conseguindo dormir. Eu também não estou.

Ela balançou a cabeça com desapontamento, apesar de eu não conseguir saber se a emoção era dirigida a ela mesma ou a mim, e deu um passo para trás, me convidando a entrar. Atravessei a soleira, e ela fechou a porta e acendeu a luz.

Eu tinha esquecido que o escritório de Briggs era cheio de animais empalhados: predadores com poses de segundos antes de atacar.

— Não me admira você não conseguir dormir — falei.

Ela segurou um sorriso.

— Ele sempre gostou de coisas dramáticas. — Ela se sentou na beira do sofá-cama. Com o cabelo solto, parecia mais jovem. — Por que você não consegue dormir? A tornozeleira está incomodando?

Olhei para os meus pés com surpresa, como se tivessem acabado de aparecer no meu corpo. O peso constante no meu tornozelo direito deveria ter sido mais incômodo do que era, mas tanta coisa tinha acontecido nos dias anteriores que eu mal notei.

— Não — falei. — Quer dizer, sim, eu adoraria que você tirasse esse treco, mas não é por isso que eu estou acordada. É por causa da garota, a que Christopher Simms ia encontrar na cafeteria. A que ele estava planejando sequestrar.

Não especifiquei o que mais Christopher estava planejando fazer com aquela garota, mas eu conhecia a agente Sterling bem o suficiente agora para saber que a mente dela pensaria nisso, assim como a minha.

INSTINTO ASSASSINO **285**

— O que tem ela? — A voz de Sterling estava meio rouca. Eu me perguntei quantas noites ela tinha passado como aquela, sem conseguir dormir.

— Quem era ela? — perguntei. — Por que ia se encontrar com Christopher?

— Ela trabalhava na cafeteria — respondeu Sterling. — Estava conversando com uma pessoa em um site de relacionamentos. Ele usou um nome falso e só acessava a conta de computadores públicos, mas faz sentido que fosse Christopher levando as coisas ao nível seguinte com a seleção de vítimas. A mãe dele estava morta. Ele tinha matado Emerson. Isso pode ter dado a ele um gosto por garotas universitárias.

Pacto Sinistro, pensei.

— Christopher tinha um álibi para o assassinato da mãe. Clark tinha um álibi para o de Emerson. — Tentei engolir. Minha boca tinha ficado tão seca que tive dificuldade de pronunciar as palavras seguintes. — Talvez tenha sido isso. Talvez agora que Clark está morto, Christopher tenha começado a trabalhar por conta própria... mas Redding sabia que alguém ia morrer em breve além de Clark. Foi *planejado*. E se foi parte do plano...

Eu me sentei ao lado da agente Sterling, desejando que ela entendesse o que eu estava dizendo, apesar de não ter certeza de estar fazendo sentido.

— E se não fosse Christopher se comunicando com a garota on-line? E se *ele* não a escolheu?

Clark escolheu Emerson.

Christopher escolheu a própria mãe.

Os dois tinham álibis inquestionáveis para o assassinato das mulheres que tinham escolhido. E se eles não fossem os únicos?

— Você acha que tem um terceiro. — Sterling colocou a possibilidade em palavras. Isso tornou tudo real. Apoiei as mãos na beira da cama para me firmar.

— Christopher confessou o assassinato de Emerson? — perguntei. — Tem *alguma* prova física que o coloque no local? Alguma prova circunstancial? Qualquer coisa fora o fato de que ele estava planejando matar outra garota?

O celular da agente Sterling tocou. O som foi estridente, intenso em contraste com as minhas perguntas baixas. Ligações às duas da manhã nunca eram de boas notícias.

— Sterling. — A postura dela mudou quando atendeu. Aquela não era a mulher de cabelo desgrenhado, sentada na beira da cama. Era a agente. — Como assim, "ele está morto"? — Uma pausa curta. — Eu sei o significado literal da palavra, pai. O que aconteceu? Quando você recebeu a ligação?

Alguém estava morto. Saber disso pesou em mim e deixou meu coração batendo em um ritmo brutal. *O jeito como ela fala significa que é alguém que a gente conhece.* Quando me dei conta disso, uma súplica brotou dentro de mim, tomou conta dos meus pensamentos e silenciou todo o resto. *Por favor, que não seja Briggs.*

— Não, isso não é uma bênção — disse a agente Sterling rispidamente. — Esse caso não está encerrado.

Não é Briggs, pensei. O diretor Sterling nunca teria se referido à morte do antigo genro como *bênção*.

— Você está me ouvindo, pai? *Diretor*, nós achamos que pode haver… — Ela parou. — Quem somos *nós*? Importa? Estou dizendo…

Ela não estava dizendo nada, porque ele não estava ouvindo.

— Eu sei que seria vantajoso pra você politicamente se esse caso fosse encerrado, se não tivesse que ir a julgamento porque nosso primeiro assassino matou nosso segundo assassino e depois se enforcou com um lençol depois de ser capturado. Isso é ótimo, é organizado. É *conveniente*. Diretor? — Ela fez uma pausa. — Diretor? *Pai?*

Ela apertou o botão com raiva na tela do celular e jogou o aparelho longe.

INSTINTO ASSASSINO   287

— Ele desligou na minha cara — disse ela. — Me disse que tinha recebido uma ligação da prisão, que Christopher Simms tinha sido encontrado morto na cela. Ele se enforcou... ou pelo menos é a teoria vigente.

Li a implicação nessas palavras: a agente Sterling achava que havia ao menos uma chance, talvez uma boa, de Christopher Simms ter sido morto. Teria Redding encontrado um jeito de mandar matá-lo?

Ou a pessoa que tinha matado Emerson Cole, e talvez até Clark, tinha voltado para terminar o serviço?

Três UNSUBS. *Dois deles estão mortos.*

Se havia um terceiro, se alguém ainda estava por aí...

A agente Sterling abriu a mala.

— O que você está fazendo? — perguntei.

— Me vestindo — disse ela rigidamente. — Se houver a menor chance de esse caso não ter acabado, vou me debruçar nela.

— Vou com você.

Ela nem ergueu o olhar com a oferta.

— Obrigada, mas não. Eu ainda tenho algum escrúpulo. Se há um assassino por aí, não vou botar sua vida em risco.

Mas tudo bem botar a sua?, tive vontade de perguntar, mas não falei nada. Só subi a escada e troquei de roupa. Peguei a agente Sterling lá fora, indo na direção do carro.

— Pelo menos pede pra Briggs te encontrar lá — falei para ela, correndo para alcançá-la. — Onde quer que *lá* seja.

Ela apertou o botão da chave para destrancar o carro. Os faróis piscaram uma vez e a escuridão voltou.

— São duas da madrugada — disse a agente Sterling, ríspida. — Vai pra cama.

Uma semana antes, eu teria discutido com ela. Teria me ressentido de ela me deixar de lado. Mas uma parte de mim entendia: mesmo depois de tudo que tinha nos mandado fazer, o primeiro instinto dela ainda era de me proteger. Ela arriscaria a própria vida, mas não a minha.

Quem vai te proteger?, pensei.

— Liga pra Briggs que eu vou pra cama — prometi.

Mesmo no escuro, vi a irritação no rosto dela.

— Tudo bem — disse ela finalmente, pegando o celular e o mostrando para mim. — Vou ligar pra ele.

— Não — disse uma voz diretamente atrás de mim. — Não vai.

Nem tive tempo de me virar, de pensar, de processar as palavras. Um braço se fechou em volta do meu pescoço, cortou minha respiração e me puxou até eu ficar na ponta dos pés. Meu corpo foi puxado para junto do corpo do meu agressor. Enfiei as unhas no braço em volta do meu pescoço. Ele apertou mais.

Eu não consegui respirar.

Algo frio e metálico roçou minha bochecha e tocou minha têmpora.

— Coloca sua arma no chão. *Agora*. — Levei um momento para entender que essas palavras eram direcionadas à agente Sterling. Um segundo depois, percebi que eu estava com uma arma apontada para a cabeça, que Sterling estava fazendo exatamente o que tinha sido ordenado.

Ela arriscaria a própria vida, mas não arriscaria a minha.

— Para de resistir — sussurrou a voz sedosa no meu ouvido. Ele apertou a arma na minha têmpora com mais força. Meu corpo todo doía. Eu não conseguia respirar. Não conseguia parar de tentar me libertar dele.

— Eu estou fazendo o que você pediu. Solta a garota. — Sterling pareceu tão calma. *Tão distante*.

Estava escuro do lado de fora, mas as coisas foram ficando piores quando minha visão ficou borrada e uma escuridão profunda começou a se fechar em volta de mim.

— Me leva. Foi pra isso que você veio aqui. Fui *eu* quem escapei de Redding. Pra provar que você é melhor do que os outros aprendizes dele, matá-los não é o suficiente. Você quer provar que é melhor do que *ele*. Pra mostrar pra *ele*.

O aperto no meu pescoço diminuiu, mas a arma nem se mexeu. Inspirei ar, meus pulmões ardiam, ofegando para respirar uma vez, depois duas.

— Os olhos em mim, Cassie. — Sterling desviou o foco do UNSUB para mim só pelo tempo suficiente de dar essa instrução. Levei um momento para perceber por quê.

Ela não quer que eu o veja.

— Faz ela desmaiar. Deixa ela aqui. Ela não era parte do plano. Do *seu* plano. — A voz de Sterling estava firme, mas as mãos estavam tremendo. Ela estava fazendo uma jogada perigosa. Uma palavra errada e o UNSUB podia me matar com tanta facilidade quanto podia me fazer desmaiar. — Ela não pode te identificar. Quando ela acordar, você vai estar longe e eu vou ser sua. Você não vai me perder como Redding perdeu. Vai levar o tempo que precisar. Vai fazer do seu jeito, mas *você* não vai ser encontrado. *Eu* não vou ser encontrada se você seguir o plano.

Sterling estava mirando as palavras no UNSUB, brincando com os medos e desejos dele, mas eu também ouvi o que ela estava dizendo, e o pior foi que eu acreditei nela. Se eu não conseguisse identificar o UNSUB, se ele a levasse, se eles me deixassem inconsciente na frente da casa, quando eu acordasse seria tarde demais.

Ele teria uma vantagem grande.

Mas havia um jeito de garantir que Briggs soubesse imediatamente que havia algo errado. Um jeito de garantir que ele pudesse encontrá-la.

O UNSUB soltou meu pescoço.

— Olha pra cá, Cassie. Olha pra cá. — Ouvi o desespero na voz da agente Sterling. Ela precisava daquilo, precisava que eu continuasse olhando para ela.

Eu me virei. Mesmo no escuro, eu estava perto o suficiente para identificar as feições no rosto do UNSUB. Ele era jovem, com vinte e poucos anos. Alto e com corpo de corredor. Eu o reconheci.

O guarda da prisão. Webber. O que tinha ficado repugnado com a mera existência de Dean, que tinha problema com agentes do FBI do sexo feminino. O que tinha se recusado a nos deixar ficar no carro.

As peças se encaixaram em um único momento horrível: o *motivo* para o homem não ter deixado que a gente ficasse no carro; como Redding soubera que eu existia; como nosso terceiro UNSUB conseguiu matar Christopher Simms na prisão.

— Redding me levaria também. *Me mataria* também. — Minha voz estava rouca, quase inaudível. — Você trabalha na prisão. Sabe que ele pediu por mim. Deve ter sido você quem passou a mensagem.

Ele poderia atirar em mim. Naquele momento, ele poderia atirar em mim. Ou meu jogo poderia compensar.

Eu só vi um borrão de movimento, o brilho metálico. E tudo ficou preto.

Você

A arma estala no crânio dela *com um ruído horrendo.*

Você não entra em pânico.

O corpo da garota desaba no chão. Você mira a arma na agente bonita do FBI. *Ela te olhou com desprezo quando visitou Redding. Ousou te dizer o que fazer.*

Ela deve rir de garotos rejeitados pela Academia do FBI, *mais ainda da força policial local.*

— Pega ela — você diz.

Ela hesita. Você aponta a arma para a garota.

— Ou você pega ela ou eu atiro. Você escolhe.

Seu coração está disparado nos ouvidos. Sua respiração está vindo mais rápido. Tem um gosto no ar da noite que é quase metálico. Você poderia correr uma maratona agora. Poderia mergulhar nas Cataratas do Niágara.

A agente do FBI *pega a garota. Você enfia a arma dela no bolso. Elas são suas. Você vai levar as duas. E é nessa hora que você sabe.*

Você não vai enforcá-las. Não vai marcá-las. Não vai cortá-las.

Você está com Aquela Que Escapou. Está com a garota do filho inútil dele. Desta vez, você pensa, *nós vamos fazer do meu jeito.*

Você faz a agente do FBI *colocar a garota no porta-malas do seu carro e entrar. Você a apaga... e, ah, como é bom. Como é certo.*

Você fecha o porta-malas. Entra no carro. Sai dirigindo.

O aluno se tornou mestre.

Capítulo 44

A consciência voltou aos poucos. A dor, de uma vez. Todo o lado direito do meu rosto era uma agonia efervescente: latejando, doendo, como agulhas perfurando até o osso. Minha pálpebra esquerda se abriu, mas meu olho direito estava fechado de tão inchado. Pedacinhos do mundo entraram em foco: piso podre, uma corda pesada em volta do meu corpo, o poste no qual eu estava amarrada.

— Você acordou.

Meu olho bom procurou a fonte da voz e encontrou a agente Sterling. Havia sangue seco na têmpora dela.

— Onde nós estamos? — perguntei. Meus braços estavam presos nas costas. Virei o pescoço para tentar vê-los. Os lacres afundando na minha pele pareciam apertados, mas eu não sentia nada além da dor dilacerante que irradiava da minha bochecha.

— Ele bateu com a arma em você e te fez desmaiar. Como está sua cabeça?

O fato de ela ter ignorado minha pergunta não passou despercebido. Um gemido escapou dos meus lábios, mas disfarcei da melhor forma possível.

— Como está a sua?

Os lábios secos se abriram em um sorrisinho.

— Eu acordei no porta-malas do carro dele — disse ela depois de alguns segundos. — Ele não me bateu tão bem. Eu fingi que estava inconsciente quando ele nos trouxe aqui. Até

INSTINTO ASSASSINO 293

onde sei, nós estamos em uma espécie de chalé abandonado. Tudo ao redor é bosque.

Umedeci os lábios.

— Há quanto tempo ele saiu?

— Não muito. — O cabelo de Sterling estava caído no rosto. Ela estava imobilizada da mesma forma que eu: as mãos nas costas, presa a um poste de madeira que ia do teto ao chão. — Tempo suficiente para eu saber que não vou conseguir me soltar desses nós. Tempo suficiente para eu saber que você também não vai conseguir. *Por que*, Cassie? — A voz dela falhou, mas ela não parou de falar. — *Por que você não pôde fazer o que eu mandei? Por que fez com que ele te trouxesse junto?*

A raiva foi sumindo da voz dela de uma frase para a seguinte até só restar uma desesperança terrível e vazia.

— Porque — falei, indicando meu pé esquerdo e fazendo uma careta quando minha cabeça latejou — eu estou usando uma tornozeleira eletrônica com GPS.

A dela estava abaixada, mas seus olhos se encontraram com os meus.

— Assim que eu saí da propriedade, Briggs recebeu uma mensagem de texto — falei. — Não vai demorar pra ele perceber que você também sumiu. Ele vai puxar os dados da minha tornozeleira. Vai nos encontrar. Se eu tivesse deixado você ir sozinha... — Eu não terminei a frase. — Briggs vai nos encontrar.

Sterling levantou a cabeça para o teto. Primeiro, achei que ela estivesse sorrindo, mas aí percebi que estava chorando, a boca esticada e tensa a ponto de sufocar os sons que tentavam escapar.

Não me parecem lágrimas de alívio.

Ela abriu a boca e uma risada estranha e seca escapou.

—Ah, meu Deus, Cassie.

Quanto tempo havia que estávamos ali? Por que Briggs já não tinha arrombado aquela porta?

— Eu não ativei a tornozeleira. Achei que você usá-la seria suficiente.

A tornozeleira tinha que disparar. Tinha que levar Briggs até nós.

Nunca tinha passado pela minha cabeça que ela podia ter mentido para mim. Eu sabia que estava correndo um risco, mas achei que era de botar a minha vida em jogo para ajudar a salvar a dela.

A tornozeleira tinha que disparar. Tinha que levar Briggs até nós.

— Você tinha razão sobre o assassino de Emerson. — Essas foram as únicas palavras que meus lábios formariam, a única coisa que restava dizer. O assassino voltaria. Ninguém apareceria para nos salvar.

— Como?

Percebi pela expressão nos olhos de Sterling que ela estava sustentando a conversa para o meu benefício, não dela. Mentalmente, ela devia estar se repreendendo: por não encontrar o assassino, por aceitar morar na nossa casa e nos passar esse caso, por me deixar entrar quando bati na porta dela.

Por não ativar a tornozeleira. Por me deixar acreditar que ela tinha feito isso.

— Você disse que o assassino de Emerson tinha entre 23 e 28 anos, tinha inteligência acima da média, mas não necessariamente tinha estudo. — Fiz uma pausa. — Se bem que, se ele nos enfiou no porta-malas, isso parece sugerir que ele não dirige uma picape nem um SUV.

Sterling conseguiu abrir um sorriso irônico.

— Dez pratas que o carro não era dele.

O canto de um lado da minha boca subiu de leve e fiz uma careta.

— Tenta não se mexer — disse Sterling. — Você vai precisar guardar energia porque, quando ele voltar, eu vou tentar distraí-lo e você vai correr.

— Minhas mãos estão presas e eu estou amarrada em um poste. Eu não vou a lugar nenhum.

— Vou fazê-lo te desamarrar, me desamarrar. Vou distraí-lo.
— Havia uma determinação tranquila na voz dela, mas também havia desespero, uma necessidade desesperada de acreditar que o que ela estava dizendo podia acontecer. — Quando ele estiver distraído, você sai correndo — disse ela com ferocidade na voz.

Eu assenti, apesar de saber que ele tinha uma arma, de saber que eu nem passaria pela porta. Eu menti e ela aceitou a mentira, apesar de *saber* tão bem quanto eu que uma distração não seria suficiente.

Não havia suficiente.

Não havia nada para ele além de nós e a certeza de que ambas morreríamos naquele chalé úmido e podre, gritando para ninguém além de nós duas ouvirmos.

Meu Deus.

— Ele quebrou o padrão do Redding. — Agora, era Sterling quem estava tentando me distrair. — Rompeu completamente com ele.

Talvez então nós não morrêssemos como Emerson Cole ou como as mais de dez mulheres que Daniel Redding tinha matado antes de ser capturado.

Isso não é mais a fantasia do Redding. É a sua. Você gostou de espremer a vida de mim. Gostou de me bater com a arma? Você vai nos espancar até a morte? Eu me obriguei a continuar respirando, inspirações rápidas e rasas. *Você vai exibir nossos corpos destruídos em público, da mesma forma que colocou o corpo de Emerson no capô do carro? Nós seremos troféus, testemunhos do seu controle, do seu poder?*

— Cassie.

A voz de Sterling me trouxe de volta.

— É doentio eu desejar que fosse normal? — perguntei. — Não porque eu não estaria aqui, eu não trocaria a minha vida pelas vidas que ajudei a salvar. Mas porque, se eu fosse *normal*, não estaria sentada aqui entrando na mente dele, vendo-o como ele nos vê, sabendo como isso vai terminar.

— Termina com você correndo — lembrou Sterling. — Você foge. Você escapa, porque é uma sobrevivente. Porque outra pessoa achou que você merecia ser salva.

Fechei os olhos. Agora, ela só estava me contando uma história, um conto de fadas que terminava com um felizes para sempre.

— Quando eu era criança, conheci uma garota que planejava suas fugas de todos os tipos de situação ruim. Ela era um guia ambulante para a sobrevivência nos piores e mais improváveis cenários em que se poderia pensar.

Deixei a voz de Sterling me envolver. Deixei que as palavras dela banissem todas as coisas em que eu não queria pensar.

— Você foi enterrada viva em um caixão de vidro com uma cobra dormindo no seu peito. O oxigênio está acabando. Se você tentar quebrar o caixão, vai acordar a cobra. O que você faz?

Abri meu olho bom.

— O que *você* faz?

— Eu nem lembro, mas ela sempre tinha uma resposta. Sempre tinha uma saída, e falava com muita alegria disso. — Sterling balançou a cabeça. — Sloane me lembra ela às vezes. Quando nós éramos mais novas, ela trabalhava no laboratório do FBI. Ela sempre era melhor com fatos do que com pessoas. A maioria dos alunos de segundo ano não gosta de uma colega que vive colocando a vida deles em perigo teórico.

— Mas você gostava — falei. Sterling assentiu. — O nome dela era Scarlett, não era? Era filha de Judd. Sua melhor amiga. Não sei o que ela era pra Briggs.

Sterling me encarou alguns segundos.

— Você é sinistra — disse ela. — Você sabe disso, né?

Dei de ombros da melhor forma que pude, considerando as circunstâncias.

— Ela também era melhor amiga de Briggs. Eles se conheceram na faculdade. Eu a conhecia desde o jardim de infância. Ela nos apresentou. Nós três entramos no FBI juntos.

— Ela morreu. — Falei para que Sterling não precisasse, mas ela repetiu as palavras mesmo assim.

— Ela morreu.

O som de uma porta se abrindo interrompeu a nossa conversa. Dobradiças antigas rangeram em protesto. Lutei contra a vontade de me virar para a porta. Não valeria as pontadas de dor que o movimento geraria no meu rosto e pescoço.

Você está parado aí. Está nos olhando.

Passos pesados me disseram que ele estava chegando perto. Em pouco tempo, o homem que tinha matado o professor, Emerson, Clark e, muito provavelmente, Christopher, estava parado exatamente entre mim e Sterling.

Segurando um rifle de caça.

Você

Armas e buraquinhos de bala *e a glória de ser quem puxa o gatilho.*

Elas são suas. Desta vez você vai fazer do seu jeito.

A ruivinha que praticamente suplicou *para que você a levasse não parece estar muito bem. Ela vai ser a primeira a cair. O rosto dela já está cheio de hematomas.* Você *fez isso.* Você. *O rosto da agente do* FBI *está marcado com linhas óbvias de lágrimas. Você apoia o rifle de lado, estende o braço e passa o polegar pelo rosto dela.*

Ela recua, mas não tem como lutar contra você. Nenhuma das duas tem como.

— *Vou desamarrar vocês* — *você diz, só para ver a surpresa nos olhos delas.* — *Vocês vão correr. Vou até dar a vocês dois minutos de vantagem.*

Pegá-las. Soltá-las. Rastreá-las. Matá-las.

— *Agora...* — *Você arrasta a palavra e bate com a coronha do rifle pensativamente no chão.* — *Quem vai primeiro?*

A adrenalina já está começando a correr pelo seu corpo. Você é poderoso. É o caçador. Elas são as presas.

— *Eu.* — *A agente do* FBI *é quem fala. Ela não percebe que não passa de um cervo sob a sua mira?*

Você é o caçador.

Ela é a presa.

Você pega a mais jovem pelo cotovelo.

— Você. — Você bafora a palavra diretamente na cara dela. Ela que se encolha e se afaste de você. — Você é a primeira. — O cheiro de medo é hipnotizante. Você sorri. — Espero que consiga correr.

Capítulo 45

Ele tirou uma faca da bota. Imaginei-a voando na minha direção. *Senti-a* cortando pele e músculo, arrancando a carne do meu osso. Mas nosso captor se ajoelhou. Passou o dorso da faca na lateral da minha bochecha. Parou no meu pescoço e desceu lentamente até meus punhos. A lâmina pairou sobre meu braço por um momento. Ele passou a ponta de leve sobre uma veia, mas não apertou com força para cortar.

Com um movimento, minhas mãos estavam livres.

Ele guardou a faca na bota e desamarrou a corda do meu corpo com a mão. Apreciou a tarefa, saboreou-a. As mãos roçaram minha barriga, minha cintura, minhas costas.

Em pouco tempo, eu estava livre. Olhei para a agente Sterling. Ela quis ir primeiro, quis ganhar tempo para mim... mas para quê? *Essa* era a única saída. Se ele me desse vantagem, se eu corresse rápido o suficiente...

Você quer que eu pense que tenho chance, né?

Mesmo sabendo disso, me agarrei à esperança de que dois minutos pudessem ser tempo suficiente para desaparecer no bosque lá fora.

Havia um jeito de sair daquilo. Eu tinha que acreditar nisso. Tinha que lutar.

Ele colocou a mão no meio das minhas costas e me empurrou na direção da porta.

— Cassie. — A voz da agente Sterling falhou quando ela disse meu nome. — Você foi enterrada viva em um caixão de vidro com uma cobra dormindo no seu peito. Tem um jeito. *Sempre* tem um jeito.

Nosso captor não me deu oportunidade de me virar. De me despedir. Um momento depois, eu estava na varanda. A descrição anterior de Sterling foi na mosca: nós estávamos completamente cercadas por um bosque, mas, no ponto mais próximo, a entrada no meio das árvores estava a uns quinze metros. As árvores eram mais densas ao adentrar. Eu precisaria da cobertura.

Eu precisava de um plano.

— Dois minutos. Começando agora.

Ele me empurrou da varanda. Eu tropecei. Meu rosto estava latejando.

Eu corri.

Corri o mais rápido que pude, para as árvores mais fechadas que consegui ver. Cheguei em uma área fechada em segundos, menos de dez, mais do que cinco. Abri caminho pela vegetação até meus pulmões começarem a arder. Olhei para trás. Não dava para vê-lo pela floresta, o que significava que ele não me via.

Quanto tempo tinha passado? Quanto eu ainda tinha?

Sempre tem um jeito.

Correr não era solução. O homem me caçando tinha a passada mais larga do que minha. Tinha corpo de corredor e não precisava me pegar, só precisava me ver e mirar.

Dois minutos não são nada.

Minha única esperança era despistá-lo, mandá-lo em uma direção enquanto eu ia em outra. Ia contra todos os instintos que eu tinha, mas eu voltei. Saí da trilha que eu tinha feito na primeira vez, pisando leve e ficando abaixada, entrando no meio de arbustos cheios e rezando a Deus para ele seguir meu caminho original e não aquele.

Um graveto estalou ali perto. Fiquei imóvel.

Por favor, não me veja. Por favor, não me veja. Por favor, não me veja.

Outro estalo. Outro passo.

Indo para longe de mim. Ele está se afastando.

Eu não tinha muito tempo até ele perceber o erro. Eu não tinha para onde ir. Não podia ficar correndo. Poderia subir? Me enterrar na vegetação? Atravessei um riacho, desejando que fosse um rio. *Eu me jogaria dentro.* Ouvi um grito, um som quase desumano.

Ele devia ter chegado ao fim da minha trilha original e descoberto meu truque. Ele se moveria rápido agora, determinado a recuperar o terreno perdido.

Você não está com raiva. Não de verdade. Esse é o jogo. Você sabe que vai me encontrar. Sabe que eu não vou escapar. Não deve ter para onde escapar.

Eu não tinha ideia de onde estávamos, só sabia que eu tinha que fazer *alguma coisa.* Eu me ajoelhei e peguei uma pedra. Quase não cabia na minha mão. Com a outra, peguei um galho acima de mim e trinquei os dentes, o que tornou a dor pior, não melhor.

Não dá tempo. Não dá tempo de sentir dor. Suba. Suba. Suba.

Eu só conseguia segurar com uma das mãos, mas usei o outro braço, prendendo-o em galhos, ignorando quando a casca rasgava a pele fina. Subi o mais alto que pude até os galhos ficarem finos demais para sustentar meu peso e as folhas esparsas demais para me esconder. Transferi a pedra da mão esquerda para a direita e usei a esquerda para me firmar.

Por favor, não me veja. Por favor, não me veja. Por favor, não me veja.

Eu o ouvi. A cinquenta metros. Quarenta. Trinta. Vi quando ele apareceu, atravessando o riacho.

Por favor, não me veja. Por favor, não me veja. Por favor, não me veja.

Os olhos dele estavam no chão. *Marcas.* Eu tinha deixado marcas, que acabavam bem embaixo daquela árvore. Eu soube

INSTINTO ASSASSINO 303

o segundo em que ele olharia para cima. Só tive tempo para um pensamento, para uma súplica silenciosa.

Não erra.

Arremessei a pedra na direção dele com tanta força que eu quase caí da árvore. Ele olhou para cima.

Eu não errei.

A pedra o acertou acima do olho. Ele caiu, mas não ficou no chão, e quando ficou de joelhos e se levantou, sangrando e atordoado, mas bem vivo, senti a adrenalina que tinha me levado até ali evaporar. Não haveria feitos sobre-humanos de força ou velocidade. Era o fim: ele mirando com o rifle no meio da árvore e eu me agarrando a um galho quinze metros acima, tremendo e sangrando, sem mais nada para jogar.

— Acabaram os truques? — gritou ele, o dedo brincando com o gatilho.

Pensei na agente Sterling no chalé. Ele iria atrás dela em seguida para fazer aquele joguinho doentio.

Não.

Eu fiz a única coisa que tinha para fazer. Eu pulei.

A arma disparou. O tiro passou longe, e eu caí nele com os pés. Nós dois caímos em um emaranhado de membros. Ele ficou segurando o rifle, mas eu estava perto demais para ele apontar para mim.

Três segundos.

Foi esse o tempo que levou para ele ganhar vantagem, me prender no chão. Ele me prendeu com uma das mãos, se agachou e botou o pé no meu peito, em vez de a mão. Com o ferimento na cabeça sangrando intensamente, ele se levantou. Do meu ângulo no chão, parecia absurdamente alto. *Invencível.*

Ele levou a arma ao ombro. A ponta do cano estava a menos de um metro do meu corpo. Parou sobre minha barriga por alguns segundos, depois se voltou para minha testa.

Eu fechei os olhos.

— Pegá-las. Soltá-las. Rastreá-las. Matá... — Ele parou de repente, sem aviso. Só mais tarde meu cérebro registrou o som de tiro, a agitação de passos na minha direção.

— Cassie. *Cassie.*

Eu não queria abrir os olhos. Se abrisse, talvez não fosse real. A arma podia ainda estar ali. *Ele* podia estar ali.

— Cassandra. — Só havia um homem no universo que poderia dizer meu nome exatamente naquele tom.

Eu abri os olhos.

— Briggs.

— Webber está morto. — Ele esclareceu essa parte antes de me perguntar se eu estava bem.

— Webber? — grunhi. Eu conhecia o nome, mas minha mente não conseguiu processá-lo, não conseguiu registrar o fato de que o homem que tinha feito aquilo comigo *tinha* nome.

— Anthony Webber — confirmou Briggs, fazendo uma verificação rápida dos meus ferimentos, avaliando-os até o menor detalhe.

— Sterling? — consegui perguntar.

— Ela está bem.

— Como você...

Briggs ergueu a mão e pegou o telefone com a outra. A ligação que ele fez foi breve e direta.

— Estou falando com ela. Ela está bem. — Ele voltou a atenção para mim e respondeu à pergunta que eu não tinha nem terminado de formular. — Quando percebemos que vocês duas estavam desaparecidas, o diretor botou a agência inteira atrás de vocês. Não parava de repetir que Veronica ficou tentando dizer a ele que havia algo de errado no caso.

— Mas como você...

— Sua tornozeleira.

— A agente Sterling disse que não tinha ativado.

Briggs sorriu, irônico.

— Ela não tinha ativado mesmo, mas como estava numa onda de seguir regras quando a pegou, ela preencheu toda a papelada. Estava tudo certinho. Nós tínhamos o número de série e conseguimos ativar remotamente.

Foi irônico: eu tinha salvado a vida da agente Sterling violando regras, e ela tinha salvado a minha as seguindo.

Briggs me ajudou a ficar de pé.

— Minha equipe está a caminho — disse ele. — Nós saímos direto da casa e tivemos vantagem.

Nós?

— Cassie. — Dean apareceu no meio da vegetação.

— Eu falei pra ele esperar no chalé — disse Briggs para mim. — Eu falei pra você esperar no chalé — reiterou ele para Dean, com irritação na voz.

Mas ele não me impediu de dar três passos na direção de Dean, nem Dean de percorrer o espaço restante entre nós num piscar de olhos. No segundo seguinte, ele estava com as mãos nos meus ombros, me tocando, confirmando que eu estava bem, que estava ali, que era *real*.

— O que você está fazendo aqui? — perguntei.

As mãos dele foram dos meus ombros para o meu rosto. A direita aninhou minha bochecha esquerda. A esquerda passou cuidadosamente pelas minhas feridas, foi para o meu cabelo e sustentou minha cabeça para mim, como se ele achasse que meu pescoço não era capaz de dar conta.

— Ativar o rastreador foi ideia de Sloane. Todo mundo tinha esquecido. Briggs estava lá em casa quando recebeu as coordenadas. Talvez eu tenha dado um jeito de estar no carro quando ele saiu.

Briggs não teria desperdiçado nem um segundo tentando expulsá-lo.

— O que aconteceu? — perguntou Dean, a voz carregada de emoções que eu não conseguia identificar. Eu sabia que ele devia estar perguntando sobre o sequestro, sobre o meu rosto, sobre ter ficado amarrada no chalé lutando pela minha vida, mas preferi interpretar a pergunta de forma meio diferente.

— Eu bati na cabeça dele com uma pedra. Depois, pulei nele de cima da árvore. — Fiz um gesto vago com uma das mãos. Dean me encarou, a expressão ilegível até que os cantos dos lábios começaram a subir de leve.

— Eu estava errado quando falei que só sinto *alguma coisa.* — Ele estava com a respiração pesada. Eu não conseguia respirar. — Quando falei que não sabia se era suficiente.

Ele estava com medo, como eu. Mas sentia, e eu sentia, e *ele estava ali.* Eu tinha passado tanto tempo tentando *não* escolher, tentando *não* sentir, e em um instante senti uma coisa dentro de mim quebrar, como uma enxurrada rompendo uma barragem.

Dean me puxou delicadamente para perto. Os lábios roçaram os meus de leve. O gesto foi hesitante, inseguro. Minhas mãos se apoiaram na nuca dele, puxando-*o* para mais perto.

Talvez isso fosse um erro. Talvez, quando a fumaça se dissipasse, as coisas ficassem diferentes. Mas eu não podia parar, eu não podia continuar vivendo a minha vida com base no talvez se eu quisesse de fato *viver.*

Fiquei na ponta dos pés, o corpo encostado no dele, e retribuí o beijo, a dor no meu rosto passando, levada com o resto do mundo, até que só havia *aquele* momento... o que eu não achava que fosse viver para ver.

Capítulo 46

Passei a noite no hospital. Eu tinha uma concussão, hematomas no pescoço de quase ter sido estrangulada e incontáveis cortes e abrasões nas mãos e pernas. Tiveram que arrancar Dean de mim.

Eu estava viva.

Na manhã seguinte, os médicos me liberaram sob custódia do agente Briggs. Estávamos indo para o carro quando me dei conta de que ele estava calado demais.

— Cadê a agente Sterling? — perguntei.

— Foi embora. — Nós entramos no carro. Botei o cinto de segurança com cuidado. Briggs pegou a estrada. — As feridas dela eram mínimas, mas ela está de licença até um psicólogo do Bureau autorizá-la voltar ao trabalho de campo.

— Ela vai voltar? — Meus olhos arderam quando fiz a pergunta. Uma semana antes, eu teria ficado feliz de me ver livre dela, mas agora...

— Não sei — disse Briggs, um músculo na mandíbula tensionando. Ele era o tipo de pessoa que odiava admitir incerteza. — Depois que Redding a capturou, depois que Dean a ajudou a fugir, ela lutou pra voltar. Ela se jogou no trabalho.

Isso foi antes. Agora era diferente. Eu achava que a agente Sterling estava mudando de ideia sobre o programa, mas não conseguia parar de pensar na expressão no rosto dela quando me perguntou *por quê*. Por que eu não tinha ouvido? Por que tinha feito o louco me levar também?

Tudo que ela queria naqueles últimos momentos era acreditar que eu sairia daquele inferno viva.

— Ela se culpa? — perguntei, mas não era uma pergunta de verdade.

— A si mesma. Ao pai. A mim. — Algo no tom de Briggs me deu a entender que a agente Sterling não era a única que carregava aquela culpa. — Você não tinha que ter ido a campo. Nenhum de vocês tinha que ter corrido risco de vida.

Se os Naturais não tivessem trabalhado naquele caso, Christopher Simms teria matado aquela garota. Se eu não tivesse ido com a agente Sterling, ela estaria morta. Por mais que o que eu tivesse passado assombrasse o agente Briggs, eu sabia lá no fundo que, no fim das contas, ele conseguiria viver com os riscos do programa. Já a agente Sterling eu não tinha tanta certeza.

— Pra onde estamos indo? — perguntei quando Briggs passou direto pela nossa saída na rodovia.

Ele não disse nada por vários minutos. Um quilômetro foi se somando a outro. Fomos parar em um condomínio em frente à prisão.

— Tem uma coisa que eu quero que você veja.

O apartamento de Webber tinha dois quartos. A vida dele era muito segmentada. Ele dormia em um quarto, a cama feita com lençol esticadinho, cortinas blecaute nas janelas, e trabalhava no outro.

A equipe de Briggs estava catalogando provas quando entramos: cadernos e fotografias, armas, um computador. Centenas, talvez milhares de sacos de provas contavam a história da vida de Webber.

A história do relacionamento dele com Daniel Redding.

— Vai em frente — disse Briggs, indicando os sacos cuidadosamente documentados. — Só usa luvas.

Ele não tinha levado Dean para aquela cena do crime. Não tinha levado Michael, Lia nem Sloane.

— O que estou procurando? — perguntei, colocando um par de luvas.

— Nada — disse Briggs com simplicidade.

Você me trouxe aqui pra olhar isso, pensei, voltando para o modo perfiladora sem nem pensar. *Por quê?*

Porque não era para processar provas. Era por mim e pelo que eu tinha passado no bosque. Eu sempre teria perguntas sobre Locke, da mesma forma que Dean sempre teria perguntas sobre o pai, mas aquele UNSUB, o homem que tinha tentado acabar com a minha vida, não precisava ser uma figura mítica, mais um fantasma a assombrar meus sonhos.

Lençóis esticadinhos e rifles de caça.

Briggs tinha me levado ali para que eu pudesse entender... e seguir em frente, tanto quanto uma pessoa *pode* seguir em frente depois de algo assim.

Levei horas para olhar tudo. Havia uma foto de Emerson Cole enfiada na lateral de um diário. A escrita de Webber (*tudo com letra de forma inclinada para um lado*) cobria as páginas, me contando a história dele com detalhes horrendos e nauseantes. Eu li tudo, repassando os detalhes, absorvendo-os e criando um perfil.

Seis meses antes, você foi transferido para o bloco de Redding. Ficou fascinado com ele, hipnotizado pela forma como ele manipulava os outros prisioneiros, os guardas. A prisão era o único lugar em que você tinha poder, controle, e quando outra rejeição da academia de polícia chegou, trabalhar lá não era mais o suficiente.

Você queria um tipo de poder diferente. Intangível. Inegável. Eterno.

Webber tinha ficado obcecado por Redding. Achou que estava escondendo a obsessão até Redding oferecer a ele um trabalho muito especial.

Ele reconheceu seu potencial. Você precisava se provar, provar que era mais inteligente e melhor e mais do que todo mundo que te desprezava, te rejeitava e te deixava de lado.

Redding pedira para Webber fazer duas coisas: acompanhar o agente Briggs e encontrar Dean. O guarda tinha provado seu valor nas duas coisas. Tinha seguido o agente Briggs. Tinha encontrado a casa onde Dean estava morando. E contou tudo o que descobriu.

Esse foi o ponto de virada. Foi o momento em que você percebeu que, para eclipsar aquele pestinha resmungão nos olhos de Redding, você teria que fazer mais.

Havia um artigo de jornal dobrado e enfiado entre duas páginas do diário: um artigo que Webber tinha dado para Daniel Redding ler e depois escondido na sala de trabalho.

Era um artigo sobre a agente especial do FBI Lacey Locke. Uma loba em pele de cordeiro. Uma assassina que era do próprio Bureau.

Pouco tempo depois, Redding tinha dito que você estava pronto. Você era aprendiz dele. Ele era seu mestre. E se havia outros competindo pelo seu papel, bem, você cuidaria deles com o tempo.

Virei de uma página para a seguinte e voltei, relendo, construindo uma linha do tempo na mente. Redding tinha começado a preparar os alicerces para essa série de "testes" para os aprendizes — ou, como Webber gostava de dizer, *o que seria* — no dia seguinte a ler o artigo sobre os assassinatos de Locke.

Você não acha esquisito?, o que eu tinha perguntado parecia ter sido uma eternidade atrás. *Seis semanas atrás, Locke estava reencenando o assassinato da minha mãe, e agora tem uma pessoa por aí imitando o pai de Dean?*

Sentada ali, recriando a série de eventos que tinha levado ao assassinato de Emerson Cole, eu me dei conta de que não era esquisito. Não era coincidência.

Daniel Redding tinha começado aquilo *depois* de ler sobre os assassinatos de Locke. Dean entendia os assassinos por causa do pai; nem precisava ser dito que Daniel Redding também os entendia. E, se ele entendia Locke — o que a movia, o que a motivava, o que ela queria —, se ele mandou que Webber vigiasse Dean, se ele sabia quem eu era e o que tinha acontecido com a minha mãe...

Locke matou aquelas mulheres por mim, e Redding aceitou o desafio.

Ainda havia tantas perguntas: como Redding ficou sabendo quem eu era; como tinha feito as conexões que deve ter feito para entender o que tinha acontecido com Locke; o que ele sabia sobre o assassinato da minha mãe, se é que sabia alguma coisa. Mas o diário de Webber não tinha aquelas respostas.

Quando o *teste* começou, a escrita de Webber foi ficando menos concentrada em Redding.

Você o idolatrava... mas aí se tornou ele. Não, você se tornou algo melhor. Algo novo.

Cinco pessoas estavam mortas. Por confissão dele naquelas páginas, Webber tinha matado quatro: Emerson, o professor e os dois concorrentes. O plano original, transmitido por Redding para os três aprendizes, com Webber facilitando a comunicação, era que cada um deles escolhesse uma vítima e matasse uma dos outros.

Na sua mente, nunca houve espaço para nenhum outro.

Havia páginas no diário descrevendo as fantasias de Webber de como seria se tivesse sido ele a matar Trina Simms. Ele tinha visualizado, tinha imaginado, e Clark tinha morrido pelo pecado de *não fazer direito*. Os dias de Christopher estavam contados assim que ele foi capturado.

E aí sobrou um.

— Cassie — Briggs me chamou, e olhei para ele do chão. — Você está bem?

Eu estava ali havia horas. Briggs tinha alcançado seu objetivo: quando fechava os olhos, eu não ficava presa no horror de ser caçada como um animal. Eu não sentia Webber de pé ao meu lado, nem o braço dele interrompendo a passagem de ar na minha garganta. Essas lembranças não tinham sido apagadas. Nunca seriam. Mas por minutos, horas, talvez até dias seguidos, eu poderia esquecer.

— Estou — falei, fechando o diário e tirando as luvas de uma das mãos e depois da outra. — Estou bem.

Quando voltamos para casa, estava quase escuro. Lia, Dean e Sloane estavam sentados na varanda, me esperando. Michael estava batendo com uma marreta nas janelas quebradas do carro de ferro-velho.

Cada vez que ele dava um golpe, cada vez que estilhaçava um pedaço de vidro, eu sentia algo se estilhaçar dentro de mim.

Ele sabia.

Desde que Dean voltou para casa, desde que Michael bateu os olhos nele, ele soube.

Eu não pretendia que isso acontecesse. Não planejei.

Michael ergueu o rosto e me viu, como se meus pensamentos tivessem ido da minha mente para a dele. Ele me observou como tinha feito no dia em que nos conhecemos, antes de eu saber o que ele era capaz de fazer.

— Então é isso? — perguntou ele.

Eu não respondi. Não consegui. Meu olhar se desviou para a varanda. Para Dean.

Michael abriu um sorriso descuidado.

— Às vezes a gente ganha, às vezes a gente perde — disse ele, dando de ombros. Como se eu sempre tivesse sido só um jogo. Como se não importasse.

Porque ele não *deixaria* que eu importasse mais do que isso.

— Melhor assim — continuou, cada palavra um disparo calculado no meu coração. — Se ele se der bem, pode ser que acabe se soltando.

Eu sabia objetivamente o que aquilo era. *Se você não consegue impedir que batam em você, você faz com que batam.* Isso não impediu que as palavras dele me machucassem. Os hematomas e arranhões, o latejar da minha cabeça... tudo isso sumiu com a crueldade casual de Michael, com sua total indiferença.

Eu sabia que escolher significaria perder um deles. Só não tinha imaginado perder Michael assim.

Eu me virei para a casa, me segurando para não chorar. Dean se levantou. Seu olhar encontrou o meu, e me permiti voltar para o momento no bosque... e todos os momentos que levaram até ele. *Segurando a mão dele, passando a ponta dos meus dedos pela mandíbula dele. Os segredos que trocamos. As coisas que mais ninguém, Natural ou não, perfilador ou não, entenderia.*

Se eu tivesse escolhido Michael, Dean teria entendido.

Fui andando na direção da varanda, na direção de Dean, aumentando aos poucos a velocidade dos passos. A voz de Michael me chamou:

— Cassie.

Havia um toque de emoção genuína na voz dele... só um toque de alguma coisa, mas não consegui identificar o que era. Olhei para trás, mas não me virei.

— O quê?

Michael me encarou, os olhos castanhos carregando uma mistura de emoções que não consegui identificar direito.

— Se fosse eu no bosque, se eu tivesse ido com Briggs, se tivesse sido eu quem você viu no exato segundo...

Teria sido eu? Ele não terminou a pergunta, e eu não respondi. Quando me virei para a casa de novo, ele voltou a quebrar as janelas daquele carro destruído.

— É — disse ele, a voz levada pelo vento. — Foi o que eu pensei.

Três semanas depois...

O dia depois que o último hematoma desapareceu foi o mesmo em que fizemos o simulado. Também foi o dia em que a agente Sterling voltou para a casa.

Quando nós cinco voltamos da prova, ela estava instruindo a equipe de mudança, os braços ocupados com uma caixa grande. O cabelo estava preso em um rabo de cavalo frouxo na nuca, com fios grudados na testa com o suor. Ela usava uma calça jeans.

Observei as mudanças na aparência dela e o fato de que as coisas de Briggs estavam sendo tiradas do escritório. Algo tinha mudado. Seja qual fosse a reflexão que ela estivesse fazendo, sejam quais fossem as lembranças que nosso cativeiro tinha despertado, ela tinha chegado a algum resultado. Algo com que ela podia viver.

Ao meu lado, Dean olhou para Sterling quando entrou no quarto dela. Eu me perguntei se ele estava pensando na mulher que conheceu cinco anos antes. E me perguntei que relação ela tinha com a mulher na nossa frente agora.

— Você acha que é terapêutico mandar tirarem todas as coisas do ex-marido dela da casa? — perguntou Michael quando dois homens passaram carregando a escrivaninha de Briggs.

— Só tem um jeito de descobrir.

Lia andou na direção em que Sterling tinha ido. Uma fração de segundo depois, nós todos fomos atrás.

Quase todos os sinais de Briggs tinham sido tirados do aposento, que agora tinha uma cama de verdade no lugar do sofá-cama. Sterling estava de costas para nós, colocando a caixa na cama e a abrindo.

— Como foi a prova? — perguntou ela sem se virar.

— Esplêndida — respondeu Lia. Ela enrolou uma mecha de cabelo escuro no indicador. — Como foi a avaliação psicológica obrigatória?

— Mais ou menos. — Sterling se virou para nós. — Como você está, Cassie? — Algo no tom dela me disse que ela sabia a resposta.

Algumas pessoas dizem que ossos quebrados cicatrizam mais fortes. Nos dias bons, eu dizia para mim mesma que era verdade, que cada vez que o mundo tentava me derrubar, eu também voltava um pouco mais forte. Nos dias ruins, desconfiava que sempre seria quebrada, que partes de mim nunca ficariam boas... e que eram essas partes que me tornavam boa no trabalho.

Eram essas partes que tornavam aquela casa e as pessoas nela o meu *lar*.

— Estou bem — falei.

Lia não comentou sobre a minha resposta à pergunta da agente Sterling. Ao nosso lado, Sloane inclinou a cabeça para o lado e ficou olhando para Sterling com uma expressão perplexa no rosto.

— Você voltou — disse Sloane para a agente, franzindo a testa. — A probabilidade de você voltar era bem baixa.

A agente Sterling se virou de novo para as caixas na cama.

— Quando as chances são baixas — disse ela, tirando alguma coisa de uma —, a gente muda as regras.

A expressão no rosto de Sloane não deixava dúvida de que ela tinha achado a declaração meio duvidosa. Eu estava ocupada demais me perguntando o que Sterling quis dizer quando falou sobre mudar as regras para perder um momento pensando em probabilidades e chances.

Você foi enterrada viva em um caixão de vidro com uma cobra dormindo no seu peito. Pensei no jogo que Sterling fazia com Scarlett Hawkins. Situações impossíveis exigiam soluções impossíveis. Veronica Sterling tinha ido até lá com a intenção de desfazer o programa e agora estava se mudando para a casa.

O que eu estava deixando passar?

— Isso quer dizer que você parou de fugir?

Me virei e vi Judd parado na porta atrás de nós. Me perguntei quanto tempo ele tinha ficado ali e repassei a pergunta na mente. Ele tinha visto a agente Sterling crescer. Quando ela saiu do FBI e deu as costas para aquele programa, ela tinha colocado distância entre eles também.

— Eu não vou a lugar nenhum — disse Sterling para ele. Ela andou até a mesa de cabeceira e desembrulhou o objeto que tinha na mão, jogando fora o papel de seda.

Um porta-retratos.

Antes mesmo de tentar olhar melhor, eu soube o que veria ali.

Duas garotinhas, uma de cabelo escuro, outra de cabelo claro. As duas sorrindo para a câmera. A menor, Scarlett, estava sem os dois dentes da frente.

— Eu não vou a lugar nenhum — disse Sterling uma segunda vez.

Olhei para Dean, sabendo instintivamente, antes mesmo de nossos olhares se encontrarem, que os pensamentos dele estariam em sincronia com os meus. Sterling tinha passado muito tempo reprimindo as emoções. Tinha passado muito tempo tentando não se importar, tentando manter a pessoa que ela era controlada.

— Sem querer interromper um momento emocionante — disse Michael, a voz carregada de mordacidade a ponto de me fazer pensar que ele não estava falando só sobre o momento entre Sterling e Judd, e sim sobre a sincronia entre mim e Dean.

— Mas detecto um toque de tensão na sua mandíbula, agente. — Michael desviou o olhar para a esquerda e para a direita,

INSTINTO ASSASSINO 317

para cima e para baixo, catalogando tudo na postura e expressão de Sterling. — Não tanto estresse, mas... expectativa.

A campainha tocou nessa hora, e Sterling se empertigou, parecendo ainda mais impressionante do que um momento antes.

— Visitantes — disse ela para Judd brevemente. — No plural.

Briggs chegou primeiro, seguido do diretor Sterling. Eu tinha suposto que eram só os dois, mas logo ficou claro que eles estavam esperando outra pessoa.

Uma pessoa importante.

Minutos depois, um sedã escuro parou em frente à casa. Um homem saiu do carro. Estava usando um terno caro e uma gravata vermelha. Ele andava com determinação, como se cada passo fosse parte integral de um plano maior.

Quando estávamos todos acomodados na sala, a agente Sterling o apresentou como o diretor da Inteligência Nacional.

— Principal conselheiro do Conselho de Segurança Nacional — disse Sloane. — Interage diretamente com o presidente. Chefe da Comunidade de Inteligência, que engloba dezessete elementos, incluindo a CIA, a NSA, o DEA...

— E o FBI? — sugeriu Lia secamente antes que Sloane pudesse listar as dezessete agências que o homem na nossa frente supervisionava.

— Até semana passada — disse o homem de gravata vermelha —, eu não tinha ideia de que este programa existia.

O motivo da reunião logo ficou claro. *Quando as chances são baixas, a gente muda as regras.* A agente Sterling tinha denunciado o programa dos Naturais.

— Eu pensei muito sobre o seu relatório — disse o diretor da Agência Nacional para a agente Sterling. — Nos prós e contras desse programa. Nos pontos fortes. Nos fracos.

Ele se prolongou na palavra *fracos*. O rosto do diretor Sterling estava imóvel. Aquele homem era chefe dele. Podia desfazer o programa. Da perspectiva do diretor do FBI, o diretor da Inteligência Nacional provavelmente podia fazer pior. Quantas leis o pai da agente Sterling tinha violado ao manter o programa fora de registro?

A agente Sterling está vindo morar aqui. Me agarrei a esse fato. Isso tinha que significar que o chefe do pai dela não tinha ido detonar o programa. *Sem dúvida.*

Ao sentir que o diretor Sterling não era o único inquieto com as palavras dele, o homem que chefiava a Inteligência Nacional falou conosco.

— A agente Sterling parece acreditar que este programa salva vidas... e que, se vocês tivessem permissão para participar de investigações ativas, poderiam salvar bem mais. — O diretor da Inteligência fez uma pausa. — Ela também acredita que não dá pra confiar em vocês pra se cuidarem, e que não dá para contar que nenhum agente envolvido em um caso ativo, por mais bem-intencionado que esteja, vá colocar seu bem-estar físico e psicológico em primeiro lugar.

Olhei para a agente Sterling. Isso não era só uma acusação contra o programa, era uma acusação contra o que *ela* tinha nos deixado fazer.

E se nos deixassem ficar, mas não nos deixassem chegar perto de casos reais? Antes de eu ir para lá, ser treinada para perfilar pessoas poderia ser suficiente, mas não era mais, não agora. Eu precisava que o que eu passei significasse alguma coisa, precisava de um propósito. Precisava *ajudar.*

— Com base na avaliação da agente Sterling dos riscos inerentes ao programa — continuou o diretor da Inteligência Nacional —, é recomendação dela que este programa seja reestruturado, que Judd Hawkins seja designado como defensor no seu lugar e que todo e qualquer desvio de protocolo seja aprovado por esse defensor, independentemente do benefício potencial para o caso.

Reestruturado. Refleti sobre essa palavra. À minha frente, a mandíbula do diretor Sterling se contraiu de leve, mas o restante do rosto permaneceu impassível. Se a recomendação da filha dele fosse aceita, Judd se tornaria a autoridade final sobre o que nós podíamos ou não fazer.

Judd, não o diretor Sterling.

— Vocês todos farão dezoito anos dentro de um ano? — perguntou o homem que tinha ido decidir nosso futuro. Vindo de alguém que se reportava diretamente ao presidente, pareceu mais uma ordem do que uma pergunta.

— Faltam duzentos e quarenta e três dias — confirmou Sloane. O restante de nós só assentiu.

— Eles ficam nos bastidores. — Ele fixou o olhar casualmente pesado no diretor. — Essa é a regra.

— Entendido.

— Os agentes Sterling e Briggs vão supervisionar a participação deles em todos os casos, sujeitos à aprovação do major Hawkins. Quando o assunto for o que cai ou não dentro do escopo deste programa, a palavra dele é final. Até pra você.

O diretor enrijeceu, mas não hesitou para responder.

— Entendido.

— E na próxima vez que você decidir fundar um programa inovativo na *encolha*… não faça isso.

O diretor da Inteligência Nacional não deu ao diretor Sterling chance de responder. Só assentiu uma vez para nós e saiu.

— Acredito que falo por todos — disse Michael — quando pergunto: *o que acabou de acontecer aqui?*

As regras acabaram de mudar, pensei.

— O programa dos Naturais acabou de ganhar supervisão — respondeu a agente Sterling. — Vai haver regulamentos novos. Protocolos novos. E não vão ficar só no papel. Não vai haver mais exceções especiais… nem vindas de mim. — A expressão dela estava severa, mas Michael devia ter visto alguma coisa que eu não vi, pois ele abriu um sorriso. A agente Sterling também sorriu… diretamente para mim.

— Nós vamos precisar desses regulamentos novos — acrescentou ela —, porque, a partir de amanhã, vocês cinco têm permissão de serem consultados sobre casos ativos.

Não iam fechar o programa. Iam nos deixar participar. Em vez de tirar meu propósito, tinham dado uma nova vida a ele.

Era um mundo todo novo.

Agradecimentos

Assim como pegar um assassino, escrever um livro é trabalho de equipe, e tenho uma sorte imensa de trabalhar com pessoas tão maravilhosas. O primeiro e principal agradecimento vai para as duas editoras maravilhosas que guiaram este livro desde os primeiros estágios até o último: Catherine Onder e Lisa Yoskowitz. Não consigo botar em palavras como me sinto afortunada de estar em mãos tão boas e do quanto este livro ficou melhor por causa da perspicácia e da dedicação delas. Também quero agradecer a Niamh Mulvey, que é minha representante dos Naturais no Reino Unido, assim como às equipes maravilhosas da Hyperion e da Quercus, por ajudarem esta série a encontrar seus leitores. Muito do que acontece em um livro é feito nos bastidores, e sou grata por todo o trabalho dedicado a este!

Também agradeço a Elizabeth Harding, Ginger Clark, Holly Frederick e Jonathan Lyons — agentes incríveis, todos eles! Assim como o talento dos Naturais, as habilidades deles são quase sobrenaturais. Assim como com o primeiro livro, também tenho um agradecimento para todos da Dino De Laurentiis Company, principalmente Martha De Laurentiis e Lorenzo De Maio (que uma vez me perguntou qual caso assombrava Briggs como "o que escapou").

Finalmente, tenho uma grande dívida com todas as pessoas da minha vida que mantêm a minha sanidade quando a escrita vira loucura: minha família maravilhosa, NLPT & Ti30, todo

INSTINTO ASSASSINO 323

mundo da Universidade de Oklahoma e a comunidade incrível e solidária de escrita de livros para jovens adultos. Agradeço a Rachel Vincent pela companhia de escrita e por compartilhar minha identidade, e a Ally Carter, que não só me ajuda a discutir ideias, mas também me tranca no armário dela quando meu prazo está chegando, o que é sinal de uma amizade verdadeira e maravilhosa. Também agradeço a Melissa de la Cruz, Carrie Ryan e Rose Brock pelas férias de escrita, por Rose Fest e pela aventura! Este livro foi revisado na Cornualha, onde Sarah Rees Brennan, Maureen Johnson, Cassandra Clare, Joshua Lewis e Kelly Link ofereceram apoio moral e criativo, sem mencionar muita diversão. Sou eternamente grata a vocês e por vocês.

Por fim, eu gostaria de agradecer a todos os leitores que divulgaram o primeiro livro — e esperaram ansiosamente o segundo. Mal posso esperar para que vocês vejam o que vem aí para Cassie e os outros.

**Confira nossos lançamentos,
dicas de leitura e
novidades nas nossas redes:**

editoraAlt
editoraalt
editoraalt
editoraalt

Este livro, composto na fonte Fairfield,
foi impresso em papel Ivory Slim 65g/m² na gráfica Corprint.
São Paulo, Brasil, abril de 2025.